KB201644

노래로 읽는 당시

노래로 읽는 당시

1판 1쇄 인쇄 2014. 6. 20.
1판 1쇄 발행 2014. 6. 26.

지은이 손종섭

발행인 박은주
책임 편집 김상영
책임 디자인 조명이
제작 안해룡, 박상현
제작처 재원프린팅, 정문바인텍, 금성엘엔에스

발행처 김영사
등록 1979년 5월 17일 (제406-2003-036호)
주소 경기도 파주시 문발로 197(문발동) 우편번호 413-120
전화 마케팅부 031)955-3100, 편집부 031)955-3250
팩스 031)955-3111

값은 뒤표지에 있습니다.
ISBN 978-89-349-6817-7 03820

독자 의견 전화 031)955-3200
홈페이지 www.gimmyoung.com
이메일 bestbook@gimmyoung.com

좋은 독자가 좋은 책을 만듭니다.
김영사는 독자 여러분의 의견에 항상 귀 기울이고 있습니다.

이 도서의 국립중앙도서관 출판시도서목록(CIP)은 서지정보유통지원시스템 홈페이지
(http://seoji.nl.go.kr)와 국가자료공동목록시스템(http://www.nl.go.kr/kolisnet)에서
이용하실 수 있습니다.(CIP제어번호: CIP2014016187)

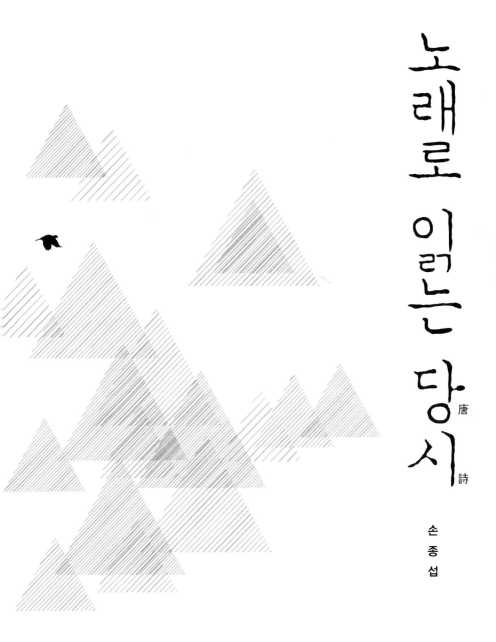

노래로 읽는 당시 唐詩

손 종 섭

김영사

千年毛玉は亡びたる
暁のみ黄鶴楼高く翔らむ
歳月両をを経人途に
三都春風吹を芳柳一抹
烟横は柳河日黄昏長江
虱流屑心潮こ烟水楊柳

九三年末十之黄鶴樓懷題漱款
雲外

著者筆(208면 참조)

　꼭 10년 만이다. 태학사에서 초판이 발행되고, 다시 김영사에서
의 전집의 일환으로 햇빛을 보게 되었으니 감개가 무량하다.

　이번 기회에 '토 다는 일懸吐'을 꼭 해야지 하고, 다짐했다. 사실
그 일은 아무도 꺼려해서 안 하는 일이다. 왜냐하면 오언五言, 또는
칠언七言으로 가지런하게 정제되어 있는 시구들을 해체하기 아깝고,
속살에 칼집을 내어 우리말 토를 따고 넣는다는 것은 쉬운 일이 아
님으로써다.

　내 이 일에 며느리의 도움으로 끝내고 나니, 생소한 한자말이 친
숙한 우리말로 반쯤은 성큼 다가선 듯, 비로소《노래로 읽는 당시》
란 명제와도 어울리는 듯하여 흐뭇한 느낌이다.

2014. 6
손종섭

당시唐詩를 번역하고 비평한 우리나라 출판물만 해도 이미 열 손가락에 넘칩니다. 그런 속에 껴들어 또 하나를 더 보태려 함은 어째서입니까?

그리고 당시면 당시지, '노래하는 당시'란 무엇입니까?

위의 물음에 대하여 우선 다음과 같은 대답을 드립니다.

첫째, 당시는 중국 시에서뿐 아니라 세계 시에서도 가장 뛰어났다는 정평을 받아오는, 인류 문화의 위대한 꿈이며, 그 찬란한 개화이며, 길이 인간 정서를 관개灌漑할 거룩한 유산입니다. 그 수가 열이면 어떻고 백이면 어떻습니까? 저마다 완미진선完美盡善을 지향하는 나름대로의 가치를 지니게 될 것이기 때문입니다.

둘째, '노래하는 당시'라 명명한 것은, 당시 한 편 한 편의 작품마다에 가뭇없이 내장內藏되어 있는 운율韻律을, 절주節奏 단위로 가시화可視化하여 시각적으로 보여주고 청각적으로 들려줌으로써, 독자도 쉽게 그 리듬에 편승하여 흥감興感(신명)에 동참할 수 있도록 하

7

고자 하는 의도에서입니다.

　시는 시적 감동의 소산입니다. 곧 시적 감동을 운율의 가락에 실어, 극도로 압축해놓은 특수한 배열의 언어 집단입니다. 운율은 소리로 구현되어 율동이란 신체 반응으로 이어집니다. 운율로 이루어진 소리는 절로 손이 너풀거려지고 발이 우쭐거려지는 신명을 동반하기 마련입니다.

　시가 감동의 소산이듯, 노래도 감동의 소산입니다. 그 둘은 별개의 것이 아니라, 동일한 소산의 두 이름일 뿐입니다. 노래를 문자로 나타내면 시요, 시를 소리로 바꾸면 노래가 될 뿐입니다. 시나 노래는 다 리듬으로 처리되어 있는 언어들이 모여서 저들끼리 연주하는 음악입니다. 그러므로 독자나 청자도 그를 통하여 작자나 가창자와 똑같은 감동을 체험하게 되는 것입니다. 곧 리듬은 감동을 전달하는 매체媒體이기 때문입니다.

　'감동'이란 '감정'의 떨림(진동)입니다. 떨림을 가진 감정은 리듬에 의해서만 나타낼 수 있고, 리듬에 의해서만 재생할 수 있습니다. 시를 감상함에는 그 시에 내장되어 있는 리듬에 따라 노래로 나타냈을 때 가장 효과적으로 반응하여 독자의 가슴에 재생·재연되는 것이라 봅니다.

　한시는 그 한 자 한 자마다에 압운법押韻法과 평측율平仄律에 의한 정형적定型的 리듬이 종횡縱橫으로 정밀하게 짜여 있습니다. 그것은 곧 제 자체의 악보樂譜를 내장하고 있는 셈입니다. (그 대표적인 악보 두 편이 247쪽·314쪽에 예시되어 있습니다.)

　시의 감상이란 개념적으로 시의를 파악하거나 이해하는 데 있는

　　　　　　　　　　　　　　　　　　노래로 읽는 당시

것이 아닙니다. 참다운 감상이란, 시 속에 내재하는 운율에 의하여, 작자의 가슴속에 일어난 시정의 떨림과 똑같은 떨림으로, 공명함으로써 작자의 감동을 독자가 몸소 겪는(체험하는) 데 있는 것입니다.

시는 시대로 나는 나대로, 이편에서 저편을 바라보는 시는 구경하는 시일 뿐, 시신詩神에 접신接神하는 체험하는 시는 되지 못합니다. 자신이 언제나 시 속의 당사자當事者가 되고 주인공이 되어, 애환哀歡을 몸소 겪는 감상이고서야 비로소 체험하는 시 감상이라 하겠습니다.

같은 정형의 운율이라도 시정의 희로애락에 따라 그 가락은 달라집니다. 곧 시정에 따라 목고저[律調]도 자동적으로 달리 잡혀지고, 시정에 다라 음의 색깔[音色]도 자동적으로 달리 착색되게 마련입니다. 그것은 희열喜悅, 낭만浪漫, 애련哀戀, 상사相思, 이별離別, 연민憐憫, 무상無常, 애원哀怨, 분한憤恨, 저항抵抗… 등 시정에 따라 자동적으로 그에 상응相應하는, 그때그때의 율조律調로 예민하게 반응하기 때문입니다.

시를 대하면 절로 '시 속의 음율音律'을 타[便乘하]게 됩니다. ─ 적어도 마음속의 소리로라도 시정에 따른 노랫목으로 목고저가 잡혀지면서, 흥얼흥얼, 덩실덩실, 능청거리듯, 출렁거리듯, 혹은 달빛같이, 별빛같이, 바람같이, 햇살같이, 혹은 서글픈 듯, 애달픈 듯, 서러운 듯, 울먹이듯, 혹은 노여운 듯, 호통치듯, 뿌득뿌득 이를 갈듯… 시정에 흠뻑 젖어 시 따라 가다 보면 '시 속의 음율' 그 가락[旋律]에 어느덧 내맡겨져 있는 자신을 발견하게 되는 것입니다.

시를 번역하는 일은 시의詩意에 내장되어 있는 감정[詩情]을 이끌어내는 일이며, 시정과 리듬이 숙성되어 빚어내는, 흥얼거려지는 구기口氣와 덩실거려지는 신명을 옮겨내는 일입니다.

흔히들 말합니다. 시의 번역은 불가능하다고─. 그것은 이국적異國籍의 언어로 시어를 대체代替하기 어려움을 두고 이름이기도 하지마는, 그보다도 운율을 옮겨내기 어려움에 더 역점을 두어 이른 말이라 여겨집니다. 또 흔히 말합니다. 시는 시이어야 하고, 역시譯詩도 또한 시이어야 한다고─. 그렇습니다. 시가 시이려면 운율은 필수적이며, 역시도 시이려면 원시의 운율을 빠뜨려서는 아니 된다는, 모두가 '운율'을 강조해서 이른 말입니다. 운율! 이는 시의 정혼精魂으로 시를 시 되게 하는 시의 제일 요건임에 틀림없습니다.

시를 번역함에는 먼저 시어詩語를 대체할 적절한 언어의 발견에 의하여, 거기 깃들여 있는 시정詩情을 오붓하게 옮겨내야 하고, 그것을 오붓하게 옮겨내기 위하여는, 거기 깃들여 있는 리듬을 또한 오붓하게 옮겨내야 합니다. 시정과 리듬은 따로따로가 아니라, 내용과 형식 겉과 안의 관계와 같아서, 그 둘은 유기적으로 숙성되어 빚어나게 되는 것입니다.

다시 말하면, 시어의 적확한 대체는, 시정을 옮겨내기 위한 필수적인 선행 작업이거니와, 거기 형성되는 운율은 또한 그 대체 언어들을 꼬드기어 조화로운 박동博動과 순리로운 호흡을 이끌어줌으로써, 우리의 생리상의 미감美感과 쾌감을 충족시켜주는, 살아 있는 역시로 재탄생되는 것이라 여겨집니다.

그리고 정형시인 한시는 역시도 자연 정형으로 옮겨질 수밖에 없습니다. 일부러 정형을 무너뜨릴 명분은 아무 데서도 찾을 수 없습니다. 이는 당시만이 아니라, 우리의 한시도 마찬가집니다. 역대의 많은 우리 한시나 중국 한시의 번역들이 시정 아닌 시의를 옮기는 데

진력하면서도, 운율에 대해서는 너무나 등한시等閑視한 듯하여, 대할 때마다 늘 아쉽던 나머지라, 문득 이런 객기를 부리게 된 것입니다.

'노래로 읽는 당시'는 여러분이 '산문 가락'으로가 아닌, '노래의 가락'으로 읽어주기를 바랍니다. 그래서 모든 시는 절주節奏(리듬)에 따라 소리 낼 수 있도록 줄 바꿈改行을 해둔 것입니다. 마찬가지로 역시譯詩도 절주에 따라 소리 내어 읽어야 하고, 그 소리에서 절로 일어나는 흥가락興感을 자각하게 되어야 합니다. 그것이 느껴지지 않는다면, 그것은 소리가 리듬으로 숙성되어 있지 않기 때문이거나, 아니면 리듬에 대한 불감증이거나 할 뿐입니다.

다시 강조하거니와 시를 사랑하는 분들은 원시든 역시든 모름지기 소리 내어, — 적어도 마음속의 소리로라도 시정에 흠뻑 젖은 그러한 감동의 목소리로 읽어보시라 권합니다.

운율 이야기가 길어지는 바람에 당시에 대한 해설이 밀려났습니다. 그러하고 새삼 시도하려니 어색합니다. 차라리 생략할까 합니다. 그 많은 동류同類의 책에 넘치도록 해설되어 있으니 말입니다.

'노래로 읽는 당시'! 리듬을 중시한 나머지 붙여본 이름이기는 하나, 어느만큼 실제로 구현됐는지는 장담하지 못합니다. 미흡한 것은 재주가 모라서일 뿐, 그 의도하는 바에 잘못이 있어서는 아닐 것입니다.

선배 동학의 질정叱正을 바랍니다.

2004. 9
손종섭

당시(唐詩)의 시대 구분

명明의 고병高棅이 분류한 초당, 성당, 중당, 만당의 네 시기로 구분함이 일반적이다. 이를 간략하게 보이며 다음과 같다.

초당(初唐) 618년(고조 원년)~713년(현종의 즉위에 이르는). 약 1000년간.
신흥 국가로서의 활력이 왕성하던 분위기 속에서, 문학 또한 새 활기를 띠게 되었으니, 왕발, 낙빈왕, 심전기, 송지문, 장약허, 장구령… 등이 이에 속한다.

성당(盛唐) 713년(현종 개원 원년)~770년(대종 5년, 두보의 죽음까지). 약 500년간.
초당의 상승세를 이어 국운이 최고조에 다다라 태평을 구가하던 시기로서, 당시 또한 가장 난숙한 절정을 이룬 황금기이다. 그러나 그러한 한편, 현종이 양귀비에 혹하여 정사를 그르친 후로, 마침내 755년 안녹산의 난이 일어나는, 그 내면적 조짐이 암암리에 급속히 자라고 있었다. 이 시기에 속한 시인은 왕유, 이백, 두보, 맹호연, 왕창령, 왕지환, 잠삼, 고적… 등이다.

중당(中唐) 770년~835년. 약 65년간.
'안사의 난'이 진정되면서 평화를 되찾기 시작했으나, 지난날의 영광과 번영은 찾을 수 없었으며, 한편 환관들이 정치를 좌우하고, 절도사들이 반란을 일으키고 관료들이 파벌 다툼을 벌이는 등 나라는 점점 어지러워갔다. 이러한 시대 양상을 반영하듯 당시 또한 과도기적 경향을 보였으니, 전기, 사공서, 왕건, 위응물, 맹교, 가도, 이하, 한유, 백거이, 원진, 유우석… 등이 이 시기에 속한다.

만당(晩唐) 836년(개성 원년)~906년(당의 멸망까지). 약 70년간.
관료와 파벌, 환관의 전횡, 절도사의 반란이 계속되는 사이 도탄에 든 백성들이 일어나는 '황소의 난' 등, 나라는 더욱 어지러워져, 마침내 주전충에 의하여 당은 멸망하였다. 이러한 불안한 사회상을 반영한 문학은 세기말적 퇴폐 양상을 띠게 되었으니, 이상은, 두목, 허혼… 등이 이에 속한다.

춘강화월야 春江花月夜

장약허(張若虛)

봄 강엔 밀물 들어
바단 양 넓고,
바다엔 밀물 함께
떠오르는 달!

금파金波 은파銀波 천만 리
물결을 따라
어느 곳 봄 강엔들
달빛 없으랴?

春江潮水 連海平　　海上明月이 共潮生이라
艶艶隨波 千萬里에　何處春江에 無月明가?

連海平(연해평) 강어귀의 물이 바다와 맞닿아, 강인지 바다인지 한없이 넓은 모양.
艶艶(염염) (달빛과 물결이 함께 출렁이는) 아름다운 모양.
何處春江無月明(하처춘강무월명) 월인천강(月印千江)의 장관을 반어형으로 표현한 것.

강물은 굽이굽이
꽃밭을 돌고,
꽃밭에 비친 달빛
싸락눈 온 듯,

허공엔 서리인 양
흐르는 달빛
물가의 모래벌도
몽롱하여라!

江流宛轉 遠芳甸이요　月照花林 皆似霰이라
空裏流霜 不覺飛　　汀上白沙 看不見을!

_____

宛轉(완전) 구불구불 감도는 모양.
芳甸(방전) 꽃밭. 꽃으로 뒤덮인 아름다운 들판.
流霜(유상) 흐르는 서리. 맑고 밝은 달빛의 비유.

강·하늘 한 빛으로
티 하나 없고
희고 맑은 공중엔
둥근 달 하나!

강변에서 누가 처음
달을 봤을까?
달은 언제 사람을
비추었을까?

江天一色 無纖塵하니　皎皎空中에 孤月輪이라
江畔何人이 初見月고?　江月은 何年에 初照人고?

_____

纖塵(섬진) 가는 티끌.
皎皎(교교) 맑게 빛나는 모양.

인생은 대를 갈아
이어가건만,
저 달은 언제나
그 달 그대로….

모르겠네. 저 달이
눌 비추는지?
다만 보네. 장강물을
흘려보낼 뿐—.

人生은 代代 無窮已   江月은 年年 望相似라
不知 江月 照何人고?   但見 長江 送流水라

代代(대대) 세세(世世)와 같음. 당태종(唐太宗)의 휘(諱)인 '世民'의 '世'를 피하여 '代'로 한 것.
無窮已(무궁이) 다하여 끝나는 일이 없음.

흰 구름 한 조각
유유히 가니
청풍포 나룻가에
시름도 겹다.

누구일까? 이 한밤
배 탄 나그네,
어느 곳 명월루의
임을 그리나?

白雲一片 去悠悠하니　靑楓 浦上 不勝愁라
誰家今夜 扁舟子가　　何處 相思 明月樓오?

誰家(수가) 누구. '家'는 조자(助字).
扁舟子(편주자) 조각배를 탄 사람.

가엾어라! 다락 위를
배회하는 달,
그녀의 화장대로
비쳐 들겠지.

주렴을 걷어봐도
아니 걷히고,
다듬이로 떨쳐봐도
감도는 시름!

可憐 樓上 月徘徊하니　應照 離人 妝鏡臺라
玉戶 簾中 捲不去하니　擣衣 砧上에 拂還來라

離人(이인) 남편과 떨어져 사는 아내.
捲不去(권불거) (주렴을 걷어도) 시름은 떠나지 않음.
拂還來(불환래) (다듬이질로 시름을) 떨쳐도 시름은 되돌아옴.

서로 같이 달을 볼 뿐
소식 모르니
달빛 좇아 임의 얼굴
비춰보고파 —.

　　　　　　　　　　　　노래로 읽는 당시

기러긴 길이 날되
소식 못 가고,
어룡魚龍은 날뛰어도
물결뿐이라.

此時 相望 不相聞하니   願逐月華 流照君이라
鴻雁 長飛 光不度오   魚龍 潛躍 水成文을!

月華(월화) 달빛. 월광(月光).
鴻雁(홍안)·魚龍(어룡) 기러기와 물고기. 이들은 소무(蘇武)와 척소(尺素)의 고사 이래로
'소식을 전하는 메신저[媒信子]'로 일컬어져 온다.
光不度(광부도) '光'은 소식. 곧 기러기는 길이 날아도 소식은 전해주지 못하고, 물고기는
물속에 뛰놀건만 '척소(尺素)'의 기적처럼 그리운 이의 소식은 전해오지 않는다는 뜻.

물 위에 꽃이 지던
지난밤의 꿈
가엾어라! 이 봄에도
못 돌아가네.

강물은 봄을 흘려
다하려는데,
강 위에 지는 달도
기울었구나!

昨夜 閑潭 夢落花하니   可憐 春半에 不還家라
江水 流春 去欲盡인데   江潭 落月 復西斜라

閑潭(한담) 물결이 일지 않는 고요한 못.

비낀 달 잠겨드는
안개 낀 바다
갈석碣石과 소상瀟湘 사이
무한한 길을
달빛 타고 몇이나
돌아오던고?
지는 달 내 가슴
마구 흔들어
강 나무 나무마다
사무치는 정이여!

斜月 沈沈 藏海霧한데   碣石 瀟湘 無限路를
不知 乘月 幾人歸오?   落月이 搖情 滿江樹라!
〈春江 花月夜〉

碣石(갈석) 먼 북쪽에 있다는 전설의 산 이름.
瀟湘(소상) 북으로 흘러 동정호로 드는 소강과 상강.

평설 '춘강화월야春江花月夜'는 악부체樂府體의 노래로서 모두 칠언七言 36구의 장시다. 이미 시제에 보인 그대로 '봄, 강, 꽃, 달, 밤'이 시간을 좇아 정연히 배치되어 있으며, 넉 줄마다 각운脚韻을 바꾸어 가며, 평이한 시어로써 경쾌하고도 유려한 음률로 전개되어 있다.

꽃 피고 달 밝은 화려한 봄의 양자강을 무대로, 화월花月의 아름다움, 고인古人에의 감회感懷, 나그네의 향수, 남편을 그리는 아내의 규원閨怨 등 상춘傷春의 정으로 이어져 있다.

이 시는 초저녁 밀물과 함께 떠오른 달이, 안개 낀 새벽 바다로 잠겨드는 낙월落月에서 끝이 난다. 그러나 끝구의 '落月搖情滿江樹'에 서린 무한여정無限餘情은, 독자의 가슴에 길이 인상되어 쉬 끝나지 않을 듯하다.

장약허
張若虛
?~?. 초당 때. 측천무후 말년에 장안에서 하지장 등과 교유, 하지장·장욱·포융과 함께 '오중사사吳中四士'로 불렸다. 지방의 하급관리로 지냈는 듯, 기타는 미상.

옥중에서 매미소리를 들으며

낙빈왕(駱賓王)

가을 하늘 울어대는
매미 소리여!
갇힌 몸에 시름을
돋귀주나니,
어이 차마 들으랴?
푸른 날개로
설워라! 흰머리에
하소연함을―.

이슬 무거워
날기 어렵고
바람 거칠어
목이 잠긴다.
아무도 깨끗함
믿지 않으니
그 뉘라 이 마음
드러내 뵈랴?―.

西陸 蟬聲唱하니　南冠 客思侵이라

那堪 玄鬢影으로　來對 白頭吟가?

露重 飛難進이요　風多 響易沉을!

無人 信高潔하니 誰爲 表予心고

〈在獄 詠蟬〉

西陸(서륙) 가을. 〈천지문(天文志)〉에 '해는 황도(黃道)를 따라 365일 일주하는데, 동륙(東陸)에 이르면 봄이요, 남륙에 이르면 여름이요, 서륙에 이르면 가을, 북륙에 이르면 겨울'이라 했다.

南冠(남관) 옥에 갇힌 사람. 수인(囚人). 좌전(左傳)에 진후(晋侯)가 군부(軍府)를 구경하다가 종의(鐘儀)에게 묻기를, "저 남관(南冠)을 쓰고 묶여 있는 자는 누구냐?" 하였다는 고사에서 나온 말.

玄鬢(현빈) 검은 구레나룻. 곧 매미의 날개를 이른 말로서, '젊은 나이'의 상징.

평설　매미는 이슬만 먹고 사는 선충仙蟲으로 알려져 오지만, 가을바람이 불면 매미의 일생도 끝이 나고 만다. 옥중의 작자는 자기 운명과도 같은 가을 매미의 우는 소리에 동병상련同病相憐의 정으로 마음이 아프다.

　제2련에서 그는 말하고 있다. "그 아직 검은 날개의 앳된 매미가, 옥고獄苦로 겉늙어 이미 백발이 되어 버린 자신에게 '억울해라! 억울해라!' 하소연이라도 하듯, 울어대는 그 소리는 차마 견디어 듣기 어렵다고ㅡ. 제3련은 매미의 고경苦境에 자신의 처지를 우의寓意함이요, 끝연은 자신의 고결高潔을 믿으려 하지 않는 원옥冤獄에 대한 장탄식이다.

낙빈왕
駱賓王　640~684. 초당사걸初唐四傑의 한 사람. 시어사侍御使로 있던 중, 죄를 얻어 옥에 갇혔다가 석방되었다. 서경업徐慶業이 측천무후를 반대하여 병란을 일으키자, 그 격문檄文을 썼다가, 거사가 실패되자 종적을 감추었다. 한다.《낙승집駱丞集》10권이 전한다.

역수에서의 송별

낙빈왕(駱賓王)

여기렷다. 단과
작별하던 곳!

곤두선 머리털
관을 찌르던,

그 옛 사람들
가고 없건만,

오늘도 오히려
물은 차구나!

此地 別燕丹   壯士 髮衝冠이라
昔時 人己沒이나 今日 水猶寒느니라
〈易水 送別〉

此地(차지) 역수가의 어느 지점. '역수'는 하북성(河北省) 역현(易縣)을 흐르는 강.
燕丹(연단) 연나라의 태자. 이름은 '단'.
壯士(장사)·**昔時人**(석시인) 모두 형가(荊軻)를 가리킴. 더 넓게는 당시의 장사들.

연태자燕太子 단丹이, 진시황을 죽이려고 자객刺客 형가荊軻를 보낼 때, 그를 배웅하여 역수까지 왔다. 이때 형가는 작별의 시로 그의 기개氣槪를 읊어 사절死節을 다짐한다.

바람 쓸쓸함이여!
역수는 찬데,
장사 한번 감이여!
돌아올 줄 없어라!

風蕭蕭兮 易水寒인데 壯士 一去兮 不復還이라

이 비장한 노래에 감격하여, 무사들은 눈을 부릅뜨고, 머리털은 곤두서 관을 찔렀다.

작자는 《사기史記》〈자객전刺客傳〉'형가편'의 이 고사에 짐짓 기대어, 당唐의 정권을 가로챈 당시의 측천무후則天武后에 대한 분노를 나타낸 것이라 전한다.

전반은 형가를 송별하던 비장한 장면의 추상追想이요, 후반은 지금에 역수를 대하는 작자의 감개다.

'髮衝冠'은 분기충천憤氣衝天하는 장사상壯士像을 얼마나 생동하게 그려냈음인가? '水猶寒'은, 형가와 같은 의사가 오늘날도 오히려 없지 않음을 넌지시 내비친, 이 시의 안목眼目이다.

좌천되어 가는 친구를 보내며

왕발(王勃)

성궐도 드높은
장안에 살다
풍연風煙 자오록한
촉주蜀州를 향해

그대 떠나보내는
이 마음이여!
우린 같은 벼슬길의
나그네로세.

이 세상에 지기만
있을 양이면
하늘 끝에 가 있어도
이웃 같으리.

자, 부디 임별臨別의
갈림길에서
수건 적시는 아녀자는
되지 마세나!

城闕 輔三秦인데   風煙 望五津이라

與君 離別意　　同是 宦遊人이라

海內 存知己면　天涯 若比隣이라

無爲 在岐路에　兒女 共霑巾을!

〈送 杜少府 之任蜀州〉

[題意] 소부(少府) 벼슬을 하여 촉주로 부임하는 두아무(杜某)를 보내며.

輔三秦(보삼진) '輔'는 도읍지를 보좌한다는 뜻으로 경기(京畿) 부근의 땅을 일컬음. '輔三
秦'은 삼진의 보좌를 받는 땅이란 뜻으로 관중(關中)의 땅, 곧 장안(長安)을 일컫는 말.
五津(오진) 사천성의 민강(岷江)에 있는 다섯 나루터. 곧 촉주(蜀州)를 일컫는 말.
宦遊人(환유인) 지방관으로 나도는 관리.
知己(지기) 자기를 속속들이 알아주는 절친한 마음의 친구.
比隣(비린) 이웃.

평설 1련은 화려한 장안에 재직하다가, 이제 외직으로 발령되어 아득한 촉주를 바라보며 출발하게 됨을 이름이요, 2련은 벼슬길은 곧 나그네로 나도는 길이기도 하여, 자신도 언제 어디로 발령될지 모르는 같은 처지로서 그 심정이 상통됨을 이름이요, 3련은 조식曹植의 시 '丈夫志四海 萬里猶比隣(대장부 뜻이 사해에 있으니, 만 리가 오히려 이웃과 같다)'의 점화點化로서 가는 친구를 위로한 명구다.

　4련은 이 또한 '丈夫不爲兒女別'(장부는 아녀자의 이별처럼 눈물 따위를 흘리지는 않는다)는 고구古句의 점화로서, 떠나는 친구를 격려함이다.

　무릇 고금의 이별시가가 슬픔으로 시종하는, 그런 통념을 깨고, 스스로 가는 이의 지기로 자처하여, 멀리 떨어져 있어도 항상 마음으로 함께 있을 것을 다짐하면서, 눈물을 흘리는 따위는 하지 말자고 격려하는 데에, 진정 지기로서의 우정이 거기 있음을 보여주고 있다.

왕발
王勃
650~676. 자는 자안子安. 28세에 요절한 시인으로, 양형·노조린·낙빈왕과 함께 초당사걸初唐四傑로 불리었다. 과거에 급제하여, 후에 괵주虢州의 참군參軍이 되었으나, 죄를 범한 관노를 숨겨 준 죄로, 죽을 뻔하였으나, 사면령으로 파직되었다. 이 일에 연좌된 그의 아버지는 교지交趾의 현령으로 좌천되었는데, 왕발이 그 아버지를 찾아가는 길에, 홍주를 지나다가 지은 등왕각藤王閣 서序와 시詩는 만구에 회자되어 있다. 그는 이 길로 바다를 건너다가 풍랑을 만나 익사다. 《왕자안집》 30권이 있었다 하며, 90여 수의 시가 전한다.

백발 늙은이

유희이(劉希夷)

낙양성 성 동쪽의
도화·이화는
흩날려 오다가다
뉘 집에 지나?

낙양의 처녀들
홍안紅顏을 아껴
길거리 지는 꽃에
긴 한숨 쉬네.

洛陽城東 桃李花는　　飛去 飛來 落誰家오?
洛陽女兒 惜顏色하여　行逢 落花 長歎息을!

洛陽(낙양) 하남성(河南省)의 낙수(洛水) 북쪽에 있는 옛 도읍지. 지금의 서안(西安).

금년 꽃 지고 나면
낯빛도 글러
명년 꽃 필 때면
뉘 또 있으리?
소나무도 패이어
장작이 되고

뽕밭도 변하여
바다 된다네.

今年 花落 顔色改요   明年 花開 復誰在오?
已見 松栢 摧爲薪이요   更聞 桑田 變成海라

松栢摧爲薪(송백최위신) 사시장청의 소나무 잣나무도 장작으로 패어 땔감이 되듯, 이
세상에 변하지 않는 것은 아무것도 없다는 뜻.
桑田變成海(상전변성해) 육지가 바다 된다는 뜻으로, 인간 세상의 변화의 심함을 이른 말.
상전벽해(桑田碧海).

옛 사람 이미 가고
여기 없건만
지금 사람 도리어
꽃바람 쇠네.

해마다 해마다
꽃은 같아도
해마다 해마다
사람은 달라…

古人無復 洛城東하니   今人還對 落花風이라
年年 歲歲 花相似나   歲歲年年 人不同이라

지금에 한창인
소년들이여!

반신불수 이 늙은일
가여워하리?
이 늙은이 흰머리
가련하지만
그 한때는 아름다운
홍안 미소년!

귀인들과 꽃 아래서
함께 놀았고,
낙화 앞에 맑고 고운
노래 춤추고,

고관으로 권세도
누려보았고,
화려한 저택에서
호사했건만,

일조에 눕고 나니
소식 끊어져
삼춘에 누리던 낙
어디 있는고?

寄言 全盛 紅顏子하노니　應憐 半死 白頭翁하라
此翁 白頭 眞可憐려니　伊昔 紅顏 美少年이라
公子 王孫 芳樹下오　淸歌 妙舞 落花前이라

光綠池臺 開錦繡요　　將軍樓閣 畫神仙이라

一朝臥病 無消息하니　　三春行樂 在誰邊고?

光祿池臺(광록지대) 전한(前漢)의 광록대부(光祿大夫) 왕근(王根)이 못 속에 화려한 건물을 세워 호사하던 고사.
將軍樓閣畫神仙(장군누각화신선) 후한의 대장군 양기(梁冀)가 화려한 저택을 짓고, 그 벽에 불로불사의 신선상을 그리게 했던 고사.

아리따운 고운 얼굴
능히 몇 때뇨?
흐트러져 백발 되기
잠깐 사인 걸…

다만 보네. 옛날의
즐기던 곳엔
황혼을 슬피 우는
까막까치뿐….

宛轉蛾眉 能幾時오　　須臾 鶴髮이 亂如絲라

但看 古來 歌舞地에　　惟有黃昏 鳥雀飛라

〈代悲 白頭翁〉

宛轉蛾眉(완전아미) '완전'은 아미의 아름답게 굽어진 모양. '아미'는 나방의 눈썹처럼 아름다운 눈썹. 곧 여자의 미모의 형용.
代悲白頭翁(대비백두옹) 백발노인을 대신하여 슬퍼함.

시간의 흐름에 따른, 자연과 인생의 대비對比에서 얻어진 것은, 자연의 유구悠久에 대한 인생의 수유須臾이며, 그 짧은 일생에서도 '홍안紅顏 대 백두白頭'는 '영화와 쇠퇴', '화려와 적막'의 양극상兩極相이나, 이도 필경 '무상無常'의 두 얼굴에 불과한 것으로 결론지어지는 장탄식 속에, 만고의 명구:

'年年歲歲花相似　歲歲年年人不同'

은 신령의 계시啓示처럼 이 세상에 태어나게 된 듯하다. 또 맨 끝의

宛轉蛾眉能幾時　須臾鶴髮亂如絲
但看古來歌舞地　惟有黃昏鳥雀飛

는 전편의 내용을 응축凝縮해놓은 듯, 허무하고 서글픈 심사를 무심한 새소리에 부치고 있다.

651?~680?. 일명 유정지劉庭芝(廷之). 미남으로 술을 좋아하고, 비파도 잘 탔다 한다. 심전기와 함께 진사에 급제했으나, 벼슬하지 못하고 재야 시인으로 지냈다. 송지문宋之問의 사위로, 종군시從軍詩와 규정시閨情詩에 능했는데, 그중 대부분은 악부樂府의 칠언 가행체歌行體로서 많은 우수작을 남겼다. 그 장인인 송지문이 '年年歲歲花相似 歲歲年年人不同'을 탐내어, 세상에 알려지기 전에 자기에게 줄 것을 청했으나, 그 청을 들어주지 않아 살해되었다는, 괴설怪說이 전래해오기도 하나, 이는 한갓 그 시구를 빛내기 위하여 지어낸, 호사자의 낭설일 것에 불과하리라. 시집 10권이 있었다 하나 오늘날은 다만, 35수의 시가 전할 뿐이다.

북망산

심전기(沈佺期)

북망산 산 위의
늘비한 무덤,
만고에 낙양과
마주해 있어,

성중엔 밤낮으로
풍류 소린데,
산 위엔 들나니
솔바람 소리….

北邙山上 列墳塋   萬古千秋 對洛城을!
城中日夕 歌鐘起나   山上 唯聞 松栢聲이라
〈邙山〉

邙山(망산) 낙양(洛陽)의 북쪽에 있는 산. 북망산(北邙山). 왕후 귀족의 무덤이 많았다. 오늘
날은 일반 명사화하여 공동묘지의 뜻으로도 쓰이고 있다.
列墳塋(열분영) 죽 늘어서 있는 무덤.
歌鐘(가종) 노래 소리와 악기 소리.

평설 이승과 저승, 산 자와 죽은 자의 대비對比다. 더구나 권세를 부리리며 일세의 영화를 극하던 왕공 귀족도, 궁극의 가는 곳은 북망산뿐이고 보면, '성중'과 '산상'의 극과 극의 대비에서 귀결되는 것은, 인생무상人生無常뿐! 영영축축營營逐逐 추구追求하고 있는 부귀영화란 것이, 필경 그 얼마나 허망한 것인가를 말해주고 있는 것이다.

심전기
沈佺期 ?~714. 자는 운경雲卿. 송지문과 함께 율시의 시형 확립에 공이 컸다. 유희이·송지문과 같이 진사에 급제, 벼슬에 나아갔으나, 득죄하여 유배되는 등 고초를 겪던 나머지, 마침내 벼슬이 '태자소첨사太子少詹事'에 이르렀다. 《심전기집》 10권이 있었고, 《전당시》에 150여 수가 전한다.

고향에 돌아와서

하지장(賀知章)

어려서 떠난 고향 백발 되어 돌아오니
사투리는 예대로나 소꿉친구 서로 몰라
"손님은 어디서 왔소" 웃으면서 묻는다.

少小 離家 老大回하니　鄕音 無改 鬢毛衰라
兒童 相見 不相識하고　笑問 客從 何處來오?
〈回鄕 偶書〉

少小(소소)·老大(노대) '少老'는 젊음과 늙음이요, '小大'는 몸집의 작음과 큼이다.
鄕音(향음) 고향에서 쓰는 어음(語音). 방언(方言). 사투리.
鬢毛(빈모) 귀밑털. 귀밑머리. 살적.
衰(쇠) 쇠함. 머리털이 세고 성기게 됨. '催(최)'로 된 데도 있다.
兒童相見不相識(아동상견불상식) 아이 적에는 서로 알던 사이나, 지금에 와서는 서로 알지
못하게 되었다는 뜻.

평설　하지장은 현종의 신임을 얻어 예부시랑禮部侍郎으로 장안
에서 오랜 동안 벼슬살이를 하면서도 표표飄飄한 풍류시인
으로 주위 사람들에게서 존경을 받아왔다. 만년에는 도사道士가 되
어, 죽기 1년 전인 84세 때, 고향인 절강성浙江省 회계會稽로 돌아온
것이다.

　와보니 산천도 옛날 대로요, 이 지방 사람들이 쓰는 독특한 사투
리도 피차 바뀌지 않았으나, 어려서의 소꿉동무였던 동년배의 노인
들과의 만남에서는, 서로 누군지 알지 못하는 처지가 된 것이다. 그

노래로 읽는 당시

러나 같은 사투리를 쓰는 나그네에 호감이 들어선지 친근하게 웃으며 다가와서는

"손님은 어디서 오셨소?"

하며 묻는 것이다. 이런 곡절을 겪고서야, 어릴 때 친구를 비로소 알아보게 됐을 만큼, 인사人事의 변화에는 격세지감隔世之感을 느끼게 한 것이다.

하지장賀知章 659~744. 초당 때. 자는 계진季眞, 자호는 사명광객四明狂客. 진사에 급제, 예부시랑禮部侍郞 비서감秘書監에 이르렀다. 성품이 활달하고 소탈하여, 술을 좋아하고, 글씨도 잘 썼다. 84세에 벼슬을 그만두고, 도사가 되어 향리인 회계로 돌아가 1년 후에 죽었다. 《하비서집》 1권에 19수의 시가 전한다.

원씨의 별장에서

하지장(賀知章)

주인과는
초면初面이오만
임천林泉이 날 여기
앉히는구려!

괜히 술대접할
걱정일랑 마시오.
내 주머니도 이렇게
쩔렁댄다오―.

主人 不相識이나 偶坐 爲林泉이라
莫謾 愁沽酒하라 囊中 自有錢이라
〈題 袁氏 別業〉

偶坐(우좌) 마주 앉음. 우연히 마주 앉음.
林泉(임천) 숲과 물이 있는 곳. 곧 아름다운 경치.
沽酒(고주) 술을 삼.

평설 "우연히 이곳을 지나다가 이렇게 불쑥 들어와 면식도 없는
주인과 마주앉게 되었음은, 이는 전적으로 이 정원이 너무
나 아름답기 때문이오. 그래서 나도 모르게 이끌려 들어오게 된 것
이니, 책임으로 따지자면, 정원을 이렇게도 아름답게 가꾸어놓은

주인에게 있다 하겠소. 그렇다고 괜히 술대접할 걱정일랑 하지 마시오. 내 주머니에도 저절로 쩔렁거리는 소리가 난다오" 하며 주머니를 흔들어 보이는 이런 기발한 해학이, 이 초대면의 서먹서먹한 자리를, 단박에 화기융융和氣融融한 지기知己의 만남인 양 일변하게 만들고 만 것이다. 정히 산수山水와 시주詩酒를 좋아하여, 예법 따위에 구애되지 않는, 소탈한 풍모의 사명광객四明狂客(작자의 자호)다운 작자의 면모가 넘쳐 나는 장면이기도 하다.

당신 떠난 후론

장구령(張九齡)

당신 떠난 후론 짜던 배도 버려뒀어요.
그리운 마음은 늘 보름달 같건마는
밤마다 달이 삭아가듯 여위어만 갑니다.

自君之 出矣로　　不復 理殘機라
思君 如滿月이나　夜夜 減淸輝를!
〈自君之出矣〉

自君之出矣(자군지출의) 옛 악부제(樂府題). '그대가 집을 떠나간 후로는'의 뜻.
不復理殘機(불부이관기) 짜다 둔 베틀의 베를 다시는 짜지 않고 내버려둠.

 이는 저 시경詩經 국풍國風의 '자백지동自伯之東'의 점화
點化다.

　임이 동으로 떠나신 후론
　내 머리는 쑥대강이 되고 말았네.
　어찌 기름이야 없으랴마는
　누구를 위하여 얼굴 꾸미료?

　自伯之東으로　首如 飛蓬이라
　豈無 膏沐이나　誰適 爲容고?

화장을 하지 않음은 말할 것도 없거니와, 여자의 가장 소중한 생업인 길쌈도, 손에 잡히지 않아, 짜다 남은 베틀을 밀쳐둔 체 돌보려 하지 않고 있는 것이다.

무슨 경황으로 베 같은 걸 짜고 있으랴? 실실이 맥이 풀려, 모든 일이 다 귀찮은 것이다.

思君如滿月　夜夜減淸輝

생각나느니 오직 임이요, 보고 싶은 이 오직 임이라, 그리운 마음은 언제나 보름달 같이 마음속에 가득 차 있건마는, 보름달이 밤마다 야위어가듯, 이 몸도 시름시름 야위어만 가고 있다니, 이 얼마나 그리움의 절절切切한 정일런고? 비록 목석같은 남편일망정, 이런 시에 접하고서야 어찌 한 가닥 애련愛憐의 정情에 인색해질 수 있으리요?

송강의 사미인곡의 한 대문, '올적에 빗은 머리 얽히인 지 삼 년이라, 연지분 있네마는 눌 위하여 고이할꼬?'도 같은 심사에서다.

장구령 張九齡 678~740. 초당. 자는 자수子壽. 진사에 급제, 좌습유左拾遺, 중서서인中書舍人 등 역임. 재상 장열張說의 심복으로, 장열 사후에는 재상이 되어 현종을 보좌했다. 현상賢相이었으나, 이임보李林甫의 참언으로 형주자사荊州刺史에 좌천, 그곳에서 병사했다. 오언고시에 능했으며, 시의 복고 운동에 진력했다.

달을 바라보며

장구령(張九齡)

바다 위로 떠오르는
저 밝은 달을
하늘가 두 끝에서
함께 보겠네.

그이도 이 긴 밤
원망타 말고
일어나 밤새도록
날 생각하리⋯.

촛불 끄고 달 아래
거닐었더니
옷에도 촉촉이
이슬이 배네.

저 달빛 움켜내도
보낼 길 없어
침실로 되돌아와
꿈에 기대네.

海上 生明月하니　　天涯 共此時라

情人이 怨遙夜하여　竟夕 起相思라
滅燭 憐光滿인데　披衣 覺露滋라
不堪 盈手贈하여　還寢 夢佳期라
〈望月 懷遠〉

遙夜(요야) 긴 밤.
滅燭(멸촉) 촛불을 끔.
憐光滿(연광만) 달빛 가득함을 어여삐 여김.
夢佳期(몽가기) 꿈속에서나 만나기를 기약해본다.

평설　달을 바라보며 먼 곳에 있는 정인을 그리워함이다.
　　하늘의 이 끝과 저 끝으로 헤어져 있는, 멀고도 먼 우리의
두 사이건만, 달을 두고 바라는 마음은 한결같아서, 지금 바로 이
시각 그도 저 달을 바라보고 있으리? 내가 그러하고 있듯, 그도 나
를 이 밤 내 그리워하고 있으리? 달빛을 매개로 마음과 마음이 감응
한다.
　　차라리 촛불을 끄고 뜰에 나가 달 아래 거닐고 있자니, 어느덧 옷
에도 이슬이 촉촉이 배어든다. 꽤나 시간이 흘러갔나 보다. 저 아름
다운 달빛을 한 움큼 움켜내어 임에게로 보내드리고 싶다마는, 보
낼 길이 막막하니 어찌하랴? 지친 몸을 이끌고 침실로 되돌아와, 꿈
에서나 만나려나 잠을 청해보는 가없는 정황이다.
　　사미인곡의 일절, '동산에 달이 나고 북극에 별이 뵈니 님이신가
반기니 눈물이 절로 난다. 청광을 피워내어 봉황루에 부치고자…'
도 같은 심사에서다.

거울을 바라보며

장구령(張九齡)

그 옛날 품었던
청운의 꿈이
속절없어라.
백발 나이여!

뉘 알았으랴?
거울 속의 나
서로 바라보며
가여워할 줄―.

宿昔 靑雲志가   蹉跎 白髮年을!
誰知 明鏡裏에   形影이 自相憐ㄴ고?
〈照鏡見白髮〉

宿昔(숙석) 옛날.
靑雲志(청운지) 높은 이상.
蹉跎(차타) 돌뿌리에 걸려 넘어짐. 불우하여 뜻을 이루지 못함. 실의(失意)한 모양.
形影(형영) 형상과 그림자. 실체와 영상. 곧 나와 거울 속의 나.

평설 소년 시절부터 가꾸어 오던 청운의 꿈이, 중도에 차질을 빚어 허망하게 낙탁落魄한 채, 이미 백발 노경에 이르렀으니, 이젠 만사휴재萬事休哉로다.

저 거울 속의 '나의 그림자'와 '내'가 서로 바라보며 안쓰러워하고 있을 줄을, 어찌 일찍이 상상이라도 해보았으랴?

전반은, 재상직宰相職에서 실족失足한 실의에 찬 자탄으로, '靑雲志' 대 '白髮年'의 크나큰 낙차落差에서, '蹉跎'의 전패상顚沛相이 여실如實하고,

후반은, '形影'이 '相憐'함으로써, '憐'의 도度가 상승하여 무한증無限增으로 나타나니, 그 모두 기발한 발상發想이요 교묘한 조사措辭에서 오는 효과인 것이다.

재상직을 그만두고

이적지(李適之)

현인을 피해
재상 물러나
성인을 즐겨
잔을 드노라.

물어보노니
문전의 손님
오늘 아침엔
몇이나 왔던?

避賢 初罷相하여　樂聖 且銜杯라

爲問 門前客이　　今朝 幾箇來오?

〈罷相〉

避賢(피현) 현인을 피함. 현인이 들어앉을 벼슬자리를 비워준다는 뜻. 속뜻으로는 '탁주를 기피함'.

初(초) 막. 이제 막.

罷相(파상) 재상(宰相)의 벼슬을 그만둠.

樂聖(낙성) 성인을 좋아함. 속뜻으로는 '청주(淸酒)를 즐김'.

銜杯(함배) 술잔을 입술에 문다는 뜻으로, '술을 마시다'의 완곡어.

爲問(위문) 물어봄. 차문(借問).

작자는 당 현종 때의 좌상左相이었으나. 이임보李林甫)의 술
책에 걸려, 재상직을 물러나게 되었는데, 이를 '피현避賢'이
라 했다. 현인賢人이 들어설 자리를 위하여, 자기의 재상 자리를 비
워준다는 뜻이다. 매우 상대를 정중히 대접해주는 표현인 듯하나,
그러나 그 대구의 '낙성樂聖'에 이르러, 비로소 그 본의가 드러나게
되는, 묘한 역설적逆說的 구문構文으로 이루어져 있음을 알게 된다.

'樂聖'의 '聖'은 청주淸酒요, 이의 대인 '避賢'의 '賢'은 탁주濁酒를
이름이니, 이는 서막徐邈의 고사에 비롯된 것으로, 이백도 '已聞淸
比聖 復道濁如賢'이라 했고, 두보의 시에도 '銜杯擧聖稱避賢'이란
구가 있다.

이는 당시 술꾼들의 농조弄調 해학조諧謔調로 쓰던 속어다. '避賢
樂聖'의 표면의 뜻은, '현인에게 벼슬자리를 양보하고, 성인을 좋아
하여 도학道學를 즐기다'의 뜻으로, 매우 떳떳한 대인풍大人風의 아
량으로 보이는 한편, 여기에서의 넌짓한 속뜻으로는, '탁주를 싫어
하여 청주를 마시다'의 뜻이 된다. 곧 '賢'이 여기에서는 '假賢'이
요, '僞賢'이요, '사이비현似而非賢'임을, 냉소적冷笑的으로 일컬은 것
이다.

후반부는 한漢의 정위廷尉였던 적공翟公의 고사를 배경으로 하고
있다. 그가 그 막강한 권좌에 있을 때는, 문전성시門前成市를 이루던
아침 손님들이, 그 직에서 물러나자 일제히 발길을 끊더니, 그가 후
일 그 자리에 복직이 되자, 다시 또 옛날처럼 몰려들매, 크게 탄식
했다는 고사다. 이는 정승의 말이 죽었을 때는 위문객이 많다가도,
정작 정승이 죽었을 때는 한 사람도 없더라는, 염량세태炎涼世態의
인심을 보인 것이다.

'今朝幾箇來'의 '今朝'는 기구의 '初'와 호응하여, 사직한 바로

다음 날 아침임을 뜻한다. '幾箇'는 '기인幾人'이면 무난할 것을, 구태여 '箇'를 쓴 것은, 측성仄聲 자리라서, '人(平聲)' 아닌 '箇'를 쓴 것이라 할 수도 있겠으나, 그러나 그것은 상당한 모멸侮蔑을 담은 표현이 아닐 수 없다.

결구에서 작자가 예상하는 대답은, 물론 '零箇(영개: 한 개도 없음)'일 것이다.

이적지 **李適之** ?~747. 성당盛唐. 형부상서刑部尙書를 거쳐 재상이 되었으나, 이임보李林甫의 간계에 빠져, 현종玄宗의 신임을 잃자, 위험을 감지하고 사직했다. 단 두 수의 시가 전한다.

노래로 읽는 당시

양주사

왕한(王翰)

포도주 야광배를
연해 연방 비워내라.
마상의 비파 소린
흥 돋구며 재촉한다.

취하여 내 모래벌에
쓰러졌다 웃지를 마오.
예로부터 출정군인
몇이나 돌아오던?

葡萄 美酒 夜光杯　　欲飮 琵琶 馬上催하라

醉臥 砂場 君莫笑하라　古來 征戰에 幾人回오?

〈凉州詞〉

[題意] 양주사: 악부제(樂府題)로서, 출정 군인의 노래.

夜光杯(야광배) 백옥의 술잔.
催(최) ① (음악을) 연주하다. ② (잔을 빨리 비워내라고) 재촉하다. 여기서는 ①②의 뜻을 겸함.
君(군) 막연히 세상 사람을 가리켜 한 말.
征戰(정전) 싸움터에 나감.

출정 군인의 침통한 취중발醉中發의 장탄식長歎息이다.

아름다운 포도주에 야광배 술잔, 마상에선 비파 소리 흥을 돋구며, 한 잔 한 잔 또 한 잔 연거푸 마시라고 재촉이라도 하듯 휘몰이가락으로 앵앵거린다.

마침내 곤드레가 되어 전선의 모래벌에 아무렇게나 쓰러지고 만다. 쓰러져 중얼거리는 소리 — "날 비웃지 마오. 예로부터 전장에 나간 사람, 몇 사람이나 살아 돌아오던가?"

전쟁을 혐오嫌惡하는 염전厭戰 사상이, 시의 밑바닥에 짙게 깔려 있음을 놓치지 말 것이다.

687?~726?. 자는 자우子羽. 진사시에 급제, 장열張說에게 인정되어, 비서정자秘書正字, 가부원외랑駕部員外郞에 발탁되었으나, 성품이 호방하여, 집에는 명마名馬를 기르고, 가기歌妓와 악공樂工을 두고, 술과 사냥을 즐기는, 방탕한 생활을 하였으므로, 계속 좌천, 마침내 유배 길에서 죽었다는 설이 있다. 문집 10권이 있다.

관작루에 올라

왕지환(王之渙)

태양은 산마루에
가뭇없이 지고
황하는 바다를 가르고
들이 흐른다.

천 리 밖 땅 끝까지
보고 말리라,
또 한 층을 올려 밟는
층층대 계단!

白日은 依山盡이요　黃河 入海流라

欲窮 千里目하여　　更上 一層樓를!

〈登 鸛鵲樓〉

鸛鵲樓(관작루) 지금의 산서성 영제현(永濟縣)에 있는 3층 각누. 황새가 집을 지었다느니,
까치가 집을 지었다느니, 한 데서 온 이름이라 한다.
白日(백일) 태양.
依盡(의진) 산그늘에 가리어 완전히 사라짐.

평설　관작루 다락에서의 조망이다. 위로는 이글거리던 태양도
이제는 서산마루에 가뭇없이 사라졌는데, 아래로는 멀리
바다로 흘러드는 황하의 장대한 물줄기가 바다를 가르고 끝없이 밀

어들고 있다. 2층에서의 조망이 이처럼 장쾌할진댄, 3층에서는 천리 밖 땅 끝까지도 한눈에 탁 트이게 내다보이리라 하여, 다시 또한 층의 층층대를 벅찬 설렘으로 밟아 오르고 있는 것이다.

'白日'과 '黃河'의 대에서, 거시안적巨視眼的으로 포착되는 상하건곤의 두 움직임과, 그 색채의 대조미對照美를 음미할 것이며, '一層樓'와 '千里目'의 대에서는, 높은 지대에 특립特立해 있는 누의 위치와, 거기서 다시 흘립屹立해 있는 건물의 높이가 간접적으로 엿보인다. 그리고 '일층 = 천 리'는, 이른바 '호리천리(毫釐千里: 毫釐之差 千里之違)'의 법칙에서다.

현재에 만족하지 못하는 인간의 무한 욕구의 한 측면이기도 하며, 인간의 본능으로 갖추어져 있는, 더 높은 곳으로의 '지향성志向性'이기도 하다. 그것은 식물의 향일성向日性처럼, 일종의 동경憧憬이요 그리움이다.

또 한 층의 계단을 밟아 오르는, 작자의 가슴에 설레는 벅찬 기대는, 그대로 독자 모두의 가슴을 설레게도 하는, 여운 속에 길이 남는 이 시의 안목이다.

여담 박근혜 대통령이 중국을 예방했을 때, 시진핑 주석은 미리 비단폭에 당시 두 구를 쓴 것을 답례로 건네주는 장면이 방영되었는데, 꿈틀거리는 주름 사이로 몇 자를 읽을 수 있었다. 곧 태학시판 구본의 해당 쪽을 접어, 청와대로 보냈더니, 비서실장의 감사장과, 연말엔 대통령의 연하장이 오곤 했었다.

왕지환 王之渙 688~742. 자는 계릉季陵. 초년에는 술과 검술을 좋아하여 협객들과 어울렸으나, 중년 이후로 문학에 전념, 날이 갈수록 시명詩名이 높았다. 고적, 잠삼, 왕창령 등과 친했으며, 시정이 우아하고 율조律調가 아름다워, 악공들이 그의 시에 악곡을 부쳐 노래하기를 좋아했다 한다. 시문은 대부분 없어지고, 6수의 절구가 남아 있을 뿐이다.

양주사
왕지환(王之渙)

황하는 멀리 올라
백운 사이요,
한 조각 외론 성은
만 길 산 윈데,

피리 가락 하필이면
'원앙류'이랴?
봄빛도 못 넘는
옥문관인걸—.

黃河 遠上 白雲間하니   一片 孤城 萬仞山이라
羌笛은 何須 怨楊柳오   春光 不度 玉門關을!
〈凉州詞〉

凉州詞(양주사) 악부의 제목. 변경을 지키는 출정 군인의 노래. '出塞'로 된 데도 있다.
黃河遠上(황하원상) '黃河道上' 또는 '黃沙道上' 또는 '黃沙直上'으로 된 데도 있다.
萬仞山(만인산) 만 길 산. '仞'은 8척. 한 길.
羌笛(강적) 강족(羌族)이 부는 피리. 호적(胡笛).
何須(하수) 무슨 필요가 있으랴? '필요가 없다'의 반어.
怨楊柳(원양류) 애원조(哀怨調)의 '절양류(折楊柳: 이별곡)'.
春光(춘광) 봄빛. '春風'으로 된 데도 있다.
玉門關(옥문관) 감숙성(甘肅省) 돈황(敦煌)의 동쪽에 있는, 서역(西域)으로 통하는 관문. 양주
는 옥문관에서 상당히 못 미치는 거리에 있는, 옥문관 동쪽에 있는 곳이나, 다 같은 변세
(邊塞) 지방인 데서 인용한 것.

‘黃河遠上’의 ‘上’은, 이러한 구문에서 으레 그러하듯, 동사적 용법으로 풀이되어야 한다. 그러나 ‘遠上’의 주체는 황하의 물이 아니라, 황하의 강줄기를 더듬는 작자의 시선인 것이다. 이는 이백李白의 ‘장진주將進酒’의 ‘君不見黃河之水天上來 奔流到海不復廻’에서와도 같이, 멀리서 바라보는 황하의 물이, 마치 하늘에서 흘러오는 듯한 장관임을 나타낸 점에서 서로 일치한다.

또 제3구의 ‘楊柳’는 ‘버드나무’와 ‘절양류’의 두 가지 뜻을 겸한, 깊고 긴 사연을 함축하고 있다. 곧 ‘버들’은 그 가지를 꺾어 떠나는 사람에게 석별의 정으로 주는 풍습에서 이별의 상징물이 되는 한편, 나아가 이별곡인 ‘절양류곡’의 피리 가락으로 불리게 되었다. 그러나 여기처럼 봄빛이 넘어오지도 못하는, 이 하늘 밖 외진 곳에서는, ‘버들’은 아예 맹동하지도 못하는 곳이거늘, 저 들려오는 ‘절양류곡’의 피리 소리는, 이다지도 병사들의 가슴 가슴에 파고들어, 애끊는 향수를 돋군단 말인가? 그 슬픈 가락의 피리 소리는 차마 들을 수가 없다는 것이다.

이 시의 전반은, 양주성에서 바라본 새상塞上의 풍광으로, 황하는 마치 흰 구름 사이에서 흘러오는 듯 장대하고도 황량한데, 여기 이 양주성은 높은 산 위에 외로이 동떨어져 있는, 고립무원孤立無援의 정황을 보임이요, 후반은 수비병의 슬픈 원한을 나타낸 것으로, 직설하는 대신 피리 소리의 ‘절양류곡’을 빌어 우회적으로 나타내고 있다.

이 시의 원문은 판본에 따라 문자의 이동異同이 많으니, 이는 시창詩唱으로 널리 불리어지면서, 고래의 가객들이 각자의 취향대로 첨삭添削을 함부로 한 데서 온 혼선이기도 한 만큼, 변새시邊塞詩의 절창絶唱으로 평가되어오고 있다.

나그네 뱃길

왕만(王灣)

나그네 길은
청산 밖인데,
푸른 장강을
배는 달린다.

질펀한 밀물에
넓어진 기슭,
순풍에 퍼덕이는
한 폭 돛이여!

새벽에 느닷없는
바다 해돋이.
묵은해에 또 와 있는
강 마을의 봄!

집에 보낼 편지는
어이 전하랴?
돌아가는 기러기는
낙양 하늘가…….

客路 靑山外오 行舟 綠水前을!

潮平 兩岸濶이요　風正 一帆懸이라

海日은 生殘夜오　江春은 入舊年이라

鄕書 何處達고?　歸雁 洛陽邊을!

〈次 北固山下〉

[題意] '次'는 '과차(過次)'의 뜻으로, '북고산 아래를 지나며'의 뜻. '북고산'은 강소성(江蘇省) 진강현(鎭江縣)에 있어, 삼면이 바다로 둘려 있는 산.

風正(풍정) 바람이 바르다는 뜻으로, 배 가는 방향으로 부는 바람. 순풍(順風).
潮平(조평) 밀물이 들어와 만조(滿潮) 상태가 되어 있음을 이름.
海日(해일)·江春(강춘) 바다의 해는 새벽의 예고도 없이 밤이 아직 다 가기도 전에 느닷없이 솟아오르는 것 같고, 강 마을의 봄은 한 해가 다 가기도 전에 벌써 맹동하고 있다는 뜻.
鄕書何處達(향서하처달) 고향으로 보낼 편지는 어느 편으로 보낼 것인가?

평설　이 시의 제목의 '次'는 과차過次의 뜻으로, '…를 지나면서'라고 해야 할 것을, 고래의 모든 해설서解說書들이 입을 모은 듯이, '배를 세우고 배 안에서 하룻밤을 묵으면서'로, 그 정황을 잘못 잡음에서 오는, 엉뚱한 곡해들을 하고 있다. 이 시에는 '행주行舟'라 했을 뿐, 아무 데도 배를 멈춰 세운 데가 없다. 세웠다면 돛은 내렸을 것이나, 보라. 오히려 순풍에 퍼덕거리고 있지 않은가?

이제 북고산을 돌아 나가기만 하면, 그립던 바다를 보게 되리라. 그의 대양大洋으로 향하는 낭만의 여정旅情은, 몸보다 마음이 앞서 달린다. '客路靑山外'가 그것을 말해주고 있다. 순풍에 퍼덕이고 있는 돛폭의 마음 또한 그 마음이다.

때마침 밀물은 들어와 만조滿潮를 이루어, 강의 두 기슭은 더욱 넓어진 넉넉한 가운데로, 배는 계속 멈추지 않고 가고 있는데, 날은 어느덧 환히 새고 있는 것이 아닌가? 동이 트기 시작하여 서서히 밝아오는 새벽의 과정을 생략한 채, 바다에 연해 있는 이 장강의 아침 해는 느닷없이 솟아올라 사람을 당황스럽게 하고 있다. 그러고 보니 여기는 이미 봄이다. 기슭은 봄 경치로 가득하다. 한 해가 다 가기도 전인데, 어느덧 와 있는 새해의 봄! '일년재봉춘—年再逢春'이 이를 두고 이름인가? 봄 또한 사람을 당황스럽게 하고 있다.

이러한 놀라운 이향감異鄕感에 문득 집 생각이 간절해진다. 봄이라 기러기도 서둘러 북으로 북으로 장안 쪽을 향하여 날아가고들 있다. 옛날 소무蘇武의 고사처럼 기러기 편에 편지 한 장 부쳐볼까 한들 망연해질뿐이다. 무슨 수로?….

 693~751. 진사에 급제하여, 벼슬이 낙양현위洛陽縣尉에 이르렀다. 10수의 시가 전한다.

노래로 읽는 당시

연밥 따는 노래

왕창령(王昌齡)

연잎이랑 비단치마
한 빛인데다
연꽃은 두 볼 가에
붉게 피었네.

우루루 못에 들곤
볼 수 없더니
노래 소리 듣고서야
사람인 줄을 ―.

荷葉 羅裙이 一色裁하니　芙蓉 向臉 兩邊開라
亂入 池中 看不見터니　聞歌 始覺 有人來라
〈採蓮曲〉

採蓮曲(채련곡) 악부곡(樂府曲)의 하나. 제(齊)의 경공(景公)이 채련주(採蓮舟)를 만들어 궁녀
들로 하여금 연못에 들어가 연밥을 따게 하던, 고대 궁중 놀이의 하나.
芙蓉(부용) 연꽃의 딴 이름.
臉(검) 뺨.
亂入池中(난입지중) 어지럽게 못 안으로 들어감. 곧 많은 미녀들이 저마다 쪽배를 저어 일
시에 못 안으로 들어감.

사람들은 흔히 말한다. '꽃 같은 미인'이라고―. 그러나 이는 비유인지라, 그 둘은 각각 딴 존재일 뿐이나, 이 시의 '꽃과 미인'은 혼연하여 둘 사이에 간격이 없다.

연잎과 비단치마가 한 빛으로 푸르고, 연꽃과 미녀의 홍안紅顔이 또한 한 빛으로 붉어, 보이는 것 모두가 연잎·연꽃인 줄만 여겼는데, 노래 소리를 듣고서야 비로소 거기 사람이 있었음을 깨닫게 되었다는, 꽤나 '엉뚱'과 '능청'을 부린 미인도美人圖다.

1, 2구의 내용은 제3구의 '亂入池中'한 뒤의 광경이다. 시간적 순서대로라면 제3구가 맨 앞에 와야 할 일이나, 극적 효과를 위하여 도치한 것이라 여겨진다.

왕창령
王昌齡 698~757?. 자는 소백少伯. 진사에 급제, 벼슬길은 순탄치 못했다. 성당의 시인으로 시단의 위상이 맹호연, 최호(崔顥)와 비슷했다. 변새시邊塞詩와 규원시閨怨詩에 능했으며, 칠언절구에 뛰어났다. 저서에 《시격詩格》, 《시중밀지詩中密旨》, 《고악부해제》 등이 있고, 시 180여 수가 전한다.

서궁추원

왕창령(王昌齡)

부용도 못 미칠
미인의 단장
수전水殿에 불어 드는
연꽃의 향기

못 잊는 정 한일레라,
가을 부채여!
공연히 달 걸어놓고
임 기다림이여!

芙蓉 不及 美人妝　　水殿 風來 珠翠香이라
卻恨 含情 掩秋扇인데　空懸 明月 待君王을!
〈西宮 秋怨〉

향기롭고 꽃다워도 가을 부채 신세인걸,
도리어 한스럽다. 버려진 채 못 잊는 정!
공연히 달 걸어놓고 임 오실까 기다려 ―.

西宮(서궁) 한(漢)의 성제(成帝)가 조비연(趙飛燕)을 사랑하게 되자, 반첩여(班婕妤)는 한을 품은 채 서궁(西宮=長信宮)으로 밀려나게 되었다. '西宮秋怨'은, 이 이야기를 다룬 옛 악부에 따라 후인들이 노래한, 많은 노래 중의 하나다.
芙蓉(부용) 연꽃을 이름.

水殿(수전) 연당(蓮塘) 한가운데에 지은 별전(別殿).
珠翠(주취) 주옥과 비취. 여기서는 붉은 연꽃 푸른 연잎의 향기.
掩秋扇(엄추선) 버려진 가을 부채. '엄'은 '掩棄' 또는 '掩藏'의 뜻. 버림받은 여자의 비유.
반첩여가 그의 원가행(怨歌行)에서, 자신을 '추선'에 비유한 데서 인용한 것
空懸明月(공현명월) 한(漢) 무제(武帝)의 사랑을 잃은 진황후(陳皇后)를 위하여 쓴 사마상여
(司馬相如)의 '장문부(長門賦)'에 나오는 '懸明月以自照'를 인용한 것. '공'은 '하늘'과, '공연
히'의 중의(重義).

평설 아무리 아름답고 향기로워도 이미 자신은 '가을 부채'처럼
버림받은 신세가 되었음을 익히 알면서도, 다사로운 그 옛
정은 차마 잊혀지지 않아, 행여나 이 밤 문득 오시려나, 오실 길이
어두워 못 오실세라, 그 오실 길목에다, 저 밝은 달을 등불 삼아 걸
어, 한 하늘 밝혀두고는, 밤마다 이제나 저제나로 밤을 지새우는 자
신, 잊어야지 잊어야지 하면서도, 차마 잊지 못하는 자신의 이렇게
도 끈질긴 미련이 도리어 원망스러운 것이다. 임에게로 향할 원망
을 자신에게로 되돌리는, 그 마음씀이 어찌 가련하지 아니하랴?

'달'은 궤도에 따라 그 시각 그 위치에 있음이련만, 마치 자기의
의지로써 그렇게 거기 걸어두었는 양, 그 사동적使動的 용법用法에
의하여, 기다리는 마음의, 등불 정도가 아닌, 저 달빛만큼이나 그지
없이 간절함을 드러내 보인, '空懸明月'의 기발하고도 멋들어진 표
현을 음미할 것이다.

유방평劉方平의 〈장신궁長信宮〉도 비슷한 내용으로, 이루어질 리
없는 실낱같은 희망에 기대를 걸어보는 애달픈 심사를 또한 엿볼
것이다.

꿈속에 가까이
임 모셨더니

노래로 읽는 당시

궁중엔 은하수
저리 높고녀!
가을바람 되려
더울 양이면
부채야 수고로움
사양하리까?

夢裏 君王近　　宮中 河漢高를!
秋風 能再熱이면　團扇不辭勞라

봄 아침

맹호연(孟浩然)

'봄잠'이라 날 샌 줄
몰랐더니

처처에 우짖는
산새 소리…

밤사이 흩뿌리던
비바람에

꽃들 꾀나
졌나 보다!

春眠 不覺曉　　處處 聞啼鳥라

夜來 風雨聲에　花落 知多少라

〈春曉〉

春曉(춘효) 봄 아침.
夜來(야래) 밤 이래로. 밤 내내.
知多少(지다소) '多少'는 '기하(幾何)'의 뜻이나, '多'의 비중이 더 높다.

'봄잠'은 시어머니도 알아준다는 춘곤春困의 계절! 게다가 지난 밤 내내 비바람 치는 소리에 잠을 설쳤던 터라, 날 샌 줄도 모르고 늦잠을 자고 있다가, 산새들 우짖어 쌓는 등살에 어렴풋이 잠에서 깨어나게 된 것이다. 그러나 노곤하여 눈감은 그대로 잠자리에서 일어나지 않은 채다.

오직 열려 있는 감관感官은 귀요, 귀로 들어오는 것은 '새소리'다. 이 새소리만으로도 바깥 정황은 내다보나마나 환하다. 밤 내 몰아치던 비바람에, 뜰에 있는 꽃나무들의 꽃이란 꽃들, 너무도 어이없이 떨어졌나 보다. 아니고서야 새들의 방정이 어찌 저렇듯 심하랴? 그 떨어져 깔린 낙화를 안타까워하며, 저들도 저리 애닲다 조잘대고 있는 것이려니, 봄도 이제 끝장이 나고 있는가 보다….

시인의 봄을 아끼는 마음과, 덧없는 계절의 추이에서 느꺼워지는 무상無常이, 언외言外에 담담히 부쳐져 있다.

우리나라 후기 위항시인 오경화吳擎華의 시와, 송순宋純의 시조가 생각난다.

술 대하니 백발이
새삼 섧구나.
세월은 흐르는 물
몇지를 않네.

산새도 저무는 봄
차마 애달다
소리 소리 우짖은들
지는 꽃을 어이리?

對酒 還憐 白髮多　　　年光 如水 不停波라

山鳥는 傷春. 春已暮　百般 啼奈 落花何오?

〈對酒 有感〉

꽃이 진다 하고 새들아 슬퍼 마라.

바람에 흩날리니 꽃의 탓 아니로다.

가노라 희짓는 봄을 새와 무삼하리요?

―송순(宋純)

맹호연
孟浩然 689~740. 성당. 호북성 양양 사람. 이름은 호浩, 자는 호연
浩然. 젊은 시절 여러 번 낙방落榜하고, 40세 이전에 양양 부
근에 있는 녹문산鹿門山에 은거하다가, 늦게야 상경하였다. 왕유와
병칭되는 자연파自然派 시인. 왕유는 그를 현종에 천거하였으나, 불
발에 그쳐, 일생을 처사로 마쳤다.《맹호연집》4권에 260여 수의 시
가 전한다.

전원의 즐거움
왕유(王維)

푸른 실버들에 봄 안개 서려 있고
밤비에 진 복사꽃 쓸 이 없이 널려 있다.
꾀꼬리 핀잔 속에도 잠 못 깨는 산사람!

桃紅 復含 宿雨요   柳綠 更帶 春烟이라
花落 家僮 未掃ㄴ데   鶯啼 山客 猶眠이라
〈田園樂〉

宿雨(숙우) 밤 동안에 온 비.
家僮(가동) 심부름하는 제자 아이.
山客(산객) 산에 사는 사람. 은거하는 사람. 산사람. 여기서는 작자 자신.

평설　이는 망천장輞川莊에 귀은歸隱하던 초기의 작품이다. 7수 모두 산중 생활의 유연한 정조情調를 육언절구六言絕句의 색다른 율조律調에 담고 있다.

　아무 바쁠 것이 없는 주인은 아침 잠자리에서 일어날 줄을 모른다.

　바깥은, 봄 안개 속 능청대는 연둣빛 실버들! 밤비에 떨어져 한마당 널려 있는 복사꽃! 감탄을 자아낼 이러한 경관들이 기다리고 있는데도 말이다. 더구나 욕쟁이 꾀꼬리는,

　"냉큼 일어나 내다보라우…"

　"잠꾸러기 코끼로우(코꿰라?)…"

"늑(너의) 할애비 코끼로우"

등 핀잔인지 협박인지 수다를 떨어 쌓는데도 말이다.

산사람이 된 주인은 일부러 늑장을 부리고 있는지도 모를 일이다.

일찍이 한 번도 맛보지 못했던, 이 천지에 바쁠 것이 없는, 느긋하고도 유연함! 포근하고도 담담함! 이는 정히 은사의 금도襟度요 풍정風情이렷다!

왕유
王維 699~761. 자는 마힐摩詰. 성당 때의 자연시인. 19세 때 진사시에 합격하여, 비교적 평온한 관리 생활을 해왔다. 안녹산의 난에 장안에 남았다가 부역附逆의 혐의로 한때 곤경에 처해지기도 했으나, 여럿의 주선으로 죽음을 면했다. 후에 벼슬이 상서우승尙書右丞에 이르렀다. 그는 그림에도 조예가 깊어, 남화南畫의 개조開祖로 일컬어진다. 중년에 망천별장輞川別莊을 입수하여, 선禪의 경지에서의 관조觀照로, 자연과 인생을 고요하게 즐겼다. 《왕우승집》10권에 380여 수의 시가 전한다.

죽리관

왕유(王維)

그윽한 대숲
혼자 앉아서
거문고를 타라…
한 목 읊으랴…

깊은 숲속, 남들은
알 수 없지만
밝은 달은 찾아와
서로 즐긴다.

獨坐 幽篁裏하여　彈琴 復長嘯라

深林 人不知ㄴ데　明月이 來相照를!

〈竹里館〉

幽篁(유황) 그윽한 대숲.
嘯(소) 휘파람의 뜻이나, 여기서는 '소영(嘯咏)'의 뜻으로, 노래를 부르거나 시를 읊음을 이름.
相照(상조) 서로 응하여 반기며 즐김. 조응(照應)의 뜻.

평설　'죽리관'은 '망천별장輞川別莊'에 딸린, 죽림 속의 별채다. 주인은 명리名利를 떠난 허심虛心한 자연의 일원으로서, 이 외진 숲속에 살고 있는 것이다. 때론 거문고를 타기도 하고, 때론 한 목청 길게 시를 읊거나 노래를 부르기도 한다. 이로써 대숲은 늘

활기에 차 있다. 대숲이 짙어 사람들은 알지 못한다. 그러나 밤이면 밝은 달이 내게로 찾아온다. 나 또한 그를 맞는다. 이로써 숲속은 천상과 지상, 자연과 인간이 교감하는 밤의 향연이 벌어진다.

얼핏 생각하면, 은서隱棲 생활이란, 모든 것이 정지되어 있는, 정적靜寂의 외딴 세계 속에 외로이 동떨어져 사는, 적막한 생활로 알기 쉬우나, 실은 그 반대임을 보여주고 있다. 변화무쌍한 자연 속에서 천지만물과 교유交遊하는 동도同道, 동락同樂, 동호同好의 생활임을 말해주고 있다.

'相照'의 '相'을 '상사相思'의 '相'과 같이, '서로'의 뜻을 배제하고, 달의 일방적인 비춤으로 보려는 풀이들이 있으나, 이는 시취詩趣를 반실半失하고 말 것이다.

장소부에게 답하여

왕유(王維)

늙으니 고요함만
그저 좋을 뿐
세상만사가
심드렁해져,

생각해본들
별수 없기에,
헛되이 옛 숲으로
돌아왔나니…

풀어헤친 가슴에
솔바람 불고
거문고 타는 가락
비춰주는 달…

궁통의 이치야
물어 뭣하나?
앞 개엔 어부가
구성지거늘 ─.

晩年 惟好靜하여   萬事 不關心이라

自顧 無長策하여　空知 返舊林이라

松風은 吹解帶하고　山月은 照彈琴이라

君問 窮通理하노니　漁歌 入浦深이라

〈酬 張少府〉

酬張少府(수장소부) 소부는 벼슬 이름. 장소부의 물음에 답한다는 뜻.

長策(장책) 좋은 계책.

舊林(구림) 옛 숲. 곧 고향.

窮通(궁통) 궁함과 통달함. 곤궁과 영달.

漁歌(어가) 초사(楚辭) 어부사(漁父辭)에 나오는 '창랑가(滄浪歌)'를 이름. '창랑의 물이 맑으면 갓끈을 씻을 것이요, 흐리면 발을 씻을 것이라'는 내용으로, 세상의 변화에 따라 분수대로 적응하여 즐겁게 살라는 암시가 담겨 있는 노래다.

※ '가락'은 거문고를 타는 손 '가락'과 노래의 '가락(曲調)'의 중의(重意).

 1, 2련은 세속의 일에 흥미가 없어 자연으로 돌아오게 된 경위요, 3련은 예절 따위 인위人爲에 얽매임이 없이, 자연과 서로 사귀는 은서隱棲생활의 즐거움이요, 특히 제3련;

　松風吹解帶　山月照彈琴!

은, 이 얼마나 멋이 뚝뚝 듣는 경인구驚人句인가? 솔바람이 불어 띠를 풀어헤치게 함이기도 하려니와, 그 풀어헤친 가슴으로 솔바람이 불어 듦이기도 하여 전후가 호응互應하고, 산월山月은 거문고를 타는 손길(손가락의 움직임)을 비춤이기도 하려니와, 그 가락〔曲調〕을 비춤이기도 하여 스스로 지음知音의 역할을 담당하였으니, 거문고의 '곡조'를 비추는 시청각視聽覺의 공감각共感覺은 또 얼마나 그으윽한 멋인가?

4연은 물어온 '궁통 이치'의 대답으로, 넌지시 '어부가'를 제시함으로써, 그 노래의 암시한 바대로, 집착이나 고집함이 없이, 자연에 순응하여 낙천지명樂天知命할 것을 귀띔해주고 있다.

향적사를 찾아

왕유(王維)

향적사
어디매뇨?

가도 가도
구름 봉우리….

고목 우거진
길 없는 곳,

이 깊은 산 어디서뇨?
저 종소린—.

개울물은 바위틈에
목이 메이고,

햇빛도 차라.
푸른 소나무!

해질녘 빈 소沼 한 굽이에
겯고 앉으면,

노래로 읽는 당시

쓸은 듯 꼬리 감추는
세상 시름 ―.

不知 香積寺   數里 入雲峰
古木 無人徑   深山 何處鐘고?
泉聲은 咽危石이요 日色은 冷靑松이라
薄暮 空潭曲하여   安禪 制毒龍을!
〈過 香積寺〉

겯고 앉으면 가부좌(跏趺坐)의 자세로 두 다리를 어긋맞게 겯고 앉는 앉음으로, 좌선(坐禪)하고 있노라면.
香積寺(향적사) 장안(長安)의 종남산(終南山)에 있는 절.
安禪(안선) 좌선(坐禪)하여 잡념을 비우고 마음을 편안하게 함.
毒龍(독룡) 망념(妄念). 번뇌(煩惱)의 비유.

 향적사를 찾아가는 과정의 탈속적인 시청視聽을, 소리까지 담아낸 한 폭의 그림이다.

　구름 속에 주소를 둔 향적사를 찾아가는, 고목 우거진 인적 없는 산중에서 듣는 먼 종소리의 놀라움과 반가움이 '何處鐘고?'에 살아 있다. 이 종소리를 더위잡아 심산深山을 줄곧 헤쳐 오른다.

　泉聲咽危石　日色冷靑松

　바위틈으로 누벼 흐르는 물의, 차마 이 맑은 세계를 뒤로하고, 속계로 떠나기 하도 서러워, 목 메여 흐느끼는 물소리와, 다사로운 햇빛마저도 싸느라이 되비춰주는 푸른 소나무의 그 맑은 기상이며 냉엄한 이념의 표상! 이 단순한 시청視聽의 편모片貌를 보여줌으로써

도, 능히 불계佛界의 청정무구淸淨無垢함을 설진說盡했다 할 것이다

　해질녘이 되자 인기척 없는 맑은 소沼의 한 귀퉁이에 펼쳐져 있는 좋은 반석盤石 위! 작자는 노독路毒도 풀 겸, 그 자리에 가부좌의 자세로 좌선坐禪한다. 독룡毒龍과도 같은 속세의 번뇌·망상이 어느덧 스르름이 꼬리를 감추듯 사라지고, 고요한 마음의 평정에 들게 됨을 체험한다.

　맨 끝구의 주체를 모두들 그곳 고승高僧으로 풀고 있으나, 이는 당연히 불심이 도타운 작자 자신으로 풀이되어야 할 것이다. 그에게 있어서 절의 순례巡禮는 일반 관광객과는 달리, 한 수도행각修道行脚이기도 하기에 더욱 그러하다.

망천장에 돌아와서

왕유(王維)

골 어귀에 성긴 종소리
번지어 오면
나무꾼도 어부도
드물어지고,

시름없이 먼 산 빛
저물어 올 제,
나는 혼자 흰 구름께로
돌아오나니 ─.

마름 풀은 여리어
흐느적대고,
버들개진 가벼워
쉬이 날리네.

아. 동쪽 언덕의
덧없는 봄빛!
언짢은 마음에
사립문을 닫는다.

谷口에 疎鐘動이면 漁樵 稍欲稀라

悠然 遠山暮면　　獨向 白雲歸라
菱蔓은 弱難定이요 楊花는 輕易飛라
東皐 春草色　　惆悵 掩柴扉라
〈歸 輞川作〉

輞川(망천) 74쪽 참조.
悠然(유연) 느직한 모양.
菱蔓(능만) 마름풀의 줄기. 마름은 수초(水草)의 한 가지. 뿌리는 바닥에, 잎은 수면에, 그러자니 수심만큼 길게 자란 여린 외줄기는 노상 물결 따라 흔들리게 마련이다.
楊花(양화) 버들꽃. 버들개지.
惆悵(추창) 마음이 언짢은 모양. 서글픈 모양.

평설　원산遠山과 백운白雲의 유연(悠然)함과는 대조적으로, 변이變易하기 쉬운 능만菱蔓과 양화楊花에서, 이 봄도 어느덧 저물어가고 있음을 실감하고는, 그 덧없음의 허전한 마음을 단속이라도 하듯, 또는 속세를 격리하여 구획하듯, 은서처에 돌아온 은자의 안도감을 다지듯, 황혼의 사립문을 닫아거는, 그 허전한 마음을 엿볼 것이다.

비 갠 뒤

왕유(王維)

비 막 개고 나니
들판은 넓어
내다볼수록
티 없이 맑다.

나루터에서
동구는 열려
시내 따라 늘어선
키 큰 나무들

물은 연해 들 밖으로
번쩍거리고
산 뒤에 또 우뚝 선
푸른 봉우리!

농사철이라
뉘 한가하리?
온 가족이 몽땅
들에 가 산다.

新晴 原野曠하니　極目 無氛垢라

郭門 臨渡頭하니　村樹 連溪口라

白水는 明田外오　碧峰은 出山後라

農月 無閒人하니　傾家 事南畝라

〈新晴 晚望〉

[題意] 장마 그친 뒤의 저녁 무렵의 조망.

氛垢(분구) 먼지·때 따위, 청명하지 못한 것.
郭門(곽문) 성곽의 문. 마을의 입구.
渡頭(도두) 나루터.
白水(백수) 희게 보이는 물. 시냇물·논물·고인 빗물 따위.
南畝(남무) 앞 들.

평설　　지루하던 장마가 막 끝난 우후청雨後晴의 투명한 시야視野, 먼데까지 꿰하게 뚫려 보이는 들판은 한결 넓고, 앞뒤로 포개진 산의 봉우리들도 한결 선명하다. 나루터로 이어져 있는 동구洞口, 시내 따라 늘어선 키 큰 나무들! 비 온 뒤라, 어디 없이 물이 번쩍거리는데, 농번기라 집집마다 온 가족이 몽땅, 누렁이 삽살이까지도 들에 가 살다시피 일이 바쁘다.

이 또한 작자의 장기의 하나인, 한 폭 남화풍南畵風의 그림이다.

송별

왕유(王維)

말에서 내려
술을 권하며
"그대 어디를
가려는고?"

"세상사 여의찮아
돌아가려네.
가서 남산 기슭에
누우려네."

"망설일 것 없네.
곧바로 가게.
거긴 흰 구름
끊임없으리…."

下馬 飮君酒하노니　問君 何所之오?
君言 不得意하여　歸臥 南山陲라
但去 莫復問하라　白雲 無盡時라
〈送別〉

不得意(부득의) 뜻을 얻지 못함.
歸臥(귀와) 돌아가 은거함.

南山陲(남산수) 남산 변두리. 남산 기슭.

但去(단거) 다만 가라. 그저 가기만 하라는 뜻.

莫復問(막부문) 다시 묻지 말라. 무슨 의문 같은 것을 품지 말라. 곧 망설이지 말고 실행하라는 뜻.

평설 친구를 송별하는 문답 형식의 시다.

끝연은, 남산으로 귀와歸臥하려는 친구의 의향에 동조하여 격려하는 말이다. 속세간의 부귀공명 따위 무상無常한 것에의 집착을 끊고, 대자연의 품으로 돌아가, 그 무궁무진한 자연의 즐거움에 동참하는, 높은 차원의 즐거움을 누릴 것이라는 권고이기도 하다.

'백운'은 뭉게뭉게 연속되는 변화무쌍한 꿈의 고장이요, 둥실둥실 세상을 굽어보는 절대 자유의 경지이며, 유유자적하는 느직함의 의태意態요, 초연超然한 탈세속脫世俗의 상징象徵이다.

양梁의 은사 도홍경陶弘景은, "산중에 무엇이 있어 거기 사느뇨?〔山中何所有오〕" 하는 물음에, "영 위에 '흰 구름'이 많소이다〔嶺上多白雲〕" 하였고, 한산寒山의 시 '한산도寒山道'에는 "뉘 능히 이 세상 번거로움 떠나, 함께 '흰 구름' 속에 앉으리요?〔誰能超世界 共坐白雲中〕" 했으니, 이 모두 '백운'을 '별천지別天地'의 표상으로 찬양한 것이다.

노래로 읽는 당시

집 생각

왕유(王維)

홀로 타향살이
나그네 되니
명절마다 집 생각
더욱 간절타.

멀리서도 알겠구나!
여러 아우들,
머리에 수유 꽂고
높은 곳 올라
나 하나 빠졌다고
서운해 쌀걸 ─ .

獨在 異鄕 爲異客　每逢 佳節 倍思親을!
遙知 兄弟 登高處에　遍揷 茱萸 少一人을!
〈九月九日 憶 山東兄弟〉

───────

異客(이객) 타향의 나그네.
倍思親(배사친) 부모 형제를 그리워하는 마음이 갑절 더해짐.
佳節(가절) 명절. 여기서는 구월구일의 중양절(重陽節). 이 날은 수유 열매를 머리에 꽂고 산에 올라 국화주를 마심으로써 액을 물리친다는 '등고(登高)' 행사가 있는 날이다.
遍揷(편삽) 두루 꽂음.
茱萸(수유) 수유나무의 열매. 이른 봄에 개나리보다도 먼저 노란 꽃을 피우고, 가을에 자잘한 타원형의 빨간 열매를 맺는다. 한약제의 한 가지.

평설 이는 작자 17세 때의 지음이라 한다. 그렇다면 장안長安에 유학하고 있던 때였으리라. 작자의 아우는 모두 넷, 오늘은 중양절이라 하여 그들은 저마다 머리에 수유를 꽂고 산에 올라서는, 큰형 한 사람만 빠졌다면서 다들 서운해 하고 있을 것이, 이 먼 객지에서도 보는 듯 눈에 선하다.

객지에서 집으로 향하는 일방적 그리움이 아니라, 집에서 객지에로 향하는 그리움의 상호 교감交感에서, 상승배가相乘倍加하는 그리움이다.

나그네의 집 생각이 명절에 더욱 절박해진다는, 이 진부한 명제를, 그리움의 상호 감응感應이란, 이 기발한 상으로 청신하게 한 것이다.

한강을 바라보며

왕유(王維)

초楚나라는 상강湘江과
경계해 있고,
형문荊門은 아홉 갈래
모여든 수문水門.

물은 천지 밖으로
흐르는데,
산 빛은 있는 듯도
없는 듯도….

앞 개엔 한 고을이
둥실 떴고
물결은 먼 하늘을
출렁인다.

양양襄陽 땅 화창한
이 좋은 날에
내 머물러 산첨지랑
연해 취하네.

楚塞는 三湘接이요 荊門은 九派通이라

江流는 天地外오?　　山色은 有無中이라

郡邑은 浮前浦오　　波瀾은 動遠空이라

襄陽 好風日하니　　留醉與山翁을!

〈漢江 臨眺〉

漢江(한강) 섬서성(陝西省)에서 발원하여 무한(武漢)에서 장강과 합류하는 강. 한수(漢水). 또 '한수'와 '장강'의 뜻으로도 볼 수 있다.

楚塞(초새) 옛 초나라의 국경.

三湘(삼상) 호남성(湖南省) 상수(湘水)의 총칭.

荊門(형문) 호북성(湖北省) 의도현(宜都縣)에 있는 산 이름. 양자강의 남쪽 기슭을 이룬 이 형문산과 그 대안(對岸)을 이룬 호아산(虎牙山)이 한 큰 물문(水門)을 이룬 사이로 양자강이 흐르고 있다. 따라서 여기의 '형문'은 산 이름으로서가 아니라, 문 이름으로 쓰인 것.

襄陽(양양) 호북성 북쪽에 있는 도시. 지금은 양번시(襄樊市). 옛날 주호(酒豪)인 산간(山簡)의 고사가 있고, 당시의 주호인 이백(李白)이 취정을 부리던 '양양가'의 탄생지. 따라서 이 곳은 호주(豪酒)의 고장으로 유명해졌다.

山翁(산옹) 산첨지. 산늙은이. 맹호연(孟浩然)을 가리킴.

好風日(호풍일) 좋은 풍광과 좋은 날씨. 또는 바람 부는 좋은 날씨.

※ **출렁인다** '출렁거리다'의 사동형.

첫 연은, 중국의 고공에서 찍은 위성사진의 동영상을 보는 듯, 시계가 광활하다. 상강湘江과 경계하여 있는 옛 초楚나라의 넓은 땅이 동남으로 활짝 펼쳐져 있는가 하면, 구주九州의 넓은 대지 위의 갈래갈래 흐르는 강물이 합류하여 이룬, 어마어마한 물줄기가, 산과 산으로 이룬 수문水門인 형문荊門 사이를 빠져나가고 있는, 양자강의 꿈틀거리는 장관이 한눈에 들어오는, 초거시안적超巨視眼的 대관大觀이다.

江流天地外　　山色有無中

이는 명구 중의 명구로서, 장강의 강물은 하늘과 땅이 맞닿은 경계 밖으로 아득히 흘러가는 가운데, 산 빛은 어렴풋하여 있는 듯하면서도 없는 것 같고, 없는 듯하면서도 있는 것 같다는, 이 유원표묘悠遠縹緲한 경개를 상상해볼 것이다.

郡邑浮前浦　波瀾動遠空

한 고을의 산이며 하늘이며 구름 그림자가 물위에 둥실 떠 있는 영상도 볼만하거니와, 바람이 일어 물결이 일 때면, 수면에 비쳐 있는 먼 하늘 그림자도 함께 출렁거리는 그 광경 또한 기관奇觀이 아닐 수 없다.

위의 두 쌍의 대련對聯은 다름 아닌 동양화의 화법을 원용한 솜씨로서, 남화南畵의 개조開祖인 작자다운 문자화文字畵라 할 만하다.

끝연은, 이러한 풍화일려風和日麗한 산수경 속에 머물러, 그곳에 은거하고 있는 친구와 더불어 연일連日 시주詩酒에 도취되어 돌아갈 줄을 잊고 있다는 풍정風情이다.

숭산에 돌아와서

왕유(王維)

시내 따라 이어진
긴긴 숲길을
마차는 흔들흔들
바쁠 게 없다.

흐르는 물 내 뜻인 양
느직도 한데,
잘 새들이랑 내
돌아오나니—,

낡은 성 옛 나루에
이르렀을 젠
지는 햇빛 가을 산에
가득하여라!

아득히 멀던
그 숭산 기슭
이제 돌아와
빗장을 건다.

清川은 帶長薄인데   車馬는 去閑閑이라

노래로 읽는 당시

流水는 如有意요　暮禽은 相與還이라

荒城 臨古渡요　落日 滿秋山이라

迢遞 嵩山下하여　歸來 且閉關을!

〈歸 嵩山作〉

長薄(장박) 긴 숲.
閑閑(한한) 자득(自得)한 모양. 느직한 모양. 흔들리는 모양.
迢遞(초체) 아득히 먼 모양.
閉關(폐관) 문을 닫아걺.

평설 자초지종 '경景景'으로 일관하였으나, 그 가운데 저절로 '정
情'이 고여 있다. 벼슬 뜻 버리고 돌아오는 길의, 한한閑閑 담
박淡泊한 의태意態며, 흐르는 물처럼 느직한 심경이 언외言外에 그득
하다. '빗장을 걺'은, 속세와의 인연을 끊으리란 다짐이기도 하다.

최처사의 임정에 들러

왕유(王維)

겹겹이 짙은 녹음綠陰

사방을 덮고

해묵은 푸른 이끼

티끌 없는 곳

맨머리로 장송長松 아래

뻗고 앉아서

흰 눈으로 세상 사람

흘겨보나니⋯

綠樹 重陰 蓋四隣　　靑苔 日厚 自無塵

科頭 箕踞 長松下에　白眼 看他 世上人을!

〈與 盧員外象 過 崔處士 興宗 林亭〉

[題意] '원외랑 벼슬을 지낸 노상(盧象)과 함께 최흥종(崔興宗) 처사의 숲 정자에 들러'.

科頭(과두) 두건이나 관 따위를 쓰지 않은 맨머리. 이런 자세를 '맨머리바람'이라 한다.
箕踞(기거) 키〔箕〕 모양으로 두 다리를 앞으로 벌려 쭉 뻗고 앉는 앉음새.
白眼(백안) 흰자위가 허옇게 드러나게 본다는 뜻으로, 흘겨봄. 백안시(白眼視). ↔ 청안(靑眼)

전반은 최처사의 은서처隱棲處의 절속絕俗한 경관이요, 후반은 그의 처신處身에 나타나는 오세傲世의 의태意態다.

큰 나무의 짙은 그늘이 햇볕을 가리었기에 뜰에는 이끼가 가득 깔려 있고, 또 드나드는 사람이 없기에 이끼가 무성히 자라 속기俗氣가 없다. 예법 따위에 구애되지 않는, 철저한 자연인으로 자처하는 주인인지라, 두건 따위도 쓰지 않은 맨머리바람으로 아무렇게나 다리를 키처럼 뻗고 앉아서, 세상의 속물俗物들을 못마땅한 눈길로 바라보고 있는 것이다. 마치 그의 배경을 이룬 드높은 소나무와 같은 고자세高姿勢로 ―.

그가 백안시하는 속물이 어찌 예법에 얽매인 사람들뿐이랴? 관도官途에 연연하는 무리들, 권세에 아부하는 무리들, 위선僞善으로 요명要名하는 무리들, 물욕物慾의 종이 되어 동분서주하는 무리들…이다 그 범주에 들 것은 물론이다.

초연히 속세를 떠난 주인의, 세외인世外人다운 면모를, 몇 마디 요어要語로 그 의태意態마저 생동하게 그려낸 솜씨, 또한 음미吟味할 만하지 않은가?

새소리 개울 소리

왕유(王維)

마음 한가롭고
계수나무 꽃은 지고
밤이 고요한데
봄 산이 비어 있다.

달 뜨자 놀란
산새 소리들!
가끔 개울 소리에
섞여 들려온다.

人閒 桂花落이요   夜靜 春山空이라
月出하니 驚山鳥오   時鳴 春澗中을!
〈鳥鳴磵〉

人(인) 작자 자신.
春澗(춘간) 봄철의 개울, 또는 그 소리.

평설 티 없이 맑고 담담한 한가로운 심경인데, 계수나무 꽃은 무
시로 떨어지고 있다. 밤은 한결 고요하고, 봄 산은 텅 비어
있는 느낌이다. 이때 문득 돋아 오른 달빛에 놀라 깬 산새들의 배배
거리는 애잔한 소리가, 그윽이 들려오는 먼 개울물 소리에 섞이어
가끔 들려오곤 하는 것이다.

개울물 소리에 화음和音되어 들려오는 산새 소리! 지극히 고요
한 밤 허심한 마음이기에, 이런 지극히 은미한 소리마저 들을 수
있었음이니, 이는 또 동시에 모든 물리物理를 헤아리는, 궁리진성
窮理盡誠의 기틀을 귀띔해준 대자연의 계시啓示를 들음이기도 한 것
이 아니랴?

송별

왕유(王維)

비 개어 먼지 자고 버들 빛도 한결 짙다.

그대 떠나는 길 다시 한 잔 권하노니

들게나! 양관을 지나면 옛 친구는 없느니 ─.

渭城 朝雨裛輕塵   客舍 靑靑 柳色新이라

勸君 更進 一杯酒하노니   西出 陽關 無故人을!

〈送 元二使 安西〉

[題意] '안서로 가는 원이(元二)를 보내면서'. 안서(安西)는 지금의 신강성(新疆省)에 있는 도호부(都護府)의 소재지. '원이'의 원(元)은 성이요, 이(二)는 배항(排行). 누구인지는 미상.

渭城(위성) 장안(長安) 서북에 있는 성.

陽關(양관) 서역(西域)으로 통하는 관소(關所) 이름.

평설   아침 비 가볍게 살짝 내려 길 먼지를 잠재워놓고는 이내 화창하게 개니, 길 떠나기에 더없이 좋은 날씨요, 또 그 비로 해서 버드나무의 푸른빛이 한결 청신해졌으니, '절양류折楊柳'에도 한결 아름다운 가지들이며, 가는 길 내내 흥을 돋울 봄 경치로도 넉넉해졌다. 이전 2구는, 기상의 상서로운 조짐을 들어, 떠나는 친구의 장도를 축복하고 격려함이다. 어찌 헤어지는 슬픔이 없으랴만, 그런 감정을 꾹 참고 견디는 거기, 속 깊은 참다운 우정을 엿보게 하고 있다.

이별의 자리에 어찌 술이 없으랴? '다시 한잔 권한다'니, 이미 여러 잔을 나눈 뒤임을 알 것이다. 이 길로 먼 먼 타향에 이르고 나면, 거기 술잔을 나눌 옛 친구는 없으리라며 권하는 그 한 잔을 어찌 사양할 수 있으랴? 이 간곡한 한 마디에 깃들인 이별의 정이 비로소 송별시로서의 면모를 간신히 드러내 보이고 있다.

대장부의 이별다운 그 대범함 속에 오히려 친구를 아끼는 알뜰함이 있어, 이 한 편 두고두고 이날토록 이별의 절조絶調로 공인되어 오는 것이리라.

여담으로, 연상되는 시가 있으니, 당唐의 고적高適은 그의 친구 동대董大를 보내면서;

십 리에 먼지 구름
해는 지는데,
북풍에 뜬 기러기
눈보라 쳐도,
앞길에 친구 없다
시름 말 것이
천하에 어느 누가
그댈 모르리?

十里 黃雲 白日曛　北風 吹雁 雪紛紛
莫愁 前路 無知己　天下 誰人이 不識君가?

되려 호언으로 격려하더니, 송宋의 진강중陳剛中은 왕유의 본시에 화운和韻하여, 정면으로 그 뜻을 뒤집어 읊었다.

객사의 버들 빛 청신하다 슬퍼 마라,

동서남북 봄빛이요, 사해四海가 형제거니,

어디서 만나는 인들 친구 사이 아니랴?

客舍 休悲 柳色新　　東西南北 一般春이라

若知 四海 皆兄弟면　何處 相逢 非故人가?

이는 《논어》에 나오는 안연顔淵의 말 '천하에 사는 사람이 다 동포 형제거늘, 군자 어찌 형제 없음을 근심하리요?〔四海之內 皆兄弟也 君子 何患乎無兄弟〕'를 인용한, 송유宋儒다운 이념理念으로서, 실로 바람직한 내용이기는 하나, 그러나 시란 현실적으로 이념보다는 감정이 앞서는 것이므로, 위의 두 시의 격려의 내용이 깊은 정에서 우러나온 것이라고 하기에는, 어딘가 공소空疎한 감이 없지 않음을 부인할 수가 없다 할 것이다.

노래로 읽는 당시

목련화 핀 언덕
왕유(王維)

나무에 피는 연꽃
붉은 목련화
꽃봉지 터뜨렸네.
이 산중에서 ― .

개울가 집에는
인적적人寂寂한데
흐드러지게도 어지러이
피면서 지네.

木末 芙蓉花　　山中 發紅萼이라
澗戶 寂無人인데　紛紛 開且落을!
〈辛夷塢〉
_____

芙蓉(부용) ① 부용꽃. ② 연꽃. ③ 목련화. 여기서는 ③의 뜻.
紅萼(홍악) 붉은 꽃받침. 붉은 꽃.
澗戶(간호) 개울가에 있는 집.
辛夷塢(신이오) 신이는 목련. 혹은 '개나리'로 잘못 알려져 있기도 함. '塢'는 언덕.

평설 나무에 피는 연꽃이라 해서 얻게 된 이름의 목련화! 그 목련화가, 이 적막한 외진 깊은 산중에 홀로 붉게 피어 있을 줄이야! 개울가에 집 한 채 있기는 하나, 저 나무를 심었던 주인은 어딜 갔는가? 아무도 보아줄 이 없는 가운데, 꽃만 제 홀로 흐드러지게도 한편 피면서, 흐무러지게도 한편 져가고 있는 것이다.

요처는 '開且落'이다. 주인 없이 피는 꽃의, 그 피기 바쁘게 지기 바쁜, 덧없음! 정관靜觀의 시인인 이 작자의 가슴에도, 차분한 흥분이 깃들여 있다.

친구를 묻고 오며

왕유(王維)

그대를 청산에 묻고 돌아오다 돌아보니
청산은 또 백운에 묻혀… 아, 길이 그만인 것을!
어찌타 흐르는 물은 사람 따라오는고?

送君 返葬 石樓山   松柏 蒼蒼 賓馭還이라
埋骨 白雲 長已矣ㄴ데   空餘流水 向人間고?
〈哭殷遙〉

殷遙(은요) 성당의 시인으로 작자의 친구.
返葬(반장) 반구(返柩)하여 장사 지냄.
賓馭(빈어) 장례에 참여한 손들이 탄 마차.
長已矣(장이의) 길이 그만이라는 절망의 탄사.

> **평설** 친구를 곡哭하는 만장輓章이다.
> 백골을 묻은 청산을 백운이 또 묻어 겹겹으로 봉쇄하였으니, 인간과의 인연을 길이 단절하였음에 다시는 돌아오지 못하겠거늘, 어찌하여 저 물마저 그곳을 지키려 하지 않고, 설어라! 설어라! 하면서도 끝내 버려두고 돌아오는 사람들을 따라, 청산을 뒤로하고 골 밖으로 나와 버리는고? 그 적막한 곳에 친구를 묻어둔 채, 매정하게도 떠나오고 있는 발걸음이 차마 무거운 것이다.
>
> 끝연에 서린 이 괴리감乖離感은, 바로 그의 또 다른 시의 일절, '춘초 연년록 왕손귀불귀春草年年綠 王孫歸不歸'와도 통하는 감정이었으리라.

105

반석 위에서

왕유(王維)

물가엔 좋은 반석
곁엔 실버들,
실실이 나부끼며
잔을 스치네.

봄바람이 내 마음
모른달지면
어찌하여 낙화마저
날라다주리?

可憐 磐石 臨泉水　　復有 垂楊 拂酒盃를!
若道 春風 不解意면　何因 吹送 落花來오?
〈戲題 盤石〉

若道(약도) 만약 ~라고 한다면. '道'는 '말하다'의 뜻.

평설 　우리 속담처럼, '물 좋고 반석 좋은 곳이 쉽지 않'은 가운데, 수양버들마저 드리운 더없이 좋은 경개! 그 아래 술잔을 기울이는 풍류운사風流韻事다!
　술잔을 어루만지는 버드나무의 실가지나, 불려와 잔 위에 지는 꽃잎은, 그 모두 내 마음을 알아주는, '봄바람'의 짓궂은 장난일 것이 분명하다.

봄바람과 상화相和한 도도滔滔한 춘흥春興이요, 도도陶陶한 취흥醉興이다.

임을 보내며

왕유(王維)

실버들 나루터에
길손 드문데,
사공은 임을 싣고
그예 떠나네.

가는 정 보내는 정
봄빛과 같아,
강남 강북 길목 길목
보내드리리 ─.

楊柳 渡頭 行客稀　罟師 盪槳 向臨圻라
惟有 相思 似春色　江南 江北 送君歸라
〈送 沈子福 歸 江東〉

[題意] 심자복이 강동으로 돌아감을 전송함.

罟師(고사) 사공.
盪槳(탕장) 노를 저음.
臨圻(임기) 대안(對岸)의 지명.
送君歸(송군귀) 그대 돌아감을 전송함.

전2구는 수양버들 물드는 봄 나루에서, 홀로 떠나는 벗의 쓸쓸한 행색이요, 후2구는 보내는 마음과 떠나는 마음의, 그 봄같이 다사로운 상사相思의 정이다.

가는 곳곳마다 봄빛이 있듯, 봄빛 있는 곳곳마다 석별惜別의 정은 새로워, 배웅은 강남의 이 나루에서 끝나는 것이 아니라, 날짜를 꼽고, 이정里程을 따져;

'오늘은 강북의 어느 곳 여관에 묵고 있으리 —.'

'지금은 어느 길을 휘적휘적 걷고 있으리 —.'

등, 날마다 요소要所마다 새록새록 배웅하는 그 마음이다.

봄을 보내며

왕유(王維)

날마다 사람은
헛되이 늙되
해마다 봄은
다시 오나니—.

자! 웃고 즐기세.
술은 푸지네.
흩나는 꽃이야
날면 날라지—.

日日 人空老요   年年 春更歸라
相歡 有尊酒커니   不用 惜花飛라
〈送春詞〉

人空老(인공노) 사람은 헛되이 늙음.
尊酒(준주) 항아리에 담긴 술. 尊=樽.
不用惜花飛(불용석화비) 꽃 떨어져 날리는 것을 애석해 할 것은 없다는 뜻.
푸지다 매우 많아 넉넉하다.

평설 　자연 속에 파묻혀 자연과 인생을 즐기며 노래하는 자연시
인 왕유의 이 유연悠然하고도 대범한 풍도風度, 이 태평스럽
고도 낙천적인 인생관을 보라.

그러나 그런 그도 이백이나 두보처럼 이글이글 달아오르지 않는다 뿐, 차분한 그의 정관靜觀 속에도, 어쩔 수 없이 인생을 탄식하는 쓸쓸한 일면이 없지 않으니, '人空老'에서 이미 그 한숨소리를 들은 바이지만, '不用惜花飛'에 이르러서는, 그 부정 속 긍정의 반어적反語的 표현에서 가는 봄에 대한 상심傷心의 도가 얼마나 큰가를 짐작하고도 남는다 할 것이다.

같은 주제의 두보의 다음 칠절七絶과 대비하여, 그 가슴의 열도熱度를 비교해보기 바란다.

미친 버들개지 바람 따라 날아가고,
방정맞은 복사꽃 물결 따라 흘러가고…
다 가는 봄 강 언덕에 애태우며 섰느니ㅡ.

腸斷 春江 欲盡頭　　杖黎 徐步 立芳洲라
顚狂 柳絮는 隨風去하고　輕薄 桃花는 逐水流라
〈漫興 九首中 其五〉

산촌의 가을 저녁

왕유(王維)

공산에 비 그치니 가을기 완연하다.
소나무 사이사이 맑은 달빛 비쳐 들고
청석 위 흐르는 물도 소리 한결 맑아라.

대숲이 버석대더니 빨래 아낙 돌아오고,
연잎이 일렁이더니 낚싯배 내려간다.
멋대로 봄은 갔지만 내사 여길 못 뜨네.

空山 新雨後에   天氣 晩來秋라
明月은 松間照요   淸泉은 石上流라
竹喧 歸浣女   蓮動 下漁舟라
隨意 春芳歇이나   王孫 自可留라
〈山居 秋暝〉

浣女(완녀) 빨래하는 아낙네.
王孫(왕손) 임금의 손자. 귀인의 자제. 여기서는 작자 자신.

평설　비가 내리다 갓 갠 산촌의 저녁 무렵, 텁텁하고 후줄근하던 어제와는 딴판으로 쨍하게 투명해진 맑은 공기! 빗물로 씻어놓은 하늘이기에 달빛도 한결 밝고, 비로 해 불어난 시내이기에 흐르는 물소리도 귀에 넘친다.
　혹은 까칠한 바람결에서, 혹은 오동잎 한 잎 뚝 떨어짐에서, 혹은 베갯맡 벌레 소리에서, 가을을 느낀다지만, 작자는 온몸으로 가을을 느끼며, 시청각으로 가을의 실체를 보고 듣고 하고 있다.

댓잎이 버석버석 버석거려 대더니만, 드디어 대숲 사잇길로 불쑥 나타나는 빨래 아줌마! 연잎이 일렁일렁 일렁거려 대더니만, 드디어 저만치 물 따라 내려가고 있는 낚싯배! 이는 전조前兆와 후과後果를 시청각적 시간차로 도치倒置한 '엉뚱'의 멋이다.

산촌의 초가을 정취와, 그 속에 담겨 있는 인간의 소박한 삶의 모습을 묘사한 이 시야말로 시 중의 그림[詩中有畵]으로, 남종화南宗畵의 개조開祖이기도 한 그가 그려낸 문자화文字畵라 할 만하다.

망천별장을 떠나며

왕유(王維)

덜커덕덜커덕
수레를 몰아

송라길 벗어나는
서글픈 심사!

참아 청산과는
헤어진다손,

어쩌랴? 어찌할거나!
푸른 저 물은?

依遲 動車馬　　惆悵 出松蘿라
忍別 靑山去나　其如 綠水何오?
〈別 輞川 別業〉

輞川別業(망천별업) 장안(長安)의 종남산(終南山) 기슭에 있는 왕유의 별장.
依遲(의지) 더딘 모양. 헤어지기 아쉬워하는 모양. 차마 내키지 않는 모양.
松蘿(송라) 칡·담쟁이덩굴 등이 감아 오른 소나무.
忍別(인별) 참아 견디어 헤어짐.

　　　　　　　　　　　　　　　　　　노래로 읽는 당시

그렇게도 사랑하던 그의 별장이었건만, 정든 것은 정작 별장이란 건물이 아니라, 그곳의 산수였다. 청산과 녹수! 그 산수와의 이별이 이리도 애달픈 것이다.

忍別靑山去　其如綠水何

청산과의 이별은 억지로 참을 수 있다손 치더라도, 녹수와의 이별은 아무리 애써 참으려도 참을 수 없으니, 아, 이를 어이 할거나!

이 끝구 '其如~何'의 애달픈 정은, 그 자신으로도 제어할 수 없는 격한 감정을, 격한 대로 내맡겨놓은 채, 목 놓아 장탄식만 하고 있는 정황이 아닌가?

장상사長相思 2수二首

이백(李白)

(첫째 수)
그리운 우리임은
서울에 있네.

베짱이는 우물 가에
가을 밤을 슬피 울고
무서리 쌀쌀하여
대자리도 차갑구나!
외론 등불 가물가물
생각마저 끊어질 듯
주렴 걷고 달을 보며
긴 한숨 부질없다.

아, 꽃 같은 우리님은
구름 끝에 가려 있네.

위로는 아득한
높푸른 하늘이요,
아래는 넘실넘실
물결도 거세어라!
하늘 높고 길은 멀어

노래로 읽는 당시

넋도 날기 괴롭거니
꿈에도 닿지 못할
관산의 어려움이여!

아 그립고 그리워라!
애간장이 무너지네.

　　長相思　在長安

絡緯秋啼金井闌　微霜淒淒簟色寒

孤燈不明思欲絶　卷帷望月空長嘆

　　美人如花隔雲端

上有靑冥之長天　下有渌水之波瀾

天長路遠魂飛苦　夢魂不到關山難

　　長相思　摧心肝

長相思(장상사) 길이 연모(戀慕)함. 길이 못잊어함. '상사'는 그리워함. 사모함. '相'은 상호(相互)의 뜻의 아니라, '그를 대상(對象)으로'의 뜻. 이는 옛 악부제(樂府題)로서, 남녀간의 연정을 노래한 내용이나, 우정(友情), 또는 경모(敬慕)하는 사이에도 암유(暗諭)로 쓰인다.

絡緯(낙위) 베짱이. 여치과에 속하는 곤충. 그 우는 소리가 '찌이깍찌이깍…' 마치 베짤 때의 북·바디 소리 흡사하기 때문에 얻게 된 이름. 메뚜기보다 약간 큰 날씬한 몸매에, 초록 치마 초록 저고리로 단장한, 곤충 중 가장 아름다운 날벌레. 베짜는 아가씨란 뜻으로 촉직(促織) 또는 방직랑(紡織娘)이라고도 한다. 이를 귀뚜라미(蟋蟀)로 혼동한 고시도 더러 있으나, 그 우는 소리며 생김생김이 아주 다르다.

金井闌(금정란) 아름답게 장식한 우물 난간.

微霜(미상) 가볍게 내린 서리.

淒淒(처처) 서느러운 모양. 쓸쓸한 모양.

簟(점) 대자리. 잘게 쪼갠 대오리로 만든 자리.

靑冥(청명) 푸르고 높고 멀어 아득한 모양.

渌水(녹수) 맑은 물.

關山難(관산난) 관산의 넘기 어려움. '관산'은 고향산.

摧心肝(최심간) 애간장이 끊어짐. 간장이 무너짐.

※ 압운자(押韻字)는 安, 闌, 寒, 歎, 端, 天, 瀾, 難, 肝.

   (둘째 수)

날 저무니 꽃나무도
저녁 안개 머금었고
비단결 달빛 밝아
임 생각에 잠 못 드네.
봉황국 비파 가락
한 곡조 끝마치고,
원앙곡 한 가락을
거문고로 타보지만
이 곡들에 담긴 뜻을
전해줄 사람 없네.
부디 봄바람이여
우리님께 부쳐나 주렴!

임 생각 아득고야!
푸른 하늘 막아 있네.

그 옛날 사랑 보내던
이내 눈동자
이제는 눈물 솟는
샘이 됐어요.
애끊는 제 마음

못믿겠거든
돌아와 거울 앞의 저를 보셔요.

日色已盡花含煙　月明如素愁不眠
趙瑟初停鳳凰柱　蜀琴欲奏鴛鴦絃
此曲有意無人傳　願隨春風寄燕然
　憶君迢迢隔靑天
昔日橫波目　今成流淚泉
不信妾斷腸　歸來看取明鏡前

月如素(월여소) 부드럽게 흐르는 달빛의 황홀한 광파(光波)를 흰 비단 결에 견준 형용.
趙瑟(조슬) '슬'의 미칭(美稱). '슬'은 '큰거문고'라고도 하는 현악기의 한 가지. 전국 시대 조나라의 여인이 특히 잘 탔으므로 이른 말. '비파'와는 아주 다르나, 특히 부부의 화합을 기리는 '금슬(琴瑟)'의 경우에는 '비파'로 관칭(慣稱)되기도 한다.
鳳凰柱(봉황주) '주'는 거문고 따위 현악기의 줄을 떠받혀 괴는 작은 기둥 모양의 기구. 괘(棵), 기러기발, 안족(雁足), 안주(雁柱) 등으로 불리는데, 여기서는 '봉황곡을 탈 때의 안주(雁柱)'의 뜻.
初停(초정) 처음으로 그침. 긴 곡을 타고 비로소 끝냄.
蜀琴(촉금) '거문고'의 미칭. 한(漢)의 사마상여(司馬相如)가 촉(蜀)에 갔을 때, 과부인 탁문군(卓文君)이 상여의 거문고 가락에 혹하여 밤중에 달려가 그의 아내가 되었다는 고사에서 유래된 말.
鴛鴦絃(원앙현) '현'은 현악기의 줄. '원앙현'은 '원앙곡을 연주할 때의 줄'이란 뜻.
燕然(연연) 몽고에 있는 산명이자 지명. 옛날 흉노와 대치하던 곳이었으므로, 여기서는 '새외지방(塞外地方)'의 뜻으로 범칭(泛稱)되어, 남편이 수자리 살고 있는 곳을 가리킴.
橫波(횡파) 은근한 정을 이성에게 보내는 눈길. 추파(秋波).
看取(간취) 자세히 봄. 챙겨 봄.
※ 압운자는 煙, 眠, 絃, 然, 天, 泉, 前.

평설　'장상사'는 옛악부제(樂府題)의 노래로서, 같은 제목으로 지은 고래의 명시들이 많다. 이백의 이 전후수의 시는 서로 멀리 떨어져 있어, 알뜰이도 보고 싶고 살뜰이도 그리운 남녀의 애

절한 심사를 노래한 것이다.

두 시가 다 같은 제하題下의 고시체古詩體이나, 그 구법句法은 서로 다르다. 본디 연시聯詩로 지은 것은 아닌 듯, 앞의 것은 가을이요, 뒤엣 것은 봄이며, 그 편차編次도 본집本集에는 각각 동떨어진 자리에 실려 있다. 그러나 앞시의 '美人如花隔雲端'과 뒷시의 '憶君迢迢隔靑天'은, 마치 전후시의 이 척구隻句를 서로 보완이라도 하려는 듯 그 대조가 교묘하다.

둘째 시의 '趙瑟初停鳳凰柱 蜀琴欲奏鴛鴦絃'의 '봉황'과 '원앙'을 곡명曲名으로 풀이한 것은 필자의 독단이다. 고래로 '봉황주'는 봉황 모양을 아로새긴 안주雁柱로 보고, '원앙현'도 현의 명칭인 양 다루어왔을 뿐, 이들을 곡명曲名으로는 보지 않았다.

그러나 보라. 여기서 구태여 '금琴'과 '슬瑟'을 아울러 타는 것은 부부화락夫婦和樂을 상징하는 '금슬' 바로 그 둘을 갖추기 위해서이다. 본디는 남편이 '금'을, 아내가 '슬'을 함께 연주함으로써, 그 두 음의 화음으로 부창부수夫唱婦隨의 이심일체二心一體임을 상징한 것이나, 지금은 짝이 없으므로 일인 양역一人兩役을 하고 있는 것이다.

또 '봉황'의 '봉'은 수요 '황'은 암이듯이 '원앙'의 '원'은 수요 '앙'은 암이다. 이들은 잠시도 서로 떨어져 있을 수 없는 자웅상화雌雄相伴의 서조瑞鳥요 필조匹鳥이다. 이를 찬미하는 내용의 악곡을 연주함으로써, 그 부러운 마음을 스스로 위로하는 한편, 서로 헤어져 있는 그 억울한 상태의 하소연과, 조속한 복원을 바라는 염원을 담고 담아, 그 두 곡을 아울러 연주한 것이다. 그러므로 원시 제5구 '此曲有意無人傳'의 '此曲'이라 함을 보아도 그 앞엣 것들이 곡명이었음을 짐작하기에 충분하며, 또 그 곡에 담겨 있는 '有意'의 '意'가 무슨 '뜻'이기에, 남편에게 보내지 못해 안달인가도, 그것이 '봉황처럼 원앙처럼 이별 없이 살고 싶다'는 '뜻'이었음이 손에 잡히듯 명료해짐을 보게 된다.

이는 김영삼 대통령이 중국 방문에서 증정贈呈받은 '이백의 長相思 二首'를 이상봉李相鳳 청와대 비서관의 요청으로 풀이하여 보낸 것임.

이백
李白

701~762. 자는 태백太白이요, 호는 청년거사靑蓮居士. 시성詩聖 두보杜甫의 대칭對稱인 시선詩仙으로 불리며, 이두李杜로 병칭된다. 25세 때 촉蜀을 떠나, 양자강 따라 호북·호남·강소성 등지를 유랑하기 10년, 맹호연 등 많은 시인들과 교유했다. 42세 때, 오균 하지장의 추천으로 현종을 배알, 한림학사翰林學士가 되었으나, 워낙 분방한 기질과 고자세로, 비방과 참소를 입어, 3년을 채우지 못하고 장안을 떠나, 다시 10년을 산동·산서·하북·강소 등지를 떠돌며, 두보·고적 등과 만나게 되었다. 안녹산의 난에 그것을 토벌하기 위하여 나선, 영왕永王을 도운 바 있었는데, 후에 영왕이 형 숙종肅宗과 겨루다가 패하여 죽자, 이백도 연좌되어 야랑夜郞으로 유배되었으나, 가는 도중에 풀려났다. 그 후 강남 지방을 떠돌다 62세에 안휘성 당도當塗에서 병사했다. 그는 한때 도교道敎에 심취하여, 처처의 명산으로 도사를 방문한 바 있으며, 더 젊어서는 유협들과 상종하기도 했다. 그는 시선이자 주선酒仙이기도 하여, 취중작의 낭만시들이 많다. 그의 시는 호방하여 천하에 거리낌이 없었으니, 두보는 그의 시를 평하여, '낙필경풍우 시성읍귀신落筆輕風雨 詩成泣鬼神'이라 했다.

아미산의 달

이백(李白)

아미산 산마루의
가을 초승달
평강강 강물에
잠겨 흐르네.

청계淸溪 떠나 밤배로
삼협三峽 향할 제
널 그리며 너 못 보고
가는 유주渝州ㅅ 길….

峨眉 山月 半輪秋 　　影入 平羌 江水流라
夜發 淸溪 向三峽하니 　思君 不見 下渝州라
〈峨眉山月歌〉

峨眉山月(아미산월) 아미산에 돋은 달. 아미산은 사천성(四川省)에 있는 중국 사대 명산의 하나. '峨'는 '蛾, 娥'와 통하므로, '蛾眉'는 누에나방의 눈썹같이 아름다운 미인의 눈썹, 곧 미인의 형용.
半輪(반륜) 반 바퀴의 달. 초승달. 반륜월(半輪月). '秋'는 운자로서 변동할 수 없으므로, '月'과 위치 교환한 것.
平羌江(평강강) 일명 청의강(靑衣江). 아미산 기슭을 흐르는 양자강 상류의 한 지류.
淸溪(청계) 청계역(淸溪驛).
三峽(삼협) 구당협(瞿唐峽)·무협(巫峽)·서릉협(西陵峽)의 연속으로 길이 192km의 양자강 협곡.
渝州(유주) 지금의 중경(重慶).

한창 발랄하고 낭만에 부푼 이백의 26세! 그의 꿈은 협소한 오지奧地를 벗어나, 장강을 타고 유주·삼협을 거쳐 광활한 동부 천지의 세상 구경! 그것이었다.

두고 떠나기 서운한 숱한 미련들, 그중에도 그윽이 사랑해오던 소녀! 그녀의 심상은 홀연 아미산 산마루의 아미같이 아리따운 가을 초승달로 전화轉化하여 수줍고도 애련한 초승달의 눈매 그대로 은근히 나를 뒤따르며 나의 동정을 지켜보고 있는 것이다. 거울같이 평온한 평강강 강물에 잠겨들어, 물 흐르는 대로 배 가는 대로, 나를 뒤따르고 있는 초승달! 아니 소녀!

그러나 그것도 잠깐, 하강下江하는 도중 문득 그녀의 모습은 보이지 않게 되고 만다. 다시는 보지 못할 아미산월, 다시는 보지 못할 사랑하는 소녀! 그녀의 모습이 내내 눈에 밟혀 떼칠 수가 없어, 내내 뒤돌아 보이는 이정離情의 아쉬움을 안은 채, 배는 쏜살같이 내리닫고 있는 것이다.

그리워하면서도 끝내 다시 만나지 못한 채 떠나가고 있는, 그 못내 섭섭하고 미진한 소녀에의 정이, 아미산월의 이미지로 내내 겹쳐져 있는 것이다.

옥계원

이백(李白)

섬돌에 이슬 내려 버선에 스며든다.
밤 깊어 방에 들어 발 내려 가렸건만
임인 양 가려도 뵈는, 아, 영롱한 가을달이여!

玉階에 生白露하니   夜久 侵羅襪이라
卻下 水精簾이나   玲瓏 望秋月을!
〈玉階怨〉

玉階(옥계) 옥돌로 된 축대. 축대의 미칭.
羅襪(나말) 비단 버선.
卻下(각하) 물러가 ~을 내림.
水精簾(수정렴) 수정(水晶)으로 결은 발. 발의 미칭.

평설 '옥계원'이란, 임금의 총애를 잃은 한 궁녀의 원한을 주제
로 한, 고악부古樂府의 제명題名이다.

　행여 오시려나 임을 기다려 달 아래 서성이던 발길도 이젠 지쳤
다. 밤도 이미 깊었는 듯, 섬돌에 내린 찬이슬이 비단 버선에 싸느
라이 스며들어 척척해진다. 차라리 잊으리라. 방에 들어와 문발을
내려 달빛을 가렸으나, 잊을래야 잊을 수 없는 임의 모습은, 눈을
감을수록 더욱 선명해지듯, 가려도 소용없는 가을달의 영롱함을 하
염없이 바라보면서, 그 님에의 야속한 정을 가슴 깊숙이 되새기고
있는 것이다.

'옥계玉階, 백로白露, 나말羅襪, 수정렴水晶簾, 영롱玲瓏, 추월秋月…' 등 맑고 밝은 시어들로만 구성되어 있는 이 시에는, 어느 한 구석에도 원망이나 원한 따위 부정적 이미지는 내비쳐 있지 않다.

그러나 그 속에는 이미 사랑이 딴 데로 옮아갔음에 대한 불같은 강샘은 물론, 밤마다 기다림에 지친 야속한 무한 원정怨情이 서리서리 행간行間에 아닌 듯 서려 있음을 엿볼 수 있을 것이다. 그러면서도 쓸은 듯 내색하지 않고, 별같이 빛나는 눈동자의 아리땁고 영리한 지성미의 여인상만이 부각되어 나타나게 되는, 이 요술 같은 언어의 조화造化를 음미해볼 것이다.

자야오가(가을) ─다듬이 소리─

이백(李白)

밤하늘엔 조각달, 집집마다 다듬이 소리,
가을바람 불어 불어 애끓나니 임 생각을!
어느 날 싸움 이기고 당신 돌아오려뇨?

長安 一片月   萬戶 擣衣聲이라
秋風 吹不盡하니 總是玉關情을!
何日 平胡虜하여 良人이 罷遠征고!
〈子夜吳歌(秋)〉

長安(장안) 당(唐)의 수도. 지금의 서안(西安).
擣衣聲(도의성) 옷을 다듬는 다듬이 소리.
玉關情(옥관정) '玉關'은 '玉門關'의 약칭. 곧 옥문관에 출정해 있는 남편을 그리는 마음.
胡虜(호로) 북방의 오랑캐.
良人(양인) 남편을 부르는 말.
※ '임 생각을!'의 '을'은 감탄 종결어미.

평설 악부제樂府題의 시다.
　　이슥한 밤하늘에 홀로 깨어 있어, 천하 수인愁人의 원정怨情을 중개하고 있는 저 달! 이 시각 전선의 그이도 아득히 바라보며 집 생각에 잠겨 있을, 저 하현下弦의 달; 늦가을 야심토록 장안 만호 집집마다 출정한 남편의 겨울옷 다듬는 아낙네들의 자지러지는 다듬이 소리! 임 계신 곳에서 불어오는 만리풍萬里風인 양, 서리서리 서럽다 치맛자락을 흔들며, 밤낮으로 불어오고 불어가는 스산

한 가을바람! 이런 밤 뉘 아니 그리운 이를 그리워하지 않으리? 하물며 싸움터에 나가 있는 남편 생각에, 애끓이지 않는 아낙 그 뉘 있으리?

자야오가(겨울) —바느질—

이백(李白)

날 새면 뜨는 인편, 밤을 새워 솜옷 질 제,
바느질 가위질에 열 손가락 곱아든다.
먼 먼 길 부치긴 하나 어느 제나 닿을꼬?

明朝 驛使發라   一夜 絮征袍라
素手 抽鍼冷하니   那堪 把剪刀아!
裁縫 寄遠道나   幾日到臨洮오?

〈子夜吳歌(冬)〉

驛使(역사) 역마(驛馬)로 문서 따위를 전달하던 사람.
絮(서) 옷에 솜을 놓음.
征袍(정포) 출정한 군인이 입을 솜옷.
素手(소수) 흰 손. 또는 맨손.

평설 날 새면 떠날 역사편을 놓칠세라, 추운 그 밤을 홀로 밤새
도록, 손마디 호호 불어가며, 출정한 남편의 핫옷을 짓고
있다. 옷 짓는 고역이야, 오히려 한편 역설적인 위안이기도 하지마
는, 그러나 지어 부치는 인편의 신뢰성에 이르러서는 너무나 허황
하다. 그야말로 '과객 편에 고의적삼 부친다'는 속담 그대로, 닿을
시기의 조만早晚은 고사하고, 과연 본인에게 전달이 되기는 될 것인
지에 대해서는 의문이 아닐 수 없다. 그러면서도 부정적인 생각일
랑 내색치 않고, 한 단계 눙쳐 '언제나 그곳에 가 닿을지?'로 대범을

지켰다. 그러나 석연치 않은 내심은 내내 개일 것 같지 않으니, 차
마 안쓰럽지 않으랴?

봄바람에 누워

이백(李白)

수 이불 비단 휘장 봄바람에 누웠으니,
지는 달 처마 밑으로 불 꺼진 방 기웃대고,
날아든 꽃잎마저도 빈 옆자릴 비웃는다.

白馬 金覊 遼海東하고 羅帷 繡被 臥春風이라
落月이 低軒 窺燭盡인데 飛花 入戶 笑床空을!
〈春怨〉

白馬金覊(백마금기) 흰말에 황금의 굴레. 호사로운 여행 차림을 이름.
遼海東(요해동) 요해의 동쪽. 요동(遼東) 땅.
羅帷(나유) 비단 휘장.
繡被(수피) 수놓은 이불.
低軒(저헌) 처마보다 낮게, 처마 밑으로.
窺燭盡(규촉진) 촛불이 다 타 꺼져버린 방안을 기웃거림.

 춘풍화월야春風花月夜에 공규空閨를 지키는 여인의 춘정春情
을 내비친 염정시艷情詩다.

 '비단 휘장·수이불'은 춘심春心을 유발하는 소품이며, '春風'은 춘
정春情을 부추기는 선동자인데, '臥春風'은 거의 내맡기다시피 한,
위험 수위에 이른, 봄 여인의 짓거리다.

 처마 밑으로 비춰 들어 안방을 엿들여다보고 있는 달빛의 수상쩍
은 소행이나, 어느덧 낙화되어 날아든 꽃잎마저도, 바로 옆의 남편
자리 비어 있음을 비웃는, 그 너스레는 다 남편으로 하여금 규방 위

기를 직감하고, 귀가를 서두르게 하는, 효과로 암용暗用되어 있음은 물론이다.

　더구나 초저녁엔 동창으로 들여다보던 달이, 이제는 서창으로 기울어진 '落月'이 되어서도 방 안을 엿본다니, 달의 끈질긴 저의도 민망하거니와, 그 사이 뜬눈으로 지새운 밤의, 그 불면의 '시간 길이'마저 거기 기록되어 있다.

　이는 그의 시 〈春思〉의 끝연;

　봄바람 나와는 알음 없건만,
　무슨 일 안방으로 불어드는지…?

　春風不相識　何事入羅幃

의 의중과도 일맥상통함이 있다.

봄 시름

이백(李白)

거기도
파릇파릇
새싹 트리다.
여긴
뽕잎도
다 폈는걸요.

당신도
돌아올 생각
좀 해보세요.
요즈음
제 간장은
끊어집니다.

봄바람
나와는
알음 없건만
무슨 일
안방으로
불어드는지…?

燕草는 如碧絲오 秦桑은 低綠枝라

當君 懷歸日하소 是妾 斷腸時라

春風 不相識커늘 何事 入羅幃오?

〈春思〉

燕草(연초) '연' 지방의 풀. '燕'은 지금의 북경을 중심으로 한 북방의 땅.
秦桑(진상) '진' 지방의 뽕나무. '秦'은 장안(長安), 곧 지금의 서안(西安)을 중심으로 한 서남방의 땅.
低綠枝(저록지) 푸른 가지를 드리움.

평설 '봄앓이'를 하고 있는 한 여인의 규원閨怨이다

거기도 새싹들이 파릇파릇 봄을 물들이고 있겠지요. 여기는 뽕잎도 활짝 피어 봄누에를 칠 때가 되었답니다. 당신도 돌아올 생각 좀 해보세요. 저는 당신 그리움에 애가 탑니다. 나와는 알음도 없는 저 봄바람은, 무슨 일로 저리도 무례하게 비단 휘장을 들치며, 끊임없이 안방으로 불어 들어와, 이 마음을 이리도 산란하게 하는지? 원!

전4구는, 두 곳의 자연에 깃들여진 봄뜻〔春意〕을 두 사람의 봄마음〔春心〕에 결부함으로써 남편의 귀환을 재촉하는, 단장斷腸의 직소直訴인 데 반하여, 후2구는, 봄바람을 탓하는 공규空閨의 독백으로, 봄바람의 그 무례한 규방 출입이, 마치 생소한 외간 남자의 잠입인 양 의인擬人함으로써 은근히 남편의 귀심歸心을 충동이는, 요외料外의 효과까지 거두고 있다.

그러므로 전4구는 애끓는 하소연이라, 실한 듯하면서도 기실 허하나, 후2구는 혼잣말로 중얼거리는 독백이라, 허한 듯하면서도 기실 실하기 그지없다.

양반아 楊叛兒

이백(李白)

당신은 양반아 노래를 부르세요.
저는 신풍주新豊酒로 권주할게요.

가장 마음 씌는 게 뭔데요?
백문 앞 버드나무에 까마귀가 운다고요?

까마귀는 버들꽃 그늘에 숨어 있지요.
당신은 취하여 제 집에 유하시고요.

박산로博山爐에 타오르는 침향향연沈香香煙은
두 가닥 한데 얼려 하늘에 이르리다.
— 새빨간 노을보다도 더 짙게 짙게….

君歌 楊叛兒하소   妾勸 新豊酒하리다

何許 最關人고?   烏啼 白門柳라

烏啼 隱楊花하고   君醉 留妾家하소

博山爐中 沈香火는   雙煙 一氣 凌紫霞하리다

〈楊叛兒〉

楊叛兒(양반아) 옛 악부(樂府)의 하나.
新豊酒(신풍주) 장안 근처에 있는 신풍에서 나는 명주(銘酒).
何許(하허) 어디. 어느 곳.

노래로 읽는 당시

白門(백문) 지금의 남경(南京)의 서쪽 성문.

博山爐(박산로) 박산 땅에서 생산되는 향로 이름. 뚜껑은 산봉우리같이 솟아오르고, 밑에는 물이 끓고 있어, 아래는 침향의 김이, 위에는 침향의 타는 연기가, 함께 서려 오르도록 만든 향로.

沈香(침향) 수지(樹脂)를 향료로 쓰는 향나무의 일종.

紫霞(자하) 자줏빛 놀. 선궁(仙宮)에 서리는 노을.

 평설 이 노래의 바탕이 되었던 고악부古樂府 〈양반아〉는 다음과 같다.

잠시 '백문' 밖에 나가 봤더니
버들숲 짙어 까마귀를 감출 만하네요.
당신은 '침향'이 되어 타세요.
저는 '박산향로'가 될게요.

暫出 白門前하니　　楊柳 可藏烏라
歡作 沈水香하리니　　儂作 博山爐하소

이는 양민楊旻과 아후阿后와의 염문艶聞을 풍자한 음탕한 노래인데, 이백은 이에다 술기운과 봄바람을 불어넣어, 그윽한 분위기를 연출해내고 있다.

까마귀는 깊숙한 곳에 숨겨져 있는 정부情夫의 비유.

끝연은 남녀 운우지정雲雨之情을 나타낸 장면이다.

삼오칠언

이백(李白)

바람 맑고
달 밝은데,

낙엽은 모이랑 흩어지랑
까마귀도 깃들였단 술렁이고….

아! 언제료? 그리운 님 만날 그 날은―.
이 밤 이 시각, 이 마음 어이할거나!

秋風淸

秋月明

落葉은 聚還散이요

寒鴉는 栖復驚이라

相思 相見 知何日고?

此時 此夜 難爲情이라

〈三五七言〉

寒鴉栖復驚(한아서부경) 까마귀도 자다 말고 펄쩍 놀라 낢. 의지할 곳 없는 심사를 나타낸 것.
難爲情(난위정) 심정을 올바로 가지기 어렵다는 뜻.

평설 바람이 맑을수록, 달이 밝을수록, 그리운 이를 그리워하는 마음은 그 도度를 더하거니, 하물며 그것이 가을바람이며 가을 달임에랴?

봉별逢別이 무상한 낙엽의 취산聚散, 의지 없이 방황하는 밤 까마귀! 이들 또한 그리움을 충동이고 있으니 어이하랴? 그처럼 낙천적이어서 만고의 시름도 술이면 그만이던 이백이건만, 술로써도 어찌할 수 없는, 그 님에의 그리움에 불타던 그 마음! 꺼진 지 이미 천이요 수백 년이건만, 그 불길 지금도 독자의 가슴 가슴에 되살아 옮아 재연再燃되고 있음이여!

시형은 '3·3, 5·5, 7·7'로, 시정을 점층적으로 고조해가는, 이른바 '三五七言詩'로서, 이백이 창시한 새 형식이다.

혼자 마시다

이백(李白)

언제 어두웠나? 잔 거듭하는 사이,
떨어져 쌓인 꽃잎 옷자락에 수북하다.
시내 달 짓자之 걸음엔 새도 사람도 없어라!

對酒 不覺暝터니 落花 盈我衣라
醉起 步溪月하니 鳥還 人亦稀라
〈自遣〉

自遣(자견) 스스로 시름을 떨쳐버림.
對酒(대주) 술을 대함. 술을 마심.
步溪月(보계월) 시내 길에 비친 달빛을 밟아 걸음.
※ **짓자 걸음** 비틀비틀 걷는 걸음.

평설 화하주花下酒로 독작獨酌하는 봄밤의 낭만이다.
꽃나무 아래서 마시는 술은 취하기도 빠르다. 어느덧 '삼배
三杯에 통대도通大道하고, 일두一斗에 합자연合自然'하여, '천고수千古
愁 만고수萬古愁' 다 잊은 터라, 날 저무는 줄도, 낙화가 옷에 가득 쌓
이는 줄도 몰랐으니, 그 도도한 취흥이 짐작되고도 남는다. '步溪
月'하는 발걸음도 설마 온전했겠는가? 두건을 거꾸로 쓰고 꽃나무
아래 비틀거리던[倒着接䍠花下迷], 양양가襄陽歌에서의 그의 소행素行에
비추어보면, 다분히 심한 '갈지之'자 걸음이었을 것은 보나마나다.

노래로 읽는 당시

술은 안 오고

이백(李白)

옥병 병목에
청실을 매어
술 사러 간 녀석
왜 이리 늦나?

산꽃이 내게
빵긋 웃나니
진정 잔 들기
딱 좋은 땐데….

玉壺 繫靑絲러니　沽酒 來何遲오?
山花 向我笑하니　正好 銜杯時를!
〈待酒 不至(抄)〉

玉壺(옥호) 옥으로 만든 호리병. 병의 미칭.
沽酒(고주) 술을 삼.
銜杯(함배) 술잔을 입술에 문다는 뜻으로, 술을 마시다의 완곡어(婉曲語).

평설 소녀의 머리에 댕기를 드리듯, 애완동물 목에 리본을 매어 주듯, 술 품어 올 옥병이 좀 귀여웠으면, 이리도 곰살궂게 청실홍실로 단장까지 해 보냈을까? 주구酒具에 베푼 이 각별한 애대愛待로도, 주인공의 애주愛酒 풍정이 눈에 넘친다.

"옴이 어찌 이리 더디뇨來何遲오?" 이 느직한 듯 조바심한 말투로도, 컬컬한 목에 금시 넘어가는 듯, 그 황홀한 제호미醍醐味에 군침을 삼키는, 이 주호酒豪의 점잖은 듯 점잔찮은 풍모가 눈에 선하지 않는가?

품을 열고 웃어주는 메꽃에 수답酬答하여, 한잔 주욱 쾌음快飲하기 절호의 때이건만, 가장 긴요한 때, 가장 요긴한 것의 없음이여! 여운 속에 서리는 그 아쉬움… 아쉬움…!

이백의 술은, 소위 술꾼들의 한갓 기호물 또는 음식물로서의 술과는 달리, 또 다른 시인들의 이른바 망우물忘憂物 또는 환락물歡樂物로서의, 술과도 달리, 그때그때의 살아 있는 음주의 변辯이 따로 있으니, 때론 망정忘情·망기물忘機物로, 때론 승월乘月·등선물登仙物로, 때론 통대도通大道·합자연물合自然物로, 혹은 자연과의 교정交情·교환물交歡物로…. 그리하여 비록 독작獨酌일지라도, 꽃이든, 새든, 달이든, 물이든, 바람이든, 구름이든, 아니면 자신의 그림자로든, 반드시 누구와의 대작對酌 아닐 때가 없다.

이 시는 원래 오언율시인 것을, 평설자 감히 전반만을 잘라내어 절구로 다루어보았다. 생략된 후반부는 다음과 같지마는, 차라리 구질구질한 사족蛇足이 아니랴?

늦게야 동산에
잔 드노라니
갔던 꾀꼬리
다시 와 우네.

봄바람이랑

취한 나그네
오늘 따라 서로
정답도 하이!

晩酌 東山下하니　流鶯이 復在玆라
春風 與醉客이　　今日 乃相宜라

달 아래 혼자 마시며

이백(李白)

하늘이 술 좋아하지
않았더라면
'주성酒星'이 하늘에
있을 리 없고,
땅이 술 좋아하지
않았더라면
땅엔 응당 '주천酒泉'은
없었을 테지…
하늘땅도 술을
좋아했거니
술 좋아함이 천지에
부끄럽잖네.

들건대 청주는
'성聖'에 비기고
탁주는 '현賢'에
견준다 하네.
성현을 이미
내 마셨거니
하필 신선 되려
애쓸 것이랴?

석 잔이면 '대도大道'에
능히 통하고
한 말이면 '자연自然'과
하나 되나니,
다만 취중에만
얻는 이 멋을
술 기 없는 맨송이엘랑
전하지 마라.

天若 不愛酒면　　酒星이 不在天이요
地若 不愛酒면　　地應 無酒泉이라
天地 旣愛酒하니　愛酒 不愧天이라
已聞 淸比聖이요　復道 濁如賢이라
聖賢 旣已飮인덴　何必 求神仙가?
三杯에 通大道오　一斗에 合自然이라
但得 酒中趣를　　勿爲 醒者傳하라
〈月下 獨酌(二)〉

酒星(주성) 술을 맡아 다스린다는 별. 주기성(酒旗星).
酒泉(주천) 술 같은 샘물이 솟아난다는 샘의 이름. 또 그런 연유로 이름 붙여진, 중국의 여러 곳의 지명.
已聞淸比聖 復道濁如賢(이문청비성 부도탁여현) 청주는 성인에 견주고, 탁주는 현인에 견준다는, 《위지(魏志)》〈서막전(徐邈傳)〉의 말을 인용한 것.
通大道(통대도) 우주의 떳떳한 도리에 통달함.
合自然(합자연) 대자연과 합일의 경지에 이름.
醒者(성자) 술을 마시지 않는 사람. 또는 술 취했다가 깬 사람.

어찌 들으면 삼단논법 같기도 하지만, 전제前提의 오류誤謬를 범하고 있으니, 도출導出된 결론도 올바를 리가 없다. 그렇건만 억지 궤변을 그럴듯하게 늘어놓고 있는, 이 만취인의 천진한 독백을 듣고 있노라면, 몸을 가누지 못해 히뜩잦뜩거리는 취정醉酊 현장에서, 간간이 딸꾹질소리 섞인 혀 꼬부라진 느린 가락의, 그의 육성을 듣고 있는 듯, 은근히 친근감마저 들기도 한다.

이미 현성賢聖과 같은 통대도通大道 · 합자연合自然의 경지에 들었는 양 자홀自惚하고 있는 이 호호야好好爺! 이런 무사기無邪氣한 취정을 뉘 차마 미워하랴? 그는 이 맛에 술을 마시고, 이 멋으로 술에 취하여, 연방 감겨드는 인생 고뇌를 떨쳐 날리고 있는 것이다.

술잔 손에 들고

이백(李白)

1. 하늘에 달 있어온 지
   몇 세월인고?
   내 잠시 술잔 든 채
   달에 묻노라.

2. 나는 달에게로
   못 오르지만
   달은 도로 내게로
   따라 오나니,

   휘영청 선궁仙宮에
   거울 걸린 듯,
   푸른 안개 걷힌 뒤의
   맑은 그 광채!

   저녁 바다 떠오를 젠
   다들 보건만,
   어찌 알랴? 구름 사이
   지는 새벽달 —.

   흰 토끼 사시사철

약을 찧는 곳.
외로워라 항아는
눌 이웃한고?

3. 지금 사람 옛 달은
못 보았어도,
지금 달은, 옛 사람
비춰왔나니,

옛 사람, 지금 사람
유수流水 같지만,
달 보는 그 맘이야
무엇 다르리?

원컨대 노래하며
술 마실 땔랑
달빛이여, 길이 술잔
비추어주렴!

1. 靑天 有月 來幾時오?　　我今 停杯 一問之라
2. 人攀 明月 不可得이나　　月行 却與 人相隨라
皎如 飛鏡 臨丹闕이요　　綠煙 滅盡 淸輝發이라
但見 宵從 海上來나　　寧知 曉向 雲間沒가?
白兔 擣藥 秋復春하니　　姮娥 孤棲 與誰鄰고?
3. 今人은 不見 古時月이나　今月은 曾經 照古人을!

　　　　　　　　　　　　　　　　노래로 읽는 당시

古人 今人 若流水라　共看 明月 皆如此라
唯願 當歌 對酒時에　月光 長照 金樽裏하라

〈把酒 問月〉

把酒(파주) 술잔을 손에 잡음.
停杯(정배) 술잔을 손에 들고 잠시 멈춤. 거배(擧杯), 정배(停杯), 함배(銜杯), 경배(傾杯), 건배(乾杯)로 연속되는 음주 동작 중의 한 과정.
飛鏡(비경) 하늘을 나는 거울. 달을 이름.
丹闕(단궐) 붉은 칠을 한, 선인이 사는 궁궐
綠煙(녹연) 푸른 밤안개.
姮娥(항아) 달의 딴 이름. 달 속에 살고 있다는 전설의 미인. 상아(嫦娥)라고도 한다.

평설 　이백이 있는 곳에 술이 있고, 그들이 있는 곳에 달은 제 발로 찾아온다. 이처럼 그 사이가 막역莫逆하자니, 술잔 손에 쳐든 채, 친구에게 말 건네듯 '一間之'하는 그 멋 또한 자연스럽다.

　적막한 밤을 맑고 밝은 광채로 가득 채워주는 달! 그러나, 떠오르는 달에 보내는 환호와는 달리, 영웅의 말로처럼 외로이 몰락해가는 새벽달에는 무심한, 그 세정世情을 작자는 못내 아쉬워하고 있다. 또, 동화의 세계 같은 달 속의 옥토끼며 선녀를 상상하는 그 동심, 그 동정, 이 얼마나 때 묻지 않은 시심의 순수함이랴?

　화려했던 궁정 생활에서, 끝없이 떠도는 방랑 생활, 그 허전하고 쓸쓸함을, 낭만과 호기豪氣와 술로 호도糊塗해오는 가운데, 무의식 속에 자리잡아간 외로움의 잠재의식, 그것은 또 자연과 인간의 관계에 상도想到하여서는 긴 한숨으로 발전하고 있다.

今人不見古時月 今月曾經照古人
古人今人若流水 共看明月皆如此

그러나 유상과 무상의 대비에 이르러서는 달도 필경 이백의 만고수萬古愁를 무제한으로 해소해주지는 못하는 한계를 드러내고 만다. 이는 장약허張若虛의 〈춘강화월야春江花月夜〉(21쪽)를 함께 감상함으로써도, 그 심적 정황을 측면적으로 이해하기에 상호 일조가 되리라 여겨진다.

달의 유구悠久에 대한 인간의 수유須臾, 어찌할 수 없는 이 한계는 체념으로 극복하면서, 이 세상에 기탁寄託해 있는 동안만의 깊은 우정으로, 여전히 그에게는 오직 술과 달이 있을 뿐이라, '月光長照金樽裏'를 당부함으로써 끝을 맺으니, 이는 초두의 '我今停杯一問之'와 수미상응하여, 그 술잔 아직도 그냥 그대로 쳐들고 있는 듯, 환상環狀으로 이어지는 그 여운 또한 그지없다.

주거니 받거니

이백(李白)

마주앉아 들다 보니
산꽃도 품을 열고
한 잔 한 잔 또 한 잔에
끝없는 한잔이여!

"어! 취타. 졸려워.
자넨 가게나!
내일 아침 생각 있음
거문고 안고 오렴…"

兩人 對酌 山花開하니   一杯 一杯 復一杯라
我醉 欲眠 君且去하라   明朝에 有意커든 抱琴來하라
〈山中 與 幽人 對酌〉

幽人(유인) 은자(隱者).
有意(유의) 뜻이 있거든. 곧 친구 생각 술 생각이 나거든.

평설 전반은, 물론 정연한 문어적文語的 해조諧調이나, 후반은 근본 난조亂調일 수밖에 없는 취중발醉中發의 구어 토막들을 리듬으로 처리해 얻은 환골換骨이다.

'山花開'가 시사해주는 것은, 대작의 장소가 꽃나무 아래에서의 화하주花下酒였음과, 봉오리던 것이 피기까지에는 대작의 동안이 꽤나 길었음을 암시해주는 한편, 이러한 자연물까지도 흉금을 열어 동참하는 화합의 장면이란 점이다.

술은 한 잔도 '한잔', 열 잔도 백 잔도 '한잔'으로 통한다. "한잔하세,"로 시작한 것이 잔을 거듭하는 사이에 주인은 곤드레가 되고 객은 만드래가 되었다. "우우… 취타… 졸려워… 자낸 가게나!" 이 '君且去'에 나타난 소탈함, '抱琴來'의 '抱'에 담긴 포근한 정감, 다시 내일로 예견되는, '花酒琴'의 어울림 등, 취중의 떠듬거리는 혀 꼬부라진 소리였으련만, 새겨보면 그 속에도 그윽한 운치가 돌고 있다.

공산에 누우면

이백(李白)

천고의 시름을 씻자, 연해 마신 백 병의 술!
청담淸談하기 좋은 이 밤, 달 두고 어이 자리?
취하여 공산에 누우면, 하늘땅이 요이불이다!

滌蕩 千古愁하여　留連 百壺飮이요
良宵 宜淸談하여　皓月 未能寢이라
醉來 臥空山하니　天地 卽衾枕을!
〈友人 會宿〉

[題意] 친구들과 회음(會飮)하며 함께 자다.

滌蕩(척탕) 말끔히 씻어 없앰.
千古愁(천고수) 천고에 쌓인 시름. 일생에 쌓인 분한(憤恨).
留連(유련) 한 자리에 계속 머문 채.
壺(호) 병. 또는 단지.
淸談(청담) 명리(名利)에서 떠난 청아(淸雅)한 이야기. 위진(魏晉) 시대에 유행했던 노장학파(老莊學派)의 담론(談論).
衾枕(금침) 요와 이불. 요이불. 이부자리.

평설　'皓月未能寢'은 잠을 청해도 잠이 오지 않을 뿐만 아니라, 달을 두고 차마 자버릴 수 없음이니, 그의 달 좋아하는 마음이야 알아주어야 할 일이지만, 더구나 술 있고 친구 있는, 이 좋은 밤[良宵]임에랴?

醉來 臥空山하니 天地 卽衾枕이라

는 초거시적超巨視的 '합자연合自然'의 경지에서의 방언放言이다. 유령
劉伶의 〈주덕송酒德頌〉의 한 대문, '하늘을 장막 삼고 땅을 자리 삼아
幕天席地'나, 또는 실명씨失名氏의 시구,

　天衾地褥山爲枕　하늘이불 땅요에 산베개하여
　月燭雲屛海作醇　달촛불 구름병풍 바닷물술이로다.

등이 한갓 허풍에 찬 작위적作爲的인 데 반하여, 이 일련은 전혀 그
렇게 느껴지지 않음은 어째서일까? 그것은 한마디로 이백의 입에
서 나왔기 때문이리라. 그것은 아마도 그의 소성素性에 의하여, 많
은 독자들로부터 그에게만 허여許與되어 있는 차종此種의 특권적 방
담放談이기에, 새삼 놀랄 필요도 없이, 자연스럽게 받아들여지기 때
문이리라.

마주 앉아 마시며

이백(李白)

1. 자. 잔 받게나!
   싫다곤 말게.
   봄바람 솔솔
   아양을 피고,

   복사꽃 오얏꽃
   반색하면서
   우릴 향해 빵긋
   웃어주잖니?

   꾀꼬린 푸른
   나무에 울고
   달도 술잔을
   기웃대거니….

1. 勸君 莫拒杯하라   春風이 笑人來라
   桃李 如舊識하여   傾花 向我開라
   流鶯이 啼碧樹하고 明月이 窺金罍라

莫拒杯(막거배) 술잔을 거절하지 말라.
傾花(경화) 꽃이 사람을 향해 빵긋이 웃으며 정을 보냄. 여기서는 그러한 꽃.
流鶯(유앵) 가지 사이로 옮아 다니는 꾀꼬리.

窺金罍(규금뢰) 금 술잔을 엿봄. 곧 달 그림자가 술잔에 비치어 어른거림을 두고 이름이다.

2. 보라, 어제의
　홍안 소년이
　오늘 우수수
　백발인 것을―.

　석호전에는
　가시나무요
　고소대에는
　사슴이 뛰네.

　예로 임금의
　살던 궁전도
　그 문, 먼지 속
　닫혀 있거니,

　자네, 술 아니
　마시겠다면
　옛 사람 지금
　어딨나 보게.

2. 昨日 朱顔子가　　今日 白髮催라
　棘生 石虎殿이요　鹿走 姑蘇臺라
　自古 帝王宅이　　城闕 閉黃埃라

君若 不飮酒면   昔人 安在哉오?

〈對酒〉

朱顔子(주안자) 홍안(紅顔)의 청소년.

棘生(극생) 가시나무가 돋아남.

石虎殿(석호전) 후조(後趙)의 무제(武帝)가 신하들과 주연을 베풀어 황유(荒遊)하던 궁전.

姑蘇臺(고소대) 오왕(吳王) 부차(夫差)가 미인 서시(西施)를 위하여 지은 대 이름. 그는 여기서 유락에 빠져, 마침내 월왕 구천에게 패하고 말았다.

安在哉(안재재) 어디 있는가? '아무 데도 없지 않은가'의 반어.

평설 꽃나무 아래서 벌인 친구와의 대작이다. 이렇게 곡진하게 권하는 잔을 뉘라서 차마 거절할 수 있으랴? 전·후부는 희비로 엇갈려 있으니, 기뻐도 술이요, 슬퍼도 술인, 술의 속성을 빠뜨리지 않았다.

저녁 무렵 시작한 화하주花下酒가, 달마저 참여하는 춘소화월야春宵花月夜로 더욱 무르익어가고 있다.

봄바람의 교태, 꽃들의 사랑 속삭임, 술잔을 기웃거리는 달! 모든 자연이 사랑으로 우리에게 다가오고 있다.

인간이 자연에게로 주기만 하는 짝사랑이 아니라, 자연이 우리에게 주는 사랑, 이를 흔히 의인시니, 감정이입이니 하지마는 그보다는 숫제 자연을 '대상'으로 보는 것이 아니라, 자아로서의 자연, 자연으로서의 자아로 동질화되고 일원화하는 것이고 보면, 이야말로 그의 이른 바, 물아의 구별이 없는 '합자연合自然'의 경지가 되는 것이 아니고 무엇이랴?

제1구와 끝 두 구는 수미상응으로, 술잔을 거부할 명분을 없게 하고 있다.

특히 끝구의

155

君若不飮酒　昔人安在哉

를 보라. "사람이란 필경 미백년未百年으로 이 세상을 떠나야 하는
존재인 것을, 장생불사하려고 자네 술 아니 마시겠다면, 그래서 오
래 산 옛 사람 지금 어딨나 찾아보게나! 아무도 없지 않은가? 자 어
서 받게나!"

이 곡진한 권주는 우리나라 송강松江 정철鄭澈의 시조를 연상케
한다.

일정 백년 산들 기 아니 초초한가?
초초한 인생에 무엇을 하려 하여,
내 잡아 권하는 잔을 덜 먹으려 하는다?

양양가

이백(李白)

1. 뉘엿뉘엿 현산峴山엔
   해가 지는데,
   흰 모자 거꿀 쓰고
   꽃에 헤맬 제,

   손뼉 치며 신이 나는
   조무래기들
   '백동제' 노래 노래
   거릴 메우네.

   여보소, 구경꾼들
   뭘 웃는 게요?
   고주망태 촌첨지
   사람 웃겨요….

1. 落日 欲沒 峴山西한데   倒著 接䍦 花下迷라
   襄陽 小兒 齊拍手하니   攔街 爭唱 白銅鞮라
   傍人 借問 笑何事오?   笑殺 山翁 醉似泥라

襄陽(양양) 호북성(湖北省) 북부 한수(漢水) 기슭에 위치한 도시. 예로부터 행락처(行樂處)로
유명하다.
峴山(현산) 양양의 동남쪽에 있는 산.

接䍦(접리) 흰색의 모자.
攔街(난가) 거리를 메움. 수가 많음을 이름.
白銅鞮(백동제) 육조시대, 양양에 유행했던 동요.
山翁(산옹) 이백을 가리켜 이른 말.
笑殺(소살) 크게 웃음. 몹시 웃김.

2. 가마우지술구기
　앵무조개잔
　인생이 백 년 산들
　삼만육천 일,
　하루에 삼백 잔은
　기울일밖에 ―.

　청둥오리 목덜민 양
　푸른 저 한강
　포도주 갓 괼 때랑
　흡사도 하다.

　저 강물이 만약에
　술이 된다면,
　누룩 데민 지게미로
　산을 이루리 ―.

2. 鸕鶿杓　鸚鵡杯로
　百年 三萬 六千日에　一日 須傾 三百杯라
　遙看 漢水 鴨頭綠하니　恰似 葡萄 初醱醅라

此江 若變 作春酒면   壘麴 便築 糟邱臺라

鸕鷀杓(노자작) 가마우지 아래턱 모양으로 만든 술구기.
鸚鵡杯(앵무배) 앵무조개 껍데기로 앵무새 부리처럼 만든 술잔.
鴨頭綠(압두록) 청둥오리 대가리처럼 진한 녹색.
醱醅(발배) 발효함. 괴임.
壘麴(누국) 쌓은 누룩더미.
糟邱臺(조구대) 하(夏)의 걸왕(桀王)은 유연(遊宴)을 일삼아, 술로 못을 만들고, 술지게미로 높은 전망대를 쌓았다 한다.

3. 첩妾과 바꾼 천금준마
   꽃안장 위에
   높이 앉아 노래하는
   '낙매화' 가락―.
   곁 수레엔 한 병 술
   매달아놓고
   행진중行進中 연주하는
   생황과 피리―.

3. 千金 駿馬 換小妾하여   笑坐 雕鞍 歌落梅라
   車旁 側挂 一壺酒하여   鳳笙 龍管 行相催라

落梅(낙매) 곡조 이름. 이별곡의 한 가지. '낙매화', '매화락'이라고도 한다.
鳳笙龍管(봉생용관) 봉황새 모양의 생황과 용의 장식을 한 피리.

4. 사냥개나 몰고 싶다
   탄식한 사람
   달 아래의 한 잔 맛이

아니 나으랴?

—그대 보지 않는가?
진晉나라 양호羊祜의
한 조각 비석,
거북머리 떨어지고
이끼 긴 이젠

그 누가 옛날처럼
눈물 지우며
어느 누가 속속들이
슬퍼해주리?

4. 咸陽 市中 歎黃犬   何如 月下 傾金罍라
   君不見 晋朝羊公 一片石   龜頭 剝落 生莓苔라
   淚亦 不能 爲之墮오   心亦 不能 爲之哀라

歎黃犬(탄황견) 진(秦)의 재상 이사(李斯)가 사형에 처해지는 자리에서, 그 아들 보고 하는
말이, "난 너와 함께 시골로 돌아가 토끼 사냥이나 하고 싶었는데, 이제는 글렀구나" 하며
탄식했다는 고사.
羊公(양공) 진(晉)나라의 양호(羊祜)는 양양을 선치(善治)하여 민심을 얻었다. 그가 죽자 현산
(峴山)에 비를 세웠는데, 이 비를 보는 사람마다 눈물을 흘렸으므로 타루비(墮淚碑)란 이름
이 붙게 되었다 한다.

5. 맑은 바람 밝은 달야
   한 푼 안 들고,
   취하여선 옥산玉山처럼

쓰러지나니,

역사力士 문紋의 술노구〔酒鎗〕
서주산舒州産 구기
너와 함께 이백은
죽고 살리라.

양왕襄王의 무산운우巫山雲雨
지금 어디뇨?
예런듯 동으로
강은 흐르고
원숭이도 소리 소리
밤을 울거니 ―.

5. 淸風 明月 不用一錢買　玉山 自倒 非人推라
　舒州酌 力士鎗으로　　李白 與爾 同死生하리라
　襄王 雲雨 今安在오?　江水 東流 猿夜聲을!
　〈襄陽歌〉

玉山自倒非人推(옥산자도비인추) '옥산은 누가 있어 밀지 않아도, 제 스스로 넘어진다'는 뜻
으로, 만취된 눈에 비친, 주체 객체의 전도된 의식 상태를 이름. 진(晋)의 계강(稽康)의 고사.
舒州杓(서주작) 서주 지방의 명산(名産)인 술구기.
力士鎗(역사쟁) 역사(力士)의 상(像)을 문양으로 넣은 노구솥.
襄王雲雨(양왕운우) 초(楚)의 양왕이 운몽(雲夢)에 놀았을 때, 꿈에 무산(巫山)의 신녀(神女)를
만나 정을 맺어 즐겁게 놀았다. 헤어질 때 신녀가 말했다. 자기는 아침에는 구름이 되고
저녁에는 비가 된다고. 이튿날 보니 과연 그러했다는 고사. 남녀의 정사(情事)를 '운우(雲
雨)의 정'이라 하게 된 것도 이에서이다.

'양양가'는 '장진주將進酒'와 함께, 호기와 낭만을 극한, 작자 50세 이후의 취중작醉中作이다. 1련은 자신의 취정상醉酊狀이요, 2련은 경음鯨飮하던 시절의 만장기염萬丈氣焰이다.

百年三萬六千日　一日須傾三百杯

는, 그의 다른 작품들에서도 산견散見되는 취중호언이다.

三百六十日　日日醉如泥〈贈內〉
窮愁千萬端　美酒三百杯〈月下獨酌〉
會須一飮三百杯〈將進酒〉
美酒樽中置千斛〈江上飮〉
千杯綠酒何辭醉〈贈段七娘〉
高談滿四座　一日傾千觴〈贈劉都使〉
滌蕩千古愁　留連百壺飮〈友人會宿〉
愁來飮酒二千石
……

등이다.

3련은, 애주행락愛酒行樂의 실상이요, 4·5련은 살아생전 일배주一杯酒의 풍류운사風流韻事를 다할 것이란 내용이다.

퇴폐적 부정적 내용이 없지 않으나, 불여의不如意한 세상사에서 쌓이고 쌓인 분한사憤恨事(스트레스)를 이렁구러 발산하느라, 함부로 내뱉은 취중발醉中發의 진정이기도 하여, 점두點頭할 일면이 없지도 않아, 독자들의 막힌 가슴을 시원스러이 트이게 해주는, 정화공덕淨化功德도 바이없지는 않다 하겠다.

장진주

이백(李白)

1. 그대는
   보지 않는가?
   하늘에서 내달은
   황하의 물이
   굽이쳐 흘러 흘러
   바다에 들면
   다시는 돌아오지
   못하는 것을 ―.

   그대는 또
   보지 않는가?
   드높은 집에 사는
   부귀한 이들
   거울 속 백발 보고
   한숨짓는 걸 ―.

   아침엔 푸른 카락(머리카락)
   저녁엔 백설白雪
   인생이란 기쁠 땐
   기뻐할 것이,
   달빛 아래 금술잔을

헛되이 마라.

1. 君不見 黃河之水 天上來아?　　奔流到海 不復廻라

　　又不見 高堂 明鏡 悲白髮아?　　朝如 靑絲 暮成雪이라

　　人生 得意 須盡歡이니　　　　　莫使金으로 空對月하라

靑絲(청사) 푸른 머리카락의 비유. 곧 흑발(黑髮)의 미칭(美稱)인 '새파란 머리카락'.
莫使金樽空對月(막사금준공대월) 금술단지로 하여금 헛되이 달을 대하게 하지 말라. 곧 그대로 내버려두지 말고 환음(歡飮)하라는 뜻.

2. 하늘은 쓸데 있어
　　우릴 낳으니
　　돈이야 써버려도
　　다시 오는 것.
　　양 삶고 소 잡아
　　우선 즐기세.
　　마신다면 모름지기
　　삼백 잔이지.

　　잠부자岑夫子여
　　단구생丹丘生아
　　한잔 권하노니
　　멈추지 마오.
　　그대 위해 한 곡조
　　노래하리니
　　청컨대 나를 위해

들어주구려.

종정鍾鼎도 옥백玉帛도
귀할 게 없고
원하는 건 길이 취해
깨지 말기를―.

고래로 잘난 이도
죽으면 그뿐
술 마시는 사람만이
이름 남기니,
자건子建은 평락전에
잔치판 벌여
만 냥짜리 말술로
무진 즐겼네.

2. 天生 我材 必有用이요 千金 散盡 還復來라
   烹羔 宰牛 且爲樂이니 會須 一飮 三百杯라
   岑夫子   丹丘生아
   將進酒 君莫停하라
   與君 歌 一曲하노니   請君 爲我聽하소
   鍾鼎 玉帛 不足貴요   但願 長醉 不願醒이라
   古來 賢達 皆寂寞이나 惟有 飮者 留其名을!
   陳王 昔日 宴平樂에   斗酒 十千 恣歡謔이라

烹羔(팽고) 양고기를 삶음.

宰牛(재우) 소를 잡아 요리함.

岑夫子(잠부자) 시인 잠삼(岑參), 또는 잠징(岑徵)이란 설이 있으나 미상.

丹丘生(단구생) 이백의 친구인 도사 원단구(元丹丘).

鍾鼎(종정) 은주(殷周)시대에 귀한 명(銘)을 새긴 종과 솥. 본집에는 '鍾鼓'로 되어 있다.

玉帛(옥백) 옥과 비단. 본집에는 '饌玉'으로 되어 있다.

陳王(진왕) 위(魏)의 무제(武帝)·조조(曹操)의 아들인 조식(曹植)을 이름. 시인으로 자는 자건 (子建). 진왕(陳王)에 봉해졌다. 그의 시에 '歸來宴平樂 美酒斗十千'이란 구가 있다.

平樂(평락) 낙양(洛陽)에 있었던 평락관(平樂觀)이란 건물 이름.

斗酒十千(두주십천) 한 말에 일만 전(一萬錢)하는 술. 고가(高價)의 술.

3. 주인 되어 내 어찌
　　돈 없다 하리?
　　당장에 술 사 와서
　　함께 마시리.

　　꽃무늬 천리마도,
　　천금 갖옷도,
　　아이 불러 끌어내다
　　술과 바꾸어
　　우리 모두 만고 시름
　　녹이자꾸나!

3. 主人 何爲 言少錢고?　　且須 沽酒 對君酌하리니
　　五花馬　千金裘로
　　呼兒 將出 換美酒하여　與爾 同銷 萬古愁하리라
　　〈將進酒〉

沽酒(고주) 술을 삼.

五花馬(오화마) 오색 꽃무늬의 털빛을 가진 값진 말.

千金裘(천금구) 흰 여우의 털가죽으로 지은 갖옷. 그 값이 천금인 고귀한 것이란 뜻.

萬古愁(만고수) 만고의 시름. 천고수(千古愁). 백년우(百年憂).

평설 '將進酒'는 고악부古樂府의 제명으로, 일종의 권주가다. 많은 후인들이 이 악부제題로 술을 찬미한 가운데서, 이백과 이하李賀가 뛰어났고, 우리나라에서는 송강松江 정철鄭澈과 월헌月軒 정수강丁壽崗이 빼어났다.

이 시는 짧은 인생에 만고의 시름을 안고 있는 인생, 무엇으로 그 시름을 이겨낼 수 있을 것인가? 술이야말로 바로 그 시름을 녹여 없애는 망우물忘憂物이며 선물仙物이라는 대전제 하에, 과연 이백다운 종횡무진의 낭만과 과장으로 호기로운 음주 예찬을 펼친 취중작醉中作이다. 취중인 만큼 과장도 호기도 백배로 부풀려 있는 가운데, 또한 은근히 때를 얻지 못한 자신의 불우不遇의 분한憤恨을 시종 그 밑바닥에 깔고 있음을 본다.

이참에 송강의 〈장진주사〉도 일람하고 넘어갈까?

한 잔 먹세그려. 또 한 잔 먹세그려.

꽃 꺾어 산 놓고 무진무진 먹세그려!

이 몸 죽은 후면

지게 위에 거적 덮여 주리혀 매여 가나,

유소보장流蘇寶帳에 만인이 울어 예나

어욱새 속새 덥가나무 백양 속에

가기 곧 가면

누른 해 흰 달 가는 비 굵은 눈

소소리바람 불 제, 뉘 한 잔 먹자 할꼬?
하물며 무덤 위에 원숭이 휘파람 불 때야
뉘우친들 어찌리?

경정산을 바라보며

이백(李白)

새들 높이 날아 뿔뿔이 흩어지고
한 조각 구름 흐르다 사라진다.
맞보아 물리지 않음 경정산뿐이어라!

衆鳥 高飛盡   孤雲 獨去閒이라
相看 兩不厭은   只有 敬亭山을!
〈獨坐 敬亭山〉

獨去閒(독거한) 홀로 가버리고 난 뒤의 한적함.
兩不厭(양불염) 산과 사람이 서로 물리지 않음.

평설 산을 보고 있노라면 괜히 산이 좋아진다. 산은 이래서 좋고 저래서 좋고 하는 식으로 산의 덕성을 일일이 들어가며 좋아하는 것이 아니라, 산이 무조건적으로 좋아지는 그 좋아짐! 이것이야말로 인자요산仁者樂山의 실상實相이라 할 것이다. 또 '좋아진다'는, 미분화未分化 상태의 유기어有機語로서, 그 속에는 '사랑한다, 거룩해 보인다, 친근감이 든다, 아름답게 느껴진다, 믿음직해진다, 우러러 보인다.' 등 온갖 긍정적 감정이 포괄되어 있다 할 것이다.

산을 유정자有情者로 의인시擬人視하여, 친구나 연인처럼, 깊은 애정으로 대하는 데에, 자연과 인간의 일체감이 이루어진다.

산을 보고 있음은, 상대적으로 산도 나를 보고 있음이요, 내가 산을 좋아하여 애정으로 대함에는, 산도 의당 나를 좋아하여 내게 애정의 눈길을 보내오고 있을 것이 틀림없다. 그것은 단순한 '감정이입感情移入'으로 풀 것이 아니다. 그것은 '가는 정에 오는 정'의 상호 감응相互感應인 것이다. 그러므로 언제까지 서로 마주보고 있어도 물리지 않는 흐뭇한 경지에 들게 되는 것이라 할 것이다.

1·2구의, 날아 흩어지고, 제물에 사라지는 '衆鳥'와 '孤雲'은, 경조부박輕佻浮薄하여 가히 신뢰할 수 없는 것들임을 일괄一括 우의寓意한 것으로, 그것들은, 두 사이의 신뢰성과 친애감을 역설적으로 방증傍證해주는 역할을 하고 있다.

산같이 우뚝한 자아自我와의 양립兩立에서, 서로 맞보는 경정산과 이백! 산의 덕성을 그대로 수용受容한, 물아物我의 상화相和로서, 이윽고는 두 사이의 경계를 허물고 자연에 몰입沒入함으로써, 그의 이른바 '합자연合自然'의 경지에 이른 것이라 할 것이다.

산중문답

이백(李白)

어찌 해 푸른 산에
사느냐고요?

다만 히죽이
웃어 보이나

마음은 절로
한가로워라!

복사꽃 둥둥
물은 아득히…

여기야 바로
딴 세상인걸 — .

問余 何事로 栖碧山고?   笑而 不答 心自閑이라

桃花 流水 杳然去하니   別有 天地 非人間이라

〈山中 問答〉

栖碧山(서벽산) 푸른 산에 삶. 栖=棲.
杳然(묘연) 아득히 먼 모양.
非人間(비인간) 사람 사는 속세가 아닌 세상. 딴 세상 곧 신선의 세계.

세간의 명리를 떠나 자연과 더불어 사는, 은서생활隱棲生活의 탈속적脫俗的 시경詩境을 문답 형식으로 노래한 것이다.

'도화유수桃花流水'를 보면서도 '별천지別天地'임을 몰라보고, "이런 적막한 산중에 무슨 재미로 살고 있느냐?"고 묻는, 그런 속물俗物과는 이미 대화의 상대가 되지 못함을 간파한 나머지라, 상대를 무안無顏케 하지 않으면서, 동시에 자신을 호도糊塗하는 가장 무난한 대답인 '히죽이 웃는 웃음'으로 천언만담千言萬談을 대신하였으니, '笑而不答'은 정히 이 시의 안목으로, 천고의 기경구奇警句라 할 만하다.

김상용金尙鎔의 시 '남으로 창을 내겠소'의 맨끝 연;

왜 사냐건
웃지요.

도 '笑而不答'의 점화點化다.

여산폭포를 바라보며

이백(李白)

향로봉에 해 비치어
자연紫煙 서린 곳
아스라이 걸려 있는
장강長江 물이여!

사뭇 내리지르는
삼천 척이야
구만 리 쏟아지는
은하수런가?

日照 香爐 生紫煙　　遙看 瀑布 挂長川이라
飛流直下 三千尺하니　疑是 銀河 落九天을!
〈望 廬山瀑布〉

廬山(여산) 강서성(江西省)에 있는 명산.
香爐(향로) 여산의 한 봉우리 이름. 향로봉.
九天(구천) 구만리 장천(長天).

 천공天公의 대경영大經營을 참관參觀하는 듯한, 초거시안적超巨視眼的 소관所觀이다.

　자색紫色은 숭고, 위엄, 신비, 장엄, 경건 등을 상징하는 색이라, 폭포를 중심으로 서려 오르는 '자연紫煙'의 이러한 원광圓光은 또한 폭포를 그런 경지로 이끌어가기에 족하였으니, '자연'의 상승上昇, 비폭飛瀑의 하강下降이 천지의 대수對酬요 교류交流요 통정通情인 양하여, 이하 전편이 '백발삼천장白髮三千丈'식의 대과장大誇張이건만, 그 과장됨을 깨닫지 못하게 하고 있다.

'폭포시' 하면 자고로 이백의 이 '여산폭포시'를 첫손가락에 꼽거니와, 나는 매양 이 시를 대할 때마다, 그 소리 없음을 아쉽게 여긴다. 소리 없는 벙어리 폭포! 숫제 무성 영화를 보는 감이 없지 않다. 하기야 '遙看'으로 멀리서 바라보자니 그럴 수밖에 더 있겠느냐며, 비호할 이도 없지 않겠으나, '飛流直下三千尺'으로 까마득하게 쳐다보일 만큼의, 그러한 거리의 위치에서이고 보면, 내리지르는 굉음轟音인들 오죽했으랴마는, 소리에 대해서는 아예 묵살해버린 상태이니 어찌하랴? 하다못해 '원뢰遠雷' 정도로라도, 그 소리 없음은 이 시의 크나큰 결함이 아닐 수 없다. 그러나 보라. 우리나라 중·명종 때의 여류시인 황진이의 〈박연폭포시〉의 제3련을 ―.

우박 흩고 우레 달려 골은 자우룩
갠 하늘에 사무치는 옥 빻는 소리.

'雹亂霆馳彌洞府　珠舂玉碎徹晴空'

이 소리는 다중적多重的 이동감移動感마저 살아 있어, 현장감·박진감이 넘친다. 단순한 생각으로는, 폭포 소리야 고정된 한 자리에서 나는 것으로 알기 쉽지만, 그중의 여러 부분, 여러 갈래의 소리들의 복합곡선複合曲線이 수시로 바뀌면서 이루는, 이른바 '음音의 산山'으로 말미암아, 소리 위치가 이동하는 것으로 들리는 것이 사실이다.

노래로 읽는 당시

그녀는 이를 놓치지 않고 '달리는 우레 소리〔霆馳〕'라 표현하고 있다. 곧 우레 소리가 하늘의 이 끝에서 저 끝으로 달리듯이, 폭포 소리도 그렇게 달리는 소리로 들렸음이다. 얼마나 핍진逼眞하고 생동감 넘치는 소리인가? 또 그 수많은 소리 가닥이 한 묶음으로 묶여진 맑은 화음을 일러 '옥 빻는 소리'로 은유하고 있다. 얼마나 맑고 밝은 살가운 소리인가?

삼협을 지나며

이백(李白)

꽃구름 백제성을
아침에 떠나
강릉이라 천 리 길을
당일에 왔네.

두 기슭 원숭이들
이어 우는데,
배는 이미 만 겹 산을
벗어났었네.

朝辭 白帝 彩雲間하여   千里 江陵 一日還이라

兩岸 猿聲은 啼不住ㄴ데 輕舟 已過 萬重山을!

〈早發 白帝城〉

白帝城(백제성) 삼협(三峽)의 입구인 구당협(瞿唐峽)에 임하여 있는 성.
彩雲(채운) 채색 구름. 꽃구름. 놀.
江陵(강릉) 호북성(湖北省)에 있는 현의 하나. 옛 이름은 형주(荊州).
三峽(삼협) 구당협(瞿唐峽)·무협(巫峽)·서릉협(西陵峽)으로, 길이 192km의 연속되는 양자강의 협곡.

평설 전반은 봉절奉節～강릉 간 1200리의 전도정全道程이요, 후반은 그중 일부 도정인 700리 삼협 구간의 부연敷衍이다.

일사천리의 강류만큼이나 미끈둥한 운율과, 일기가성一氣呵成으로 읊어낸 생동하는 필세筆勢가 약여躍如하다.

기구는 꽃구름에 엉긴 영롱한 경관을 곁들인 상쾌한 출발이요, 승구는 출발에서 목적지인 강릉까지의 천 리 길을 군소리 없이 직결시켜놓음으로써 '一日還'의 초고속超高速을 실감케 하고 있다.

전·결구는 꿈결같이 지나온 삼협 구간의 회상이다. '啼不住'는 여러 원숭이들의 울부짖음이 지나가는 연안에 차례차례로 받아 이어져 그치지 않음이, 마치 한 마리 원숭이의 그칠 줄 모르는 기나긴 울음인 양함이요, 그 급류의 등성이를 타고 천야만야 미끄러져 달리는 일엽편주 또한 쏜살같아, 만첩산협萬疊山峽을 순식간에 빠져 나왔음이다.

이는 작자가 야랑夜郞으로 귀양 가는 중도에서 대사大赦의 소식에 접하여, 강릉으로 되돌아오는 길의 과정을 읊은 것이다. 그러고 보니 죄의 그물에서 벗어난, 그 날아갈 듯 홀가분한 기분 또한 '천리일일환千里一日還'의 쾌재快哉 속에 가세되어 있을 것임은 물론이다.

삼협은 본디 원숭이들의 천국이기도 하여, 사람들은 극성스럽기도 하여, 천험天險의 이 일대를 배로 종주縱走하기 시작하면서부터 원공猿公들의 나라에도 비운이 들게 되었으니, 그 오르내리는 이방인에 대한 경악과 비원悲願의 하소연이 그리도 애처로운 울부짖음으로 이어졌으나, 그러나 잔혹한 인간은 필경 그들의 천국을 강점하여, 오늘날엔 이미 그 남은 그림자를 찾아볼 수 없게 되고 말았다.

'兩岸猿聲啼不住'의 일구一句에는, 그들의 비원의 하소연을 물어주지 못한 이백 자신의, 그 안타까운 심정 또한 거기 곁들여 있음을 도외시하지 말 것이다.

신평루에 올라

이백(李白)

고향 떠나 이 다락에
올랐음이여!
집 생각 애달파라!
저무는 가을 ― .

하늘은 아득하여
지는 해 멀고,
강은 맑아 찬 물결
흘러를 가네.

고향 구름 영 나무에
뭉개어 일고,
기러기는 모래톱에
날아 내린다.

까마득하여라!
몇만 리러뇨?
눈에 드는 그 모두가
시름케 하네.

去國 登玆樓하니　懷歸 傷暮秋라

天長 落日遠이요　水淨 寒波流라

秦雲은 起嶺樹요　胡雁 飛沙洲라

蒼蒼 幾萬里오　極目 令人愁라

〈登 新平樓〉

新平樓(신평루) 지금의 섬서성(陝西省) 빈현(邠縣)에 있는 누각.

去國(거국) 고향을 떠남. 또는 국도(國都)를 떠남.

秦雲(진운) 진. 곧 장안(長安) 쪽 영마루에 이는 구름. 고향 쪽의 구름.

嶺樹(영수) 영마루에 서 있는 나무.

胡雁(호안) 북쪽 오랑캐 땅에서 날아오는 기러기.

蒼蒼(창창) 아득한 모양.

極目(극목) 시력이 미치는 극한(極限).

평설　한번 고향 떠난 후로 유랑하는 나그네 몸이 되어, 이곳까지 흘러오게 되어, 소문으로만 듣던, 이 높은 신평루 다락에, 이렇게 한번 척 올라서서, 만목소연滿目蕭然한 원근 추색秋色을 조망하노라니, 불현듯 걷잡을 수 없이 이는 고향 생각! '지는 잎도 뿌리로 돌아간다'는 가을이건만, 끝없이 떠돌기만 하는 몸, 저물어 가는 가을에 마음이 아프다. 제2구의

　'懷歸傷暮秋'

는 정히 등루登樓의 제일성第一聲으로, 이하 두 쌍의 대련對聯의 시상을 포괄包括하였으니, 보라.

　제3구에는 향사鄕思의 아득함이,

　제4구에는 객회客懷의 쓸쓸함이,

179

제5구에는 뭉게구름 일 듯 주체할 수 없는 망향의 정이,

제6구에는 들을 길 바이없는 막막한 고향 소식이,

저마다 동질적同質的인 심상心像으로, 마치 제일성의 부연敷衍인 양 전개되어 있다.

제7, 8구의 '만리萬里의 여수旅愁'는 제일성과 수미상응首尾相應하여 그 상심의 그지없음이 강한 인상의 여운으로 남아 있어, 독자에게마저도 '영인수令人愁'케 하는 느낌이다.

형식에 있어, 오언율시律詩로 보기에는 율격律格에 벗어남이 너무 많아, 고시古詩로 볼 수밖에 없다. '登茲樓, 寒波流, 飛沙洲'는 다 평삼련平三連이요, '落日遠, 起嶺樹'는 다 측삼련仄三連이며, 제2구는 '暮'자만이 측仄으로, 모두가 정격에서 벗어났다. 그러한 형식에 얽매여 골몰할 성미가 아닌, 이백다운 파격破格이다. 이 점 두보杜甫와는 정반대다.

노래로 읽는 당시

봉황대에 올라

이백(李白)

봉황대에 봉황이
놀았다컨만
봉은 가고 대는 빈데
강만 흐르네.

오궁吳宮의 미녀들도
길에 묻혔고,
진나라 때 높은 이들
옛 무덤 됐네.

삼산三山은 반 떨어져
청천 밖이요,
이수二水는 둘 나뉘어
백로주白鷺洲로다.

그 모두 뜬구름
해를 가리어
장안도 아니 뵈니
시름겨워라!

鳳凰臺上 鳳凰遊러니　鳳去 臺空 江自流라

吳宮 花草는 埋幽徑이요　晋代 衣冠은 成古丘라

三山은 半落 靑天外오　二水는 中分 白鷺洲라

總爲 浮雲 能蔽日하니　長安 不見 使人愁를!

〈登金陵鳳凰臺〉

金陵(금릉) 육조(六朝)의 고도였던, 지금의 남경(南京).
吳宮花草(오궁화초) 오궁은 삼국시대 오왕(吳王) 손권(孫權)이 지은 궁전이요, 화초는 궁 안에서 미색을 겨루던 많은 궁녀들.
鳳凰臺(봉황대) 육조의 송대(宋代)에, 금릉의 서남에 있는 산에 봉황이 와 놀았다 하여, 높은 대를 쌓고 붙인 이름. 봉황은 서조(瑞鳥)로서, 봉(鳳)은 수요, 황(凰)은 암이다. 성천자(聖天子)가 나면 봉황이 나타난다고 했다.
晋代(진대) 금릉에 도읍했던 동진(東晋) 시대.
衣冠(의관) 의관을 갖춘 사람들. 곧 귀족·고관들.
三山(삼산) 금릉의 서남쪽에 우뚝 솟은 세 연봉.
二水(이수) 진회하(秦淮河)가 '백로주'를 사이에 끼고 두 갈래로 나뉘어져 흐르는 부분의 명칭.

평설　잠시 시의를 부연해보자.

그 옛날 이 봉황대 위에는 봉황이 와 놀았다 전해오건만, 지금은 그 봉황들 다 가버리고 대는 허전히 비어 있는데, 굽어보이는 장강의 물만 예런듯 유유히 흐르고 있을 뿐이다.

옛날 오나라의 궁전에서 미색을 겨루던 꽃 같은 궁녀들, 그들은 적막한 산길 길섶에, 이제는 퇴락하여 무덤의 흔적도 찾아볼 수 없이 묻혀 있고, 동진 때 내로라 뽐내던 귀족·고관들도, 이제는 덩그런 옛 무덤의 흙이 되어 있을 뿐이다.

멀리 서남쪽을 바라보노라면, 삼산의 세 봉우리는 운무에 잠겨 중하부는 보이지 않고, 상부만이 반공에 둥실 떠 있어, 마치 하늘에서 사뿐히 내려앉는 듯하고, 이수의 두 갈래 물은 백로주를 사이에

　　　　　　　　　　　　　　노래로 읽는 당시

끼고 느직이 흘러 장강으로 합류하고 있다.

그러나 어쩌랴? 뜬구름이 햇빛을 가리어, 그리운 도성도 어느 쪽인지 지향할 수조차 없게 하는 암울暗鬱한 날씨! 그 수수로운 시름의 기색이 천지에 가득함이, 나를 시름겹게 하고 있다.

1련은 만사 유전流轉하는 금고今古의 감개感慨요, 2련은 역사적 회고에서 느끼는 인사人事의 무상이며, 3련은 표묘웅혼縹渺雄渾한 산수의 대관이요. 맨끝 연은 간사奸詐가 득세得勢하여 성총聖聰을 가리는 시세時勢의 한탄이다. 그중 제2구의 한탄 속에는 지금에 성천자聖天子 없음의 아쉬움이 넌지시 부쳐져 있기도 하다.

吳宮花草埋幽徑　晋代衣冠成古丘

이 한 쌍의 대구에서, '衣冠'이 '귀족, 고관'을 암유하는 것이라면, '花草' 또한 '궁중의 미녀들〔宮女〕'의 암유일시 분명하며, '成古丘'가 '우뚝한 봉분의 흙이 되어 있음'의 직서直敍일진댄, '埋幽徑'은 낮은 봉분이 퇴락하여 지금은 어느 후미진 산길 길섶에 봉분의 형체도 없이 묻혀 있다'는 직서일 것이 분명하다.

三山半落青天外　二水中分白鷺洲

이는 만구萬口에 회자되는 명구로, 특히 전구의 표묘縹緲한 경개景概는 이를 데가 없다. 그런 천래天來의 문자야말로 신운神韻이라 할밖에 ─.

이백이 무한武漢의 장강 기슭에 있는 황학루黃鶴樓에 올랐다가, 먼저 다녀간 최호崔顥의 〈황학루시〉에 압도되어, 펴지 못한 채, 붓을

던진 후로, 그 분한憤恨을 풀지 못해 하다가, 이 금릉 봉황대에 와서
야 구한舊恨을 갚았다는 이야기는 유명하다. 그래서 그런지 두 시의
기세나 정감이 비슷하고, 장구章句와 운각韻脚이 서로 같음에서, 의
작擬作이라는 평도 있어, 고래로 말이 많으나, 이는 다만 자구字句
등에 얽맨 소견일 뿐, 두 시의 고정원의高情遠意가 서로 다르니, 비록
그 영향한 바 많다 한들 무슨 흠됨이 있으리요? 〈황학루시〉와 쌍벽
으로 천하의 걸작임을 길이 누리리라. 최호의 〈황학루시〉를 함께 차
려본다. 81쪽 참조.

옛 사람 황학 타고 이미 갔거니
이 땅에 황학루만 괜히 남았네.
황학은 한번 가고 오지 않는데,
흰 구름은 느릿느릿 천년이어라!
한양의 숲 또렷이 물에 어리고
앵무주엔 이들이들 우거진 봄 풀
해 저무니 고향은 어느 곳이뇨?
연파煙波 이는 강 언덕에 시름겨워라!

昔人이 已乘 黃鶴去한데   此地에 空餘 黃鶴樓라
黃鶴 一去 不復返하니   白雲 千載 空悠悠라
晴川 歷歷 漢陽樹오   芳草는 萋萋 鸚鵡洲라
日暮 鄕關 何處是오?   烟波 江上 使人愁을!

〈黃鶴樓〉

노래로 읽는 당시

황학루에서 맹호연을 보내고

이백(李白)

친구는 여기 서쪽
황학루에 하직하고

춘삼월 꽃안개 속
양주로 내려간다.

외로운 돛의 먼 그림자
벽공에 사라지곤

보이는 건 장강의 물
하늘가로 흐름이어라!

故人 西辭 黃鶴樓   煙花 三月 下揚州라
孤帆 遠影은 碧空盡인데 唯見 長江 天際流를!
〈黃鶴樓 送 孟浩然 之 廣陵〉

[題意] '황학루에서 광릉으로 가는 맹호연을 보내다'. '廣陵'은 양주(揚州)의 옛 이름. 맹호연은 72쪽 참조.

黃鶴樓(황학루) 호북성 무한(武漢)의 동남쪽 양자강 기슭에 있는 누각 이름. 205쪽 참조.
辭(사) 사거(辭去). 곧 작별하고 떠나감.
煙花(연화) 안개와 꽃. 아름다운 봄 경치.

평설 황학루 다락 위에서 시호詩豪요 주호酒豪인 이 두 사람은, 이별을 서글퍼하며 술잔 깨나 나눴으리라. 드디어 맹호연은 배에 오르고, 이백은 난간에 기대어, 가는 배를 목송目送하고 있는 장면이다.

표연히 강에 뜬 그의 흰 돛배는, 동으로 동으로 흐르는 강류를 따라 살같이 흘러 점점 멀어져가고 있다. 혹시나 놓칠세라, 안력眼力을 다하여 끝없이 지켜보고 있노라니, 푸른 허공으로 가물가물 멀어져 가는 돛 그림자는, 마침내 나비만큼 작아지다가 모기만큼 가물거리다가는, 그예 불티처럼 가뭇없이 꺼져버리고 만다.

이제 천지에 보이는 것이라고는, 오직 호호망망浩浩茫茫 아득히 하늘 끝으로 흘러가고 있는 양자강의 물뿐, 친구의 그림자는 사라진 돛 그림자와 함께 아무 데서도 찾아볼 수가 없다. 이별! 비로소 밀려드는 이별의 서러움이, 장강의 물만큼이나 공허한 가슴속을 그득히 메워 흐르고 있음을 느끼게 한다.

아득히 흘러가는 강류! 그 위를 표연히 떠가던 흰 돛 그림자를 그예 잃어버린, 하염없는 이정離情의 여운은, 이것이 인생이거니 하는 무한 감개 속에, 저물어가는 빈 강물을 지켜 차마 선뜻 떠나지 못하고, 난간에 맥없이 기대앉은 이백의 쓸쓸한 옆모습이 보이는 듯도 하지 않은가?

하지장을 그리워하며

이백(李白)

사명산에 한 광객
있었으니,
저 풍류 시인
하계진이라.

장안서 대뜸
만나자마자
나를 '적선'이라
불러주었지.

그 옛날 그리도
술 좋아하더니,
이젠 소나무 아래
흙이 됐구려!

'금거북이' 끌러주고
술 바꾸던 곳,
생각사록 눈물이
수건 적시네.

四明有狂客하니　　風流 賀季眞이라

長安 一相見에　　呼我謫仙人이라

昔好 杯中物터니　　今爲 松下塵을!

金龜 換酒處에　　却憶 淚沾巾이라

〈對酒 憶 賀監〉

賀監(하감) 하지장(賀知章)을 이름. 그가 현종 때 비서감(秘書監)이었으므로 이르는 그의 별칭. '계진'은 그의 자. 문장과 글씨에 뛰어났다. 성품이 활달하여, 만년에 사명광객(四明狂客)이라 자호(自號)하고, 고향인 산음(山陰)에 돌아가 도사가 되었다. 45쪽 참조.
謫仙(적선) 하늘에서 귀양 온 신선이란 뜻으로, 하지장이 붙여준 이백의 별호.
杯中物(배중물) '잔 안에 든 물건'이란 뜻으로 '술'의 우회적 애칭.
금귀(金龜) 금으로 만든 거북 모양의 장신구.
却憶(각억) 돌이켜 생각함. 추억함.

평설　이백은 하지장보다 42세나 아래다. 게다가 한쪽은 고관이요, 한쪽은 백두白頭요 백수白手다. 두 사람의 만남은 다만 서로의 시를 통하여 지기知己를 얻은 듯, 연치를 초월한 망년지교忘年之交로 친해졌던 것이다. 뿐만 아니라, 두 사람은 똑같이 시주詩酒를 좋아하는 호방불기豪放不羈한 성격으로, 하지장은 자칭 사명광객四明狂客이란 풍류시인인지라, 처음 만나자마자 '하늘에서 귀양 온 신선이로고!' 하며 '적선謫仙'이란 별호까지 붙여주었던 그다.

만나면 항상 호음豪飮하던 두 사이였으나, 이제 그는 가고, 그가 '금거북'을 끌러주고 술을 바꾸어 마시던, 그 술집에 다시 들른 이백은, 술상을 앞에 둔 채, 하염없이 울고만 있다.

고인을 추모하는 지정의 눈물이 끝없이 넘쳐나고 있는 것이다. 한 잔 한 잔 잔마다 고이는 눈물의 술을 마시며 흐느끼며, 쏟아져 내리는 눈물을랑 숫제 방류放流해놓고 있는 정황이다.

노래로 읽는 당시

금릉을 떠나면서

이백(李白)

버들꽃 바람에 날려
향기 가득 서린 주막,
미녀는 술 거르며
길손 불러 맛 좀 보래.

금릉의 젊은이들
배웅 나온 석별惜別 자리
떠난다 못 떠난 채
잔만 연방 비워내네!

그대 한번 물어보렴.
저 장강長江의 물에,
우리의 이별 정과
어느 편이 더 긴가를―.

風吹 柳花 滿店香   吳姬 壓酒 喚客嘗이라
金陵 子弟 來相送하니 欲行 不行 各盡觴이라
請君 試問 東流水하라 別意 與之 誰短長고?
〈金陵 酒肆 留別〉

金陵(금릉) 지금의 남경(南京).
吳姬(오희) 옛 오나라― 지금의 소주(蘇州) ― 지방의 미녀.

壓酒(압주) 술을 짜서 거르는 일.
喚客嘗(환객상) 길손을 불러 술맛을 보게 함.
來相送(내상송) 배웅 나와서 서로 보냄. 곧 송별과 유별로 이별을 아낌.

평설 이백의 시성詩聲이 이미 천하에 들린 터이라, 가는 곳마다 그를 받들어 모여드는 무리가 적지 않았을 것이며, 그들과 어우러져 매일같이 시주로 정이 깊어져갔음도 짐작하기 어렵지 않다.

그러나 그의 방랑의 발길이 어찌 오래야 머무르랴? 이제 그는 떠나는 길이다. 흘러가는 강물처럼 제회의 기약도 없이 떠나가는 길목에서, 잔만을 비워대고 있는, 이 송별과 유별留別의 기나긴 정을 장강의 물에 견준, 끝연의 여운 또한 강류만큼이나 길기도 하다.

'술맛 좀 보고 가세요' 하며 길손을 부르는 '喚客嘗'은, '새 술맛이 기가 막히니 한잔 들고 가세요' 하는, 노골적인 유객誘客의 관용어이기도 하나, 술을 막 거르고 있는 현장에서는, 국에 간보듯이, 전국에 탄 물이 된지 맑은지, '물(맛)' 좀 보아달라는 애교 넘치는 은근한 유객인 것이다. 이 경우에는 으레 한두 잔 시음용으로 무료 제공되고, 음후飮後 소견을 말해야 할 의무가 수반되나, 대개의 경우, 이 길로 눌러 앉아 술손님으로 발전하게 됨이 상례다.

이 1, 2구는 주흥을 돋구는 분위기 묘사이나, 특히 위의 '滿店香·喚客嘗'은 '吳姬'의 짙은 화장을 연상할 만큼 그 표현이 농염濃艶하다. 이렇게 한껏 돋구어진 술 분위기 속에 시작된 송별연! 끝없는 방랑의 길! 어디라 정한 곳 없는 출발, 그러나 바람처럼 구름처럼 떠도는 그 인생 여정을 누구라 말리랴? 간단히 한잔하자며 시작한 자리건만, 이별의 정은 점점 고조되어, 곧 일어서야지, 곧 떠나야지, 하면서도 일어서지도 떠나지도 못한 채, 연해연방 권해오는

노래로 읽는 당시

술잔을랑 연해연방 비워대는, 이 주호의 임별의 정의 전면纏綿함은,
모르거니와 아마도 저 장강의 물보다도 더 길 것만 같지 않은가?

벗을 보내며

이백(李白)

푸른 산은 북을 막아
가로 둘렸고
흰 물은 동쪽 성을
감아 도는 곳,

그대 한번 이 고장
뜨는 그 길은
나그네로 떠돌게 될
만 리 길이네.

뜬구름은 둥실둥실
그대 뜻이요,
지는 해는 뉘엿뉘엿
이내 심사라.

그예 손 저으며
멀어져가는,
'삥야호호' 말울음의
서글픔이여!

靑山은 橫北廓이요　白水는 遶東城이라
此地 爲一別이면　　孤蓬 萬里征이라
浮雲은 遊子意요　　落日은 故人情이라
揮手 自玆去하니　　簫簫 班馬鳴을!
〈送友人〉

橫北廓(횡북곽) 북쪽 성곽으로 가로 둘리어 있음.
孤蓬(고봉) 뿌리째 뽑혀 바람에 굴러다니는 다북쑥. 유랑의 나그네를 비유로 이르는 말.
遊子(유자) 떠도는 나그네. '子'는 애칭의 접미사.
自玆去(자자거) 이로부터 떠나감. '玆'는 '此'.
班馬(반마) 얼룩말. 또는 떠나가는 말.

평설 '산'은 북쪽 성곽인 양 마을 뒤를 가로막아 둘려 있고, '물'은 마을을 안아 흘러 동쪽 성곽을 감돌아나가는, 배산임수背山臨水의 이 안온한 고장! 이는 장차 끝없이 떠돌게 될, 황량한 나그네 땅과의 대조가 되는, 고향 땅의 꿈같은 요람搖籃이요, 사랑의 보금자리임을 되새겨줌이다. 그뿐 아니라, '청산靑山'과 '백수白水'는 가는 정, 보내는 정의 은근한 대조이기도 하니, 산 두고 저만 가는 무정한 물처럼, 물 따라 흘러가는 친구에의 일말의 원망마저 넌지시 부쳐져 있다.

또 저 '浮雲과 落日'은 이별 현장의 분위기인 동시에 '浮雲'은 떠나는 이의 정처 없는 의태意態이며, '落日'은 보내는 자신의, 장차 어둠에 잠길 하염없는 심상心象이다.

3·4구의 '一'과 '萬'의 심한 낙차落差는 앞날의 운명의 급거한 전환의 시사이며, 결구의 '班馬鳴'은 이별의 슬픔을 말 우는 소리에 부쳤으니, 무심한 짐승도 저러하거든 하물며 자별한 친구 사이의 이별임에 있어서랴? 대범한 듯 견디어 참는 그 침통함이, 멀어져

가는 말 울음소리에 실려, 그 여운 사라질 듯 새삼 아득히 길고도 길다.

고요한 밤에

이백(李白)

설마 서릴리야?
달빛이려니

무심히 올려보던
쳐든 고개가

시름없이 떨구어지는
고향 그리움!

牀前 明月光하니　疑是 地上霜이라
擧頭 望山月타가　低頭 思故鄕을!
〈靜夜思〉

牀(상) 나무로 짠 침상. 평상 따위.
擧頭(거두) 고개를 들어 높은 곳을 바라보는 자세.
低頭(저두) 고개가 떨구어져 생각에 잠기는 상태.

평설　전반은 서경이요, 후반은 서정이다.
　　　　'달'은 향사鄕思를 일깨우는 촉매觸媒 구실을 하는 것이라,
'달밤의 고향 생각', 이는 너무나 평범한 명제다.

　이 시는 그 평범한 관행적인 내용을, 인과因果의 심리적 추이에
따른 무작위의 서술에 의하여 구관舊慣을 청신淸新케 한, 평범 속의

비범인 명품이다.

이 시를 다시 원시대로 의역意譯해보면;

침상 앞의 밝은 달빛!
하얗게 내린 서린가 싶어
고개 들어 산달을 바라보다
무심코 고개 떨구어지는,
아, 고향 그리움이여!

보라. 지상으로 향해 있던 제1구의 시선이, 빛의 정체를 확인하기 위하여 천상으로 전환하는 제3구의 '擧頭'에서, 문득 달에게서의 충격으로 말미암아, 다시 고개가 떨구어지면서, 고향 그리움에 잠겨드는 제4구에로의 자연스러운 전환─머리의 고저高低와 시선의 방향이, 그의 심서心緖의 동영상動映像인 양 천연스럽지 않은가?

'擧頭'는 사동使動이나, '低頭'는 피동被動임에 유의할 것이다.

봄밤 피리 소리를 들으며

이백(李白)

그 누가 날리는가? 어둔 밤 피리 소리
봄바람에 번져들어 낙양성에 가득하다.
어느 뉘 저 이별곡에 고향 생각 않으리?

誰家 玉笛 暗飛聲고?　散入 春風 滿洛城이라
此夜 曲中 聞折柳하니　何人 不起 故園情고?
〈春夜 洛城 聞笛〉

誰家(수가) 누구의 집. 또는 누구.
折柳(절류) '折楊柳'의 약(略). 이별을 주제로 한 곡조 이름.
※ **허거프다** 하는 일이 헛되고 공허하여 슬프다.

평설　낙양의 봄밤, 어디선가 들려오는 그윽한 피리 소리에 귀를 기울이고 있던 한 나그네의, 저도 모르게 사로잡히고 마는, 깊으나 깊은 향수!

　'悲'니, '哀'니 한마디 언급이 없다. 그러나 그 구슬픔은 이 밤의 어두움과 함께 낙양성 안에 달빛처럼 안개처럼 가득 번지고 서리어, 만인의 가슴 가슴을 시름겹게 하고 있다. 그것은 이별곡離別曲인 탓도 있겠지만, 죽관(竹管)의 공동空洞을 회돌아, 흐느끼듯 굽이지는 피리 소리, 그 자체가 원래 가지고 있는, 그 독특한 애한조哀恨調의 음색音色! ―통곡에 지친 나머지의, 그 목쉰 듯한, 'ㅎ, ㅅ' 소리가 주성분인, 허거프고도 서글픈 음색! 길이 내쉬는 한숨소리 같기도 한,

그 퇴색退色한 듯 빛바랜 음색! —그 자체가, 이미 사람을 수살愁殺케 하기에 족하기 때문이리라.

이를 듣고 있는 어느 누군들, 어찌 생각에 잠기지 않으리? 자신의 지난날이, 현재의 외로움이, 그리워지는 고향이, 가족이; 또는 인생이 무엇인가에 —. 더러는 그도 저도 아닌, 무엇 때문인지도 모를 서러움에, 사람들의 가슴 가슴은 슬픈 듯 서러움의 감미로움에 내맡겨진 채, 잠들 듯 잠겨들고 있으리라.

이 봄밤! 장안 만호萬戶의 사람 사람들은 모두가 나그네 되어, 일찍이 전생에서 들었던 듯도 한 저 피리 소리를 타고, 저마다 철학자요 사색인이 되어, 어느덧 인생의 본향本鄕에 가 닿는다.

'誰家'의 자문에는, 피리 소리의 주인공이 '그 어느 정한인情恨人일게라'는 자답이 전제되어 있다. '飛'는 '散·風'과 삼각으로 호응하고, '滿'은 '何人不起'와 상응해 있다. '절양류'의 이별곡에서, 자신이 떠나올 때의 석별惜別의 장면을 동시에 떠올리게 됨으로써, '故園情'을 일으키게 되는, 시정의 자연스러운 흐름도 음미할 것이다.

노래로 읽는 당시

추포에서

이백(李白)

백발!
백발이 삼천 장이군!
시름일레!
시름으로 저리 길었네.

알 수 없어라,
거울 속 저 늙은이!
어디서 저리도
서릴 맞았노?

白髮 三千丈　緣愁 似箇長이라
不知 明鏡裏　何處 得秋霜고?
〈秋浦歌(十五)〉

丈(장) 10척(尺)의 길이 단위.
似箇(사개) 이와 같이. 이처럼. 여차(如此).

평설 우연히 거울에 비춰본 자기 얼굴에 너무도 깜짝 놀란 나머지, 무심코 내지른 첫 한마디, 그것이 '白髮三千丈!'이다.

　작자는 그 원인을 '시름' 때문이라 진단한다. 백발은 시름의 표상이며, 그 양은 집적된 시름의 총화, 한 시름에 한 카락씩 세지는 것이라 치더라도 그가 겪어온 천 가닥 만 가닥의 시름은, 필경 머리카락 하나하나마다 저렇게 치렁치렁 백발 되게 하기에 족했으리라 본 것이다.

후반은 거울 속의 자신에게 보내는 연민의 정이다. '서리'는 숙살肅殺의 형구刑具! 이제 초목이 시들듯, 여일餘日이 촉박함을 스스로 가엾어 하는 서글픈 눈매로, 거울 속 늙은이와 서로 연민의 정을 나누고 있는, 이른바 형영상조形影相弔의 장면이다.

장구령의 〈거울을 바라보며〉(50쪽)를 아울러 감상함 직하다.

여름날 산중에서

이백(李白)

부채 부치기도
차마 귀찮아
푸른 숲속에
위통을 벗다.

두건은 벗어
벼랑에 걸고
맨머리에 쐬는
쏴… 솔바람!

嬾搖 白羽扇하여　裸袒 靑林中이라
脫巾 挂石壁하고　露頂灑松風이라
〈夏日 山中〉

嬾搖(난요) 부채질하기에도 게을러짐.
白羽扇(백우선) 흰 새깃으로 만든 부채.
裸袒(나단) 웃통을 벗음.
露頂(노정) 이마를 드러냄. 맨머리가 됨.
灑松風(쇄송풍) 솔바람을 쐼.

평설　예속禮俗 따위에 구애되지 않는 소탈疎脫한 이백의 피서법이다. 푸른 숲속이니 보는 사람이 있을 리 없다. 더구나 '그 혼자 있을 때를 삼가라[慎其獨]'는 고성古聖의 가르침은 이백에게는 먹혀들 리가 없다. 땀에 흠뻑 젖은 옷이며 두건 벗어버리고 '쐐…' 불어오는 솔바람 앞에 알몸을 내맡기는, 그 탈속감脫俗感! 그 쇄락감灑落感! 그 우화등선감羽化登仙感!

제야

고적(高適)

여관방 찬 등불에
홀로 잠 못 이루나니,
나그네 어인 일로
생각사록 서글픈고?

이 밤 고향 천 리 길을
그리움은 오가나니,
서리 같은 귀밑머리
날 새면 '또 한 살!'

旅館 寒燈 獨不眠하니   客心 何事로 轉凄然고?
故鄕 今夜 思千里하니   霜鬢 明朝 又一年을!
〈除夜 作〉

凄然(처연) 처량함. 서글픔.
轉(전) 점점. 생각할수록.
霜鬢(상빈) 서리같이 흰, 백발의 귀밑머리.
除夜(제야) 섣달 그믐날 밤.

 한 해의 마지막 날 밤인 제야는, 나그네에게는 시간의 낭떠
러지로 내몰리는 듯한, 절박감을 느끼게 하는 밤이다.
  가물거리는 등불 아래 잠을 이루지 못하여 뒤척이는 밤, 등불도

불은 불이련만, 그 불빛마저도 차갑게 느껴질 만큼, 싸늘한 인정의 쓸쓸한 객지인 것이다. 이룬 것이 무엇인가? 아무것도 없다. 아니 없는 것이 아니라, 인생이 더 망가져 있는 것이다. 게다가 날이 새면 '또 한 살'을 더하게 될 이 밤이다. 헛되이 객지를 떠돌며, 헛늙어가고 있는 자신에 대한 뼈아픈 회한의 정이 사무치게 느꺼워지는 밤이며, 새삼 고향으로 치닫는 아픈 마음을 어찌하지 못하는 이 밤이다. 한편, 내게로 쏟아져오는, 가족들의 나를 그리워하며 나를 야속해하는, 간절한 그 마음들이, 눈에 보이는 듯 알연히 느껴지는 밤이기도 하다. 이렇듯 오고 가는 고향과 타향에의 그리움이, 이 밤을 고스란히 불면不眠의 밤으로 지새우게 하고 있는 것이다.

故鄉今夜思千里

의 '思'의 주체는, 타향의 '나'와 고향의 '가족'이며, 그 방향은 천리 길의 두 끝인 내게서 가족에게로, 또 가족에게서 내게로, 서로의 생각이 오고 가고 하는 묘한 구문構文이다. 이를 만일 '이 밤 천 리 고향의 가족을 그리워한다'나, '이 밤 천 리 타향의 나를 생각하고 있으려니'로 어느 한쪽만으로 풀이한다면, 이는 시의詩意를 반실半失하고 말 것이다.

고적
高適
702?~765. 진사. 자는 달부達夫. 성격이 호방하고 강직하여, 젊은 시절 유랑하다 50세 무렵에야 시 쓰기를 시작하였다. 가서한哥舒翰을 도와 안녹산·사사명의 난이 평정된 후, 숙종의 중용重用을 얻어, 화남절도사華南節度使, 간의대부諫議大夫 등에 승진, 산기상시散騎常侍에 이르렀으니, 시인으로선 보기 드문 고관을 지낸 사람이다. 《고상시집高常侍集》 10권, 240여 수의 시가 있다.

황학루

최호(崔顥)

옛 사람 황학 타고
이미 갔거니
이 땅에 황학루만
괜히 남았네.

황학은 한번 가고
오지 않는데,
흰 구름은 느릿느릿
천년이어라!

한양의 숲 또렷이
물에 어리고
앵무주엔 이들이들
우거진 봄 풀

해 저무니 고향은
어느 곳이뇨?
연파煙波 이는 강 언덕에
시름겨워라!

昔人이 已乘 黃鶴去　　此地에 空餘 黃鶴樓라

黃鶴 一去 不復返하니　白雲 千載 空悠悠라

晴川 歷歷 漢陽樹오?　芳草 萋萋 鸚鵡洲라

日暮 鄕關 何處是오?　烟波 江上 使人愁를!

〈黃鶴樓〉

※ 이 시는 1985년 중건(重建)한 황학루의 등림(登臨) 문턱에 거대한 시비로 새겨져 있어, 만인의 눈길을 끌고 있다.

黃鶴樓(황학루) 호북성(湖北省) 무한시(武漢市)의 서남쪽, 양자강가의 황곡산(黃鵠山) 위에 있는 누각.

昔人(석인) 황학루에 대한 전설상의 신선 노인을 가리킴.

歷歷(역력) 또렷한 모양.

漢陽(한양) 황학루 대안(對岸)의 도시 이름.

萋萋(처처) 초목이 무성한 모양.

鸚鵡洲(앵무주) 양자강과 한수(漢水)와의 합류처에 이루어진 삼각주.

鄕關(향관) 고향.

烟波(연파) 연무(烟霧)에 잠겨 있는 물결. '烟波江上'은 평측율(平仄律)을 위한 '江上烟波'의 도치(倒置).

使人愁(사인수) 사람으로 하여금 시름겹게 함. 나로 하여금 향수에 잠기게 한다는 뜻.

평설 황학루는 중국 삼대루三大樓의 하나로서, 삼국시대 오吳에서 창건된 이래, 긴 세월 동안 여러 차례 중건重建되었다. 현존의 건물은 1985년 황곡산정黃鵠山頂으로 터를 옮겨 지은 웅대한 오층 건물이다.

누상에 한 번 오르면 시계가 활짝 열려, 천 리 지평이 일모에 펼쳐지는 가운데, 무한시武漢市(武昌, 漢口, 漢陽의 統合市)의 전모가 손에 잡힐 듯 안하에 굽어보인다.

도시의 중심을 관류貫流하고 있는 장강(양자강)의 장대한 물이 하늘 밖으로 흘러가는가 하면, 끝없는 천공을 느직이 건너고 있는 흰 구름은, 강류와 더불어 상하로 유유하여, 천년 세월을 시각으로 보여주고 있다. 시중詩中에 나오는 '앵무주'는 '芳草' 대신 무슨 시설물들로 가득하고, 대안對岸인 옛 한양 땅도 이제는 숲 아닌 고루거각高樓巨閣의 그림자가 선명하게 강물에 어리어 있다.

나직이 이 시를 읊조리고 있노라면, 그것이 천수백 년 전의 작자의 감회가 남의 것으로 느껴지지 않는다. 그중에도 1～4구는 거듭 읊어 볼수록 부지중 긴 한숨을 내쉬게 함이 있으니, 어째서일까?

'黃鶴'의 삼반복三反復에서 오는 그 유려한 박자감拍子感, 율려미律呂美! 그 황학을 타고 '一去不復返'하는 '昔人'에의 그리움! '空餘', '空悠悠'에서 울림하는 공허감空虛感, 무상감無常感, '一去'와 '千載'의 심한 낙차에서 오는 광막감曠漠感, 허탈감虛脫感 등, 네 구가 다 율격律格으로는 파격破格이건만, 오히려 굽이굽이 사람의 마음을 걷잡을 수 없이 파동波動치게 하고 있다.

끝연은 또 얼마나 독자의 마음을 흔들어놓음이랴? 무한 시공時空 속에 묘소渺少한 이 한 몸이 의지 없이 표박漂迫하고 있음을 의식하는 순간, 부지중 고향을 떠올리게 됨이니, 하물며 일모日暮이며, 더구나 연파강상烟波江上에서임에랴? 허허로운 우주 공간에서의, 인생 무상의 메아리인 양, 시정은 그지없다.

1～4구는 회상回想이요, 5～6구는 실경實景이요, 7～8구는 감회感懷다.

이 시는 '당시唐詩 칠률七律 중의 으뜸'으로, 또는 '고금의 절창絶唱'으로, 만구萬口에 회자되고 있다. 이백도 이 황학루에 와서 최호의 이 시에 압도되어 시상을 일으키지 못하고 붓을 던졌다가 '등금릉봉황대登金陵鳳凰臺'시를 짓고서야 구한舊恨을 풀었다는 설이 있을 만큼, 두 시는 서로 닮은 점도 많으니, '등금릉봉황대'(181쪽 참조)

시를 아울러 감상할 만하다.

※ 이 누의 명칭에는 여러 가지 전설이 있다. 선인(仙人) 자안(子安)이 황학을 타고 이곳을 지났다 하여 얻게 된 이름이란 설, 비문위(費文禕)가 신선이 되어 황학을 타고 이 누에 쉬어 갔다 하여 얻게 된 이름이란 설 등이 있는 가운데, 가장 재미있고 널리 알려져 있는 전설은 이러하다.

옛날 신씨(辛氏)라는 사람의 주막에 한 노인이 외상으로 술을 마시기 반년, 어느 날 노인은, 술값 대신이라면서, 귤껍질로 황학 한 마리를 벽화로 그려놓고 떠나버렸다. 그런데 술손님들이 주흥으로 노래를 부르면, 그때마다 벽에 있는 황학은 그 가락에 맞춰 덩실덩실 춤을 추는 것이 아닌가? 이로써 유명해져 신씨는 졸부가 되었다. 하루는 그 노인이 다시 나타나, 피리를 불자 흰 구름이 일더니 벽의 황학이 앞으로 날아내려 노인을 태워 날아가고 말았다. 이에 신씨는 그곳에 누를 세워 황학루라 명명했다는 것이다.

여담으로, 권두卷頭의 '저자필著者筆'은 1993년 오월, 황학루黃鶴樓에 오른 필자가, 최호崔顥의 시에 화운和韻한 즉흥卽興을 함부로 갈겨 놓은 주필走筆이다.

천 년은 이미 지나 또다시 천 년인데,
이 나그네 느지막이 황학루에 올랐구나!

황학 날아간 곳 푸른 이내 아득하고
시인의 지난 자취 흰 구름만 느직하다.

삼도의 봄빛은 두루, 꽃들판에 이어 있고
한 줄기 연하는 비껴, 양주류에 짝하였네.

해 저문 양자강엔 바람 물결 넓게 이니
가슴에도 철썩철썩 시름도 겨운지고!

노래로 읽는 당시

千年 已過 復千載　　遊子 晩登 黃鶴樓라

黃鶴 行方은 蒼靄遠이요　騷人 踪迹은 白雲悠라

三都 春遍 連芳甸인데　一抹 煙橫 伴柳洲라

日暮 長江 風浪闊하니　心潮 亦咽 不勝愁를!

〈癸酉春登黃鶴樓和崔顥韻〉

千年已過復千載(천년이과부천재) 천 년 전을 회상하여 읊은 최호에서, 다시 천 년이 흘러간
오늘날에 읊는 감회.

三都(삼도) 무한시(武漢市)는, 옛날 삼진(三鎭)으로 일컫던 무창(武昌), 한구(漢口), 한양(漢陽)
의 통합시(統合市)이므로 이름.

최호
崔顥 ?~754. 성당 때. 진사에 급제, 감찰어사監察御使, 태복시승
太僕寺丞을 거쳐, 상서성尙書省의 사훈원외랑司勳員外郎에 이
르렀다. 시재詩才가 뛰어나, 만년에는 풍골風骨이 늠름한 시를 지었
다. 시집 1권에 42수의 시가 전한다.

강남곡

저광희(儲光羲)

단풍 숲은 시름으로
저물어 있고,
동정호의 물 또한
차마 슬프다.

헤어지니 산 달도
매정스럽고
원숭이 울음도
그칠 새 없네.

楓林 已愁暮하니　楚水 復堪悲라
別後 冷山月　　　淸猿 無斷時라
〈江南曲〉

楚水(초수) 동정호(洞庭湖)를 이름.
別後(별후) 이별한 뒤. 이별하고 나니.

평설　옛 악부제(樂府題)의 시다.
　　사랑하는 임과 헤어진 슬픔에 잠겨 있노라니, 보이는 것,
들리는 것, 어느 것 하나, 이별의 슬픔을 돋구지 않는 것이 없다.
　빨갛게 물들어 있어야 할 단풍 숲도 이미 시름인 양 우중충 저물
어 있는 가을 어스름, 매정스럽게도 끝내 떠나가버린 그 님의 뱃

　　　　　　　　　　　　　　　　　노래로 읽는 당시

길, ─ 그러나 무슨 일이 있었더냐는 듯 시침 따고 출렁이는 동정호의 물결도 차마 슬프다.

산마루에 걸려 있는 하현의 달도 차가운 눈초리로 바라보는 듯, 원숭이들도 우리의 이별을 울어주는 듯, 그 청 높은 슬픈 목소리가 끊임없이 들려오고 있는 것이다. 모두가 감정이입感情移入에서 오는, 작자의 내심內心의 메아리인 것이다.

1~3구는 시각적 이미지요, 4구는 청각적 이미지다. 2구의 '復'는 1구의 '已'와의 호응에서요, 3구의 '冷'은 떠난 임의 매정스러움의 여세다.

저광희 儲光羲 707?~759. 성당. 진사에 급제, 감찰어사監察御使가 되었으나, 안녹산의 난 때, 위정부僞政府의 벼슬을 했다 하여, 난후 광동 지방으로 유배되어 죽었다. 왕유·맹호연·상건 등과 함께 산수전원파山水田園派에 속하는 시인으로, 230여 수의 시가 전한다.

선원

상건(常建)

맑은 새벽
옛 절에 들면
아침 해 높이
숲을 비추고

오솔길 다한
그윽한 곳엔
선방이 꽃나무에
파묻혀 있다.

산빛 좋아라
새들 즐겁고
못 그림자에
마음이 빈다.

온갖 소리
이 적적한 속
오직 들리는 건
종경 소리….

淸晨 入古寺하니　初日이 照高林이라

曲徑 通幽處에　禪房 花木深이라

山光은 悅鳥性이요　潭影은 空人心이라

萬籟 此俱寂하니　惟聞 鐘磬音이라

〈題 破山寺 後 禪院〉

破山寺(파산사) 강소성(江蘇省) 소주(蘇州)의 우산(虞山)에 있는 흥복사(興福寺)의 옛 이름.
萬籟(만뢰) 모든 소리. 천뢰(天籟), 지뢰(地籟), 인뢰(人籟)의 총칭.
俱寂(구적) 색성(色聲), 곧 시각적·청각적인 모든 것이 함께 적적함.
鐘磬音(종경음) 종소리와 경쇠 소리.

 전반은 서경이요 후반은 서정이다.

山光悅鳥性　潭影空人心

은 명시 중의 명구다.

　푸른 이내 맑은 산바람에 온갖 종류의 산새들은 저마다의 타고난
천성대로 한껏 즐거움에 도취되어 있고, 못에 고인 맑은 물은 하늘
그림자를 담그어 사람의 마음마저 씻어 정화하는 듯, 심우心宇는 공
활空闊해지고, 영혼은 투명해지는 듯, 집착하는 마음이 사라지고
만다.

　이때 산은 텅 비어 만상萬象이 구적俱寂한데, 다만 들리는 건, 깊은
절 어디에서인지 울려오고 있는, 느직한 종소리… 경쇠 소리….

　특히 위에 내세운 5, 6구는 송宋 구양수歐陽脩가 절찬하는 명구로
서, 그는 "평생에 이런 시를 지으려 해보았으나, 마침내 한 수도 얻
지 못했다"고 술회한 바 있다.

상건
常建

708?~765. 장안 사람. 진사에 합격했으나 벼슬살이가 여의치 않아, 시와 거문고로 세월을 보내며, 각지의 명산에 놀았다. 호북성 무창武昌 서쪽에 있는 악저鄂渚에 은거하여, 왕창령 등을 초청하며, 왕유·맹호연처럼 산수의 자연을 노래하였다. 58수의 시가 전한다.

눈 오는 밤

유장경(劉長卿)

해 저무니 산도
어둑히 멀고

날씨 차니 오두막이
가난도 하다.

사립문에 들려오는
개 짖는 소리….

뉘, 이 한밤 눈보라 속
돌아오는고?

日暮 蒼山遠인데   天寒 白屋貧이라
柴門 聞犬吠하니   風雪 夜歸人을!
〈逢雪 宿 芙蓉山 主人〉

蒼山(창산) 어둑어둑 저물어가는 산.
白屋(백옥) 초가로 된 오두막집.

평설　해가 지니 산도 어둑어둑 아득히 멀어 보인다, 저 산자락까
　　　　지는 가야 하룻밤을 얻어 잘 수 있으리라 하여 허위허위 찾
아간다. 거기 오두막 집 한 채! 추위 속에 동그마니 가난기가 역력

하다. 그러나 주인은 고맙게도 나그네의 청을 받아준다.

밤이 이슥해서야 사립문 쪽에 개 짖는 소리가 들려온다. 풍설이 치는 이런 추운 밤에, 늦게 돌아오는 사람이 있나보다. 어떤 사람일까? 사람들은 저마다 바쁘다. 그 바쁨도 가지가지, 저 사람은 어떤 볼일로 어디를 갔다가 오는 길일까? 갔던 일은 잘 됐는지 어떤지…? 그러나 작자는 필경 자타自他 공히 '인생이란 공연히 스스로 바쁜 것〔浮生空自忙〕'으로 전제하고 있는 것은 아닌지…? 긴 여운 속엔들 정답이 있을 리 없다.

 유장경
劉長卿 709?~785?. 자는 문방文房. 진사에 급제, 후에 감찰어사監察御使를 지냈으나, 향후 누차 좌천, 수주자사隨州刺史로 끝마쳤다. 특히 오언율시五言律詩에 빼어나, '五言 長城'으로 불리었다. 《유수주시집》11권에 540여 수의 시가 전한다.

풍교 아래 밤배에서

장계(張繼)

달 지자 까마귀 울고
서리 하늘에 찬데,
강풍江楓이랑 어화漁火랑
시름겨이 마주 졸 제,

고소성 밖 한산사의
한밤중 종소리가
이 멀리 나그네 배로
번져 번져 오는고!

月落 烏啼 霜滿天   江楓 漁火 對愁眠을!

姑蘇 城外 寒山寺에 夜半 鍾聲이 到客船이라

〈楓橋 夜泊〉

楓橋(풍교) 소주(蘇州: 江蘇省)의 서남교외에 있는 다리.
夜泊(야박) 배를 기슭에 대고 배 안에서 묵음.
霜滿天(상만천) 싸늘한 서릿김이 천지에 가득 참.
江楓(강풍) 강변의 단풍나무. '강촌'으로 된 데도 있다.
漁火(어화) 고기잡이배에 켜 있는 등불.
愁眠(수면) 시름으로 깊이 들지 못한 어슴프레한 잠.
姑蘇城(고소성) 소주를 가리킴. 춘추시대 오왕(吳王)의 궁전인 고소대(姑蘇臺)가 있었음에서 유래된 이름.
寒山寺(한산사) 풍교의 동쪽 멀리 떨어진 곳에 있는 절. 초당(初唐)의 시승(詩僧)인 한산자(寒山子)가 있었던 절이었음에서 얻게 된 이름.

소주蘇州는 수향水鄉이다. 많은 운하가 종횡으로 연결되어 시 내외를 통하는 수운水運의 편이 매우 편리하다.

작자는 풍교 근처에 조각배를 대고, 배 안에서 하룻밤을 묵는 중이다. 그러나 젖어드는 향수로 잠을 이루지 못하고 뒤척인다. 상현上弦의 달도 져가는 한밤중, 까마귀도 놀라 술렁이며 우짖는데, 서리 기운은 천지에 가득 찬 듯, 가을밤의 냉기가 소매에 스며든다. 강안江岸 신나무의 빨간 단풍잎들이, 졸고 있는 고깃배의 등불과 마주 비치어 일렁이는 붉은 그림자가, 잠들지 못하는 나그네의 불면不眠의 눈에 시름인 양 비쳐든다.

이때 공교롭게도 멀리서 종소리가 울려온다. 한 망치 또 한 망치… 띄엄 띄엄 성긴 종소리가 나그네의 뱃전으로 다가와서는 사라져가고, 다가와서는 사라져가곤 한다. 그 진원震源이 한산사일 것은 물론이나, 아니라도 향수에 사로잡힌 나그네의 시름을 소리 소리 돋구고 있는 것이다.

이 시는 천고의 걸작으로 정평이 나 있는 한편, 또한 많은 이설異說들을 혹처럼 주렁주렁 달고 있다. 그러나 그것들은 다 그 정황情況을 멋대로 설정한 호사자好事者들이 저마다 제 소견을 덧붙인 것들로서, 그만큼 이 시가 만구萬口에 일컬어진 결과임을 말해주고 있는 것이다.

한산사는 소주 교외에 있는 한 작은 절이다.

'절' 하면 으레 산을 떠올리게 마련인데, 더구나 '한산사'라니, 산사山寺일 게라 여기기 쉬우나 실은 정반대다. 산과는 동떨어진, 주변 경관도 볼품없는 평지의 좁은 터에 빼곡이 들어찬 평범한 건물이다. 그러나 이 시 덕분으로 유명해져, 소주 관광의 필수 코스에 들어 있으며, 부근의 많은 기념품점에는 '月落鳥啼…'의 족자며 서

액들이 비싼 가격표를 달고 관광객을 기다리고 있다.

　한 지방의 풍물시나, 그곳을 읊은 유명인의 시로 해서, 한 지방이 유명해진 예는, 이 말고도 처처에 많다.

장계
張繼　?~?. 중당 때. 자는 의손懿孫. 당 현종 천보 12(749)년 진사에 급제. 유장경과 함께 어사御使가 되었고, 후에 검교사부 낭중檢校祠部郎中에 이르렀다. 《장사부시집》 1권에 40여 수의 시가 전한다.

강행

전기(錢起)

졸음 솔솔 오고
조각배 가벼운데,
바람 잔잔하니
물결도 아니 인다.

갈대밭 기슭에
배 대어 맡기나니
그대여! 밤새도록
가을 노래 들려주렴!

穩睡 葉舟輕   風微 浪不驚이라

任君 蘆葦岸하노니   終夜 動秋聲하라

〈江行 無題〉

江行(강행) 배로 강을 따라 가는 여행.
穩睡(온수) 평온한 졸음.
浪不驚(낭불경) 물결이 일지 않음.
任君(임군) 그대에게 맡김. '그대'는 갈대를 지칭한, 정겨운 애칭.

평설 바람 솔솔 부는 가을날, 일엽편주一葉片舟에 몸을 맡겨, 물
결도 잔잔한 강류江流 따라 하강下江하노라니. 경쾌한 배의
흐름에 감미로운 졸음도 솔솔 취기醉氣처럼 녹아든다.

노래로 읽는 당시

밤이 되어 기슭에 배를 대고 하룻밤을 묵는다. 강안江岸 일대는 길로 자란 갈대밭이다. 가을바람에 잎 스치는 소리―그 서그럭거리는 허스키한 음색의, 속삭이듯 읊조리는 '가을 노래'에 맞춰, 흰 갈대꽃들의 휘청거리는 몸짓도 또한 풍류로운 운치다.

친숙한 무한 애정에서 '그대'로 호칭하는 '갈대!' 그 갈대 기슭에서 하룻밤의 인연을 맺고, 자장가처럼 들려주는 '가을 노래'에 도취되고자 하는 나그네의 낭만이다.

전기
錢起 710?~780?. 중당. 자는 중문仲文. 진사에 급제, 벼슬이 한림학사翰林學士에 이르렀다. 장안 동남쪽 남전藍田에 초당을 짓고, 왕유·배적 등과 교유하며 시를 수창酬唱했다. 대력십재자大曆十才子의 한 사람. 《전고공집錢考功集》10권에 230여 수의 시가 전한다.

국사직을 보내며

낭사원(郎士元)

새벽 눈바람에 기러기도 슬피 운다.

가난한 이 이별 줄 것이란 바이없고,

있는 건 청산뿐이매 멀리 배웅이나 하려네.

曙雪 蒼蒼 兼曙雲한데   朔風 燕鴈 不堪聞이라

貧交 此別 無他贈하여   惟有 靑山이 遠送客을!

〈送麴司直〉

麴司直(국사직) '국'은 성. '사직'은 벼슬 이름.
曙雪(서설) 새벽 눈.
蒼蒼(창창) 자욱한 모양.
燕鴈(연안) 1) 제비와 기러기. 2) 연 지방으로 가는 기러기. 곧 북으로 가는 기러기. 여기서
는 2)의 뜻.

평설 내게 잠시 들렀다, 다시 떠나는 친구에게 주는 석별시惜別
詩다.

　청산이 좋아 청산에 살자니, 내 마음은 청산이요, 청산 또한 내
마음이라. 가난한 우리 사귐, 이별의 정표로 줄 만한 것은 바이없으
나, 이제 청산은 나를 대신하여, 고개를 늘이고 발돋움하여 서서,
그대의 길가는 뒷모습을 오래오래 멀리멀리 지켜보며 배웅하리니,
청산이라 보지 말고 이 몸이라 보아주게나.

　미진未盡한 정을 청산에 기탁하였으니, 그 여운 또한 사뭇 은근하
기만 하다.

　　　　　　　　　　　　　　　　　　　　　　　　　노래로 읽는 당시

낭사원
郎士元

?~?. 자는 군주君胄. 진사에 급제, 우습유右拾遺를 거쳐 앙주자사昴州刺史를 지냈다. 그의 시는 전기錢起와 비견되었으므로 전랑錢郎으로 병칭되었다. 문집이 전한다.

아까워라!

두보(杜甫)

어쩌자 꽃잎들은
저리도 방정맞게 흩나는 게요?

아까워라!
봄을 즐기려도
젊었던 그때 즐거움이 아니구나!

마음 달램에야 술이 젤이요
흥겹기야 시만 함이 있으랴?

이 뜻을 일찍이 도연명이 알더니
아까워라! 내 후생後生하여
그님과 함께하지 못함이여!

花飛에 有底急고?　老去 願春遲라
可惜 歡娛地에　都非 少壯時라
寬心 應詩酒오　遣興 莫過詩라
此意 陶潛解러니　吾生 後汝期를!
〈可惜〉

可惜(가석) '아깝다'의 감탄어.

　　　　　　　　　　　　　노래로 읽는 당시

有底意(유저의) 무슨 뜻이 있어서. 무슨 생각으로.
歡娛地(환오지) 환락(歡樂)의 장소. 환락의 심지(心地).
都(도) 모두가.
寬心(관심) 마음을 너그럽게 가짐.
遣興(견흥) 마음속의 생각을 떨어버림. 마음을 흥겹게 함.
此意(차의) 이 생각. 시주(詩酒)에 의한 마음의 즐거움.
陶潛(도잠) 중국 진(晉)의 시인. 자는 연명(淵明).
後汝期(후여기) 그 시기에 나지 못하고, 뒤져 남.

평설 아깝다! 아까워라! 봄을 기다리는, 그 얼마나 긴긴 간절한 기다림 끝에 와준 봄인 것을! 어쩌자고 저 꽃잎들은 저리도 방정맞게 가지마다 흩날아, 봄을 끝장내고 있는 것이뇨? 이 덧없는 봄을 아껴 (술과 시로) 즐거움을 누리려 해보지만, 그 모두가 젊었던 그 시절의 그런 즐거움이 아닌 것이 서럽구나!

　두보는 딴 시에서도 이런 탄식을 한 곳이 있다. '이월은 후딱 가고 삼월이라네/ 늙으막의 봄맞이 몇 번 더 오리?〔二月已跛三月來 漸老逢春能幾回 〈漫興〉〕' 앞으로 몇 봄이나 더 맞을 수 있을는지? 서글 퍼지는 마음이 앞서자니, 봄이 와도 젊은 시절의 봄만큼 즐겁지가 않은 것이다.

　마음을 달램에야 응당 술이 제일이요, 흥겹기로야 시만 함이 어디 있으랴? 이 시주詩酒의 참된 뜻을 회득會得한 이야 귀거래歸去來를 읊은 도연명이 있었건만, 내 그 시대에 나서 그와 함께하지 못한 일이 또한 아깝고도 아까운 일이다.

　성도成都에서 지은 시이다.

두보 712~770. 시선詩仙 이백李白에 대한 시성詩聖으로 병칭되는
杜甫 중국 최대의 시인. 자는 자미子美. 호북성 양양 사람. 초당初

唐의 시인 두심언杜審言의 손자. 여러 번 진사시進士試에 응시했으나, 번번이 낙방. 이후 제·조齊趙 지방을 방랑하며 이백과 교유交遊, 30세에 상경, 장안 소릉少陵에 살았으므로 '두소릉'으로 불리었다. 안녹산의 난에 가족을 부주에 옮겨놓고, 숙종肅宗의 행재소로 달려가다 적군에 잡혀, 적치하의 장안에 억류되었으나, 탈출하여 숙종에 배알, 좌습유左拾遺가 되었다가, 48세 때 가족을 데리고 진주進州로 옮겨 기근으로 고초를 겪고, 성도成都에 들어가, 엄무嚴武의 보살핌으로 검교공부원외랑檢校工部員外郎을 지냈다. 완화계浣花溪가에 초당을 짓고 처음으로 정착 생활을 하게 되었으나, 그것도 잠깐, 54세 때 안사의 난이 수습되자 서울로 돌아가려고 장강長江을 따라 내려가는 도중, 온갖 우여곡절을 겪으면서 770년 겨울 객사하여, 악양岳陽 땅에 묻혔다. 《두공부집杜工部集》, 《초당시전草堂詩箋》 등이 있으며, 3천 수에 가까운 시작 중 1400여 수가 전하고 있다.

달밤

두보(杜甫)

이 밤, 부주에도
밝은 저 달을
아내 혼자
오도카니 보고 있구나!

가엾다. 철부지
어린것들야
아비 생각, 어미 시름
제 어찌 알리?

향기로운 밤안개에
구름 같은 머리
녹녹하고
맑은 달빛에
옥 같은 팔이
서늘하구나!

어느 제나 나란히
창에 기대어
두 얼굴 눈물 없이
달에 비취리?

今夜 鄜州月을   閨中 只獨看이라
遙憐 小兒女   未解憶長安이라
香霧는 雲鬟濕이요   淸輝 玉臂寒이라
何時 倚虛幌하여   雙照 淚痕乾고?

〈月夜〉

未解憶長安(미해억장안) 장안에 잡혀 있는 아버지 걱정에 잠겨 있는 어머니를, 아이들은 이해하지 못할 것이라는 뜻.
香霧(향무) 향기를 머금은 안개. 곧 향규(香閨)에 서리던 밤안개.
雲鬟(운환) 구름 모양으로 서리서리 틀어 올려 쪽 진 윤기 흐르는 푸른 트레머리.
虛幌(허황) 밝은 창. 허청(虛窓).
[解題] 이때 두보는, 안녹산의 난에 가족을 부주에 피난시켜놓고, 자신은 숙종(肅宗)의 행재소(行在所)로 가려다가 도중에 잡혀, 이미 적의 수중에 든 장안에 압송, 억류되어 있는 처지다.

평설 香霧雲鬟濕 淸輝玉臂寒!

　　　이 윤기 흐르는 싱싱한 달밤의 미인상을 보라.

　향기로운 밤안개와 밝은 달빛이 극도로 미화된 꿈같은 분위기 속에, 시름겨운 아미蛾眉를 들어 하염없이 달을 바라보고 있는 한 여인의, 그 녹녹하게 윤기를 머금은 구름 같은 쪽 진 트레머리며, 서느러이 바랜 옥결 같은 흰 살결의 팔뚝을 드러낸 여체女體! 이는 이미 먼 거리에서의 상상이 아니라, 바로 그 현장에서의 애무愛撫이며, 추측의 시제時制가 아니라, 바로 그 현장에서의 진행시제인 것이다. '녹녹하다, 서늘하다'와 같은 피부 감각은, 접촉에서나 감지되는 감촉感觸이지만, 두 사이의 천리상거千里相距가 영零으로 돌아가버린 시공時空의 상태이기에, 이러한 현장정황現場情況이 너무도 자연스럽게 이뤄지고 있는 것이다.

이때 작자의 나이 45세, 그러니 4남매의 어머니로, 서러운 이별과 가난한 피난살이에 찌들릴 대로 찌들린 그 아내의 모습이야 오죽했으랴만, 그러나 두보의 기억 속의 아내는 언제나 젊은 시절, 그것도 가장 아름다웠던 어느 한때의 깊은 인상을 그대로 간직해오면서, 언제나 이렇듯 현재형으로 떠올리고 있는 것이다.

'雙照'는 제2구의 '獨看'과 수미상응하여, 기나긴 여운 속에 정한 情恨이 그지없다.

이런 아름다운 인간 두보의, 가족을 사랑하는 애정이, 민족을 사랑하고, 인류를 사랑하는 그 애정이, 그의 시편마다 이 밤의 '향무'처럼 촉촉이 배어들어, 천수백 년을 수많은 가슴 가슴에 눈물의 감동을 일으킴으로써 인간 심성을 정화淨化해오고 있으니, 시성詩聖으로서의 그의 이 세상에의 출현은 실로 인류에 내려진 한 축복이라 하기에 모자람이 없다 하겠다.

위팔처사에게

두보(杜甫)

1. 사람들 살아생전
　못 만나는 일
　삼성參星과 상성商星 같기
　일쑤인 것을,

　오늘밤은 도대체
　무슨 밤이고?
　이렇듯 등불 빛을
　함께하다니!

2. 젊었던 시절은
　몇 때이런고?
　귀밑털 피차에
　이미 희었네.

　옛 친구 태반은
　고인 됐다니
　놀라워 부르짖는
　애달픔이여!

3. 내 어찌 알았으랴?

스무 해 만에
다시 그대 집에
오를 줄이야!

우리 옛날 헤어질 땐
총각이더니
어느덧 아들딸이
줄을 이뤘네.

상냥히 아비 벗을
공경하여서
"어디서 오셨어예?"
내게 묻는다.

4. 대답도 미처
   끝나기 전에
   아이들 재촉하여
   술상 차릴 제,

   밤비에 살찐
   봄 부추 베고
   기장쌀 섞어
   새 밥을 짓고….

5. "이 얼마만인가?"

주인은 뇌며
연달아 열 잔을
거듭 권한다.

열 잔을 마시고도
취치 않음은
오랜 그대 우정에
느꺼워서리?

내일 아침 산악을
격하여 가면
세상일 서로 소식
아득해지리….

1. 人生 不相見   動如 參與商이라
   今夕은 復何夕고?   共此 燈燭光이라

2. 少壯 能幾時오   鬢髮이 各已蒼이라
   訪舊하니 半爲鬼오   驚呼 熱中腸이라

3. 焉知 二十載에   重上 君子堂고?
   昔別 君未婚터니   兒女가 忽成行이라
   怡然 敬父執하여   問我 來何方고?

4. 問答 乃未已에   驅兒 羅酒漿이라
   夜雨 剪春韭요   新炊 間黃粱이라

5. 主稱 會面難하여   一擧 累十觴이라
   十觴 亦不醉는   感子 故意長이라

明日 隔山岳이면 世事 兩茫茫을!

〈贈 衞八 處士〉

動(동) 자칫하면. 걸핏하면.

參與商(삼여상) 삼성(參星)과 상성(商星). 이 두 별은 같은 시각에 서로 볼 수 없는 천구상(天球上)의 위치에 있으므로, 영원히 서로 만나지 못함의 비유로 쓰인 것.

蒼(창) 검푸른 색. 여기서는 회백색(灰白色). 반백(斑白).

訪舊(방구) 옛 친구들의 안부를 물음.

焉知(언지) 어찌 ~을 알랴?

成行(성항) 줄을 이룸. 형제가 많음을 이름.

父執(부집) 아버지의 친구로 아버지와 나이가 비슷한 어른.

酒醬(주장) 술과 음료. '羅'는 벌려놓음. 상을 차림.

春韭(춘구) 봄철의 부추. '剪(전)'은 벰.

主稱(주칭) 주인이 말하기를.

累十觴(누십상) 열 잔을 거듭함.

故意(고의) 오랜 우정.

[解題] 작자 48세 되던 해의 봄, 화주의 사공참군으로 있으면서, 낙양으로 출장 갔다 돌아오는 길에, 옛 친구의 집에 들렀을 때의 작품이다. '위팔'은 위빈(衞賓)일 게라는 설이 있으나 미상.

평설 참으로 희한한 꿈만 같은 만남의 기쁨이다. 친구 자녀들에 대한 무한한 귀여움, 소박하나마 정겨운 음식상, 서로의 늙음과 옛 친구의 죽음 등 20년의 세월이 저지르고 간 엄청난 변화에 대한 놀라움, 잔을 거듭해갈수록 서글퍼지는 인생사, 다시 헤어질 일에 대한 봉리逢離의 허무함… 등, 전편이 시종 '떨림'을 머금고 있는 감동의 연속이다.

모두가 진정에서 울어나는, 아무 꾸밈도 없는 투박한 말들이건만, 그러면서도 행간에 아롱아롱 점철되어 있는, 은근하고도 자잘한 감정의 무늬 등에서 곡진曲盡한 인정이 체온처럼 다가옴을 느끼게 하고 있다. 이 진하고도 차진 우정의, 그 만남의 기쁨이 각별할

수록, 이별의 슬픔 또한 은연중 배태되어가고 있으니, 이 표리表裏와 같은 봉리逢離의 무상이 독자에까지도 아득히 인생을 생각하게 해주고 있지 않은가?

못 믿을 봄빛

두보(杜甫)

보이는 건 모두가
나그네 시름인데,
깨어나지 못하는
나그네 시름인데,

강정에 다다른
못 믿을 봄빛
꽃 피자 흩날리며
꾀꼬리 시켜
"봄 가네, 봄 가네…."
수다도 하이!

眼見 客愁 愁不醒인데 無賴 春色이 到江亭을
卽遣 花飛 深造次하고 便敎 鶯語로 太丁寧이라
〈漫興 九首中(一)〉

無賴(무뢰) 믿을 수 없음.
卽遣(즉견) 곧 ~로 하여금 ~하게 함.
造次(조차) 매우 짧은 시간. 순식간. '深'은 매우. 몹시.
便敎(변교) 문득 ~로 하여금 ~하게 함.
丁寧(정녕) 친절함. 중언부언함. '太'는 매우. 몹시.

통해 눈에 띄는 것이라고는, 산도 물도 인심도 낯선, 나그네의 시름으로, 그 모두가 졸음엔 듯 취함엔 듯, 헤어나지 못하는 나그네의 시름인데, 강정江亭에 든 봄빛! 그 또한 못 믿을 것이, 꽃 피게 하자마자 이내 꽃샘바람 시켜, 꽃을 흩날리게 해놓고는, 꽤나 친절한 듯이, 꾀꼬리 시켜 중언부언으로,

"봄 가는 줄 아뢰오. 봄 가는 줄 아뢰오…."
수다를 떨게 하고 있다.

평설 주제는 '객수客愁'에 부친 봄빛의 덧없음'이다.
3·4구의 '卽遣', '便敎'의 교사敎唆 주체는 '春色'이요, 그 부추김으로 행동하는 하수자는 '바람'과 '꾀꼬리'다. 바람은 시구에 나타나 있진 않으나, '花飛'에서 그 강도마저 엿보이며, '鶯語'의 구체적 내용도 언급이 없으나, '花飛'로 아뢰는 이 초여름 철새의 홍보弘報 내용이야 전춘餞春임이 너무나 뻔하다. '太丁寧'의 주체는 꾀꼬리지마는, 이 또한 '春色'의 교사에 의함이니, 그러기에 봄빛의 이중성을 꼬집어 '無賴'한 봄빛으로 규정한 것도 이해가 된다.
'객수'를 가벼운 해학으로 처리한 자위自慰가, 이 시의 매력이다.

봄바람이 날 속여

두보(杜甫)

손수 심었으니
꽃 임잔 나요.
담이야 낮아도
집은 집인데,

봄바람이 날 속여
밤에 넘어와
꽃가지를 지끈
꺾어놓다니…?

手種 挑李 非無主오   野老 墙低 還是家ㄴ데
恰似 春風 相欺得하여   夜來 吹折 數枝花라
〈漫興 九首中(二)〉

野老(야로) 초야에 묻혀 사는 늙은이. 작자 자신을 이름.
非無主(비무주) 주인이 없지 않음. 곧 내가 그 주인임을 강조한 말.
還是(환시) 또한. 역시. 중국의 속어.
相欺得(상기득) 봄바람이 내게 호의로 다가와 몰래 나를 놀려먹음[欺弄]으로써 재미있어 하고 있다는 뜻.

평설 이 시는 그의 49세, 이른바 완화초당浣花草堂 시절의 작품이다. 실로 보기 드문 그의 미소요, 익살이요, 희화戲畵다. 늘 우수의 구름에 가리워 드러날 줄 모르던 그의 푸른 하늘이기에 더

욱 유관해 보인다.

비로소 '내 집'이라고 오두막 한 채를 얽어, 나지막하나마 담도 두르고, 꽃나무도 손수 심어, 꽃이 바야흐로 난만하더니, 봄바람이 주인 몰래 밤에 월장越牆을 하여 꽃가지를 지끈 꺾어놓았지 뭔가? 도둑놈 같으니라고!

봄바람을 짓궂은 친구인 양 의인擬人했음이니. 그러기에 그의 범법 행위를 규탄하면서도 전혀 노기가 없다. 오히려 그 무사기無邪氣한 그의 소행이 귀엽기조차 한 속마음이다. 그것은 봄바람 자신이 피워놓은 꽃이건만, 오히려 저보다도 더 사랑을 받고 있는 꽃을 적당히 망쳐놓음으로써 직성도 풀 겸, 꽃 주인을 용용 약 올리려 한, 뻔한 짓이라, 차마 탓하지 못하는 그 감정을, '相欺得'에서 곰곰이 음미할 것이다. 동양화의 한 가지인 '기명절지器皿折枝'와도 같은, 청초하면서도 풍아風雅한 정취가 서려 있는 듯하지 않은가?

늘그막의 봄맞이

두보(杜甫)

이월은 후딱 가고
삼월이라네.

늘그막의 봄맞이
몇 번 더 오리?

몸 밖의 일들일랑
생각을 말고,

생전 마실 남은 잔이나
챙기자꾸나!

二月 已破 三月來하니   漸老 逢春 能幾回오?
莫思 身外 無窮事하라   且盡 生前 有限杯라
〈漫興 九首中(四)〉

已破(이파) 이미 다함.
莫思身外無窮事(막사신외무궁사) 몸 밖의 온갖 일들일랑 생가지 말라. 곧 명리(名利)나 신후명(身後名) 따위에 관심 갖지 말라는 뜻.

완화초당 시절의 지음이다. 봄을 노래하고 술을 노래할 수 있었음도, 이러한 생활의 정착과 마음의 안정에서였을 듯, 그러나 늘 병약한 그는 자기의 앞날이 오래가지 못할 것을 예감이라도 한 듯, 앞으로 맞이할 수 있을 몇 번 안 될 봄을 생각하며, 서글퍼하고 있는 것이다.

봄은 일 년 중 가장 가슴을 울렁거리게 하는 찬란한 계절! 이 늘그막의 나에게 남아 있을 봄맞이는 앞으로 몇 번이나 될까? 그 남은 동안에 마실 예상되는 술잔!―앞으로 몇 봄 더 살지 모르지만, 그 살아 있는 동안 기껏 마신대야 얼마밖에 안 될, 거의 한정되어 있을 그 술잔이나마, 기권할 것 없이 챙기며, 구태여 슬퍼할 것 없이, 죽는 그 날까지 인생을 즐겁게 살자꾸나!

'漸老逢春能幾回오?' 이는 결구의 '生前有限杯'와 호응하여, 봄을 아끼며 술을 아낌이 한갓 쓸데없는 낭만에서가 아니라, 필경 인생에 대한 강렬한 애착에서요, 스스로 격려 고무鼓舞하는 자위自慰에서임을 짐작해볼 수 있을 것 같다.

이는 그의 49세의 봄에서이니, 향년 59세인 그로서는, 그 후 꼭 열 번의 봄을 더 누린 셈이 된다.

가는 봄

두보(杜甫)

미친 버들개지 바람 따라 날아가고,
방정맞은 복사꽃 물 좇아 흘러가고,
다 가는 강가에 홀로 애태우며 섰나니…

腸斷 春江 欲盡頭　　杖藜 徐步 立芳洲라
顚狂 柳絮는 隨風去하고　輕薄 桃花는 逐水流라
〈漫興 九首中(五)〉

杖藜(장려) 명아주대 지팡이를 짚음.
芳洲(방주) 향기로운 꽃들 피어 있는 물가.
顚狂(전광) 미친 병. 광증(狂症).

 모든 봄빛이 훌훌이 떠나가고 있는 길목에 홀로 서서, 가는
봄을 멀거니 목송目送하면서,

'저럴 수가…?'

혀를 차며 서글퍼하고 있는, 단장斷腸의 전춘餞春 장면이다.

모든 것이 무상하여, 잠시도 머물러 있는 것이란 없다. 그리도 기
다렸던 봄이건만, 그 또한 오기 바쁘게 가기 바쁜 저 천천치 못한
몸가짐을 보라! 바람 따라 날아가는 버들개지나, 물 좇아 흘러가는
복사꽃이나, 그것들은 다 세월 가는 속도 바로 그것을 보여주고 있
다. — 행여나 늦을세라, 방정맞게도 미친 듯이 훌훌히 가고들 있는,
저 세월의 속도를!

창밖의 수양버들

두보(杜甫)

창밖의 수양버들
하늘하늘
열다섯 살 계집애
허리 같아라!

뉘 말했던고?
아침에 저녁 일
헤아리지 말라고 ㅡ.

광풍이 가장 긴 가지를
꺾어버릴 줄이야!

隔戶 楊柳 弱嫋嫋하니　恰似 十五 兒女腰라
誰謂 朝來 不作意오?　狂風이 挽斷 最長條라
〈漫興 九首中(九)〉

隔戶(격호) 문을 사이한 곳. 곧 문 밖에 있는.
嫋嫋(요뇨) 연약한 것의 나부끼는 모양.
誰謂(수위) 누가 말했던가? 알면서도 짐짓 해보는 강조법의 한 가지.
朝來不作意(조래불작의) 조불모석(朝不謀夕), 또는 조불려석(朝不慮夕)으로, '아침에 저녁 일을 예측할 수 없음', 곧 아침에 그날 일을 용려(用慮)하지 아니한다는 뜻.
挽斷(만단) 잡아당겨 끊어버림.

봄을 시샘하는 꽃샘바람에, 인생무상을 부친 장탄식이다.

요즘은 알레르기원源이란 누명 아래 수난을 겪고 있는 수양버들이지만, 옛날엔 이처럼 점잖은 두보마저도 사춘기의 소녀를 연상케 할 만큼, 풍운물風韻物로 애상愛賞되었다. 그래서, 수양버들 실가지처럼 가늘고 부드러운 미인의 허리를 '유요柳腰'라 일컬음도 그 어름에서 유래된 말이다.

그런데 이게 웬 일인가? 아침에 그날 일을 헤아릴 수 없다고들 해 쌓지만, 심술궂게 변심한 봄바람이, 그중에도 가장 길고 아름다운 가지를 골라잡아 무참히도 질끈 꺾어놓고 만 것이 아닌가? 아! 호사다마好事多魔니, 가인박명佳人薄命이니 하는 것이, 정히 저와 같음인가?

여럿 중에서도 촉망을 받고 있는 출중한 인물이, 일조에 불운해지거나 요절하는 따위, 충격적인 좌절을 우의寓意하고 있다.

만물을 생성하는 봄바람이건만, 투기심도 많은 변심한 봄바람의 또 다른 한 얼굴을 성토하고 있는 것이다.

강 마을

두보(杜甫)

맑은 강 한 굽이가
마을을 안아 흐르나니,
긴 여름 강 마을은
일일이 그윽하다.

멋대로 드나듦은
마루 위의 제비요,
서로들 정답기는
물 속의 갈매길다.

아내는 종이에 그려
바둑판을 만드는데,
어린놈은 바늘을 두들겨
낚시를 치고 있다.

병 많은 몸, 바라기야
약이나 얻었으면 할 뿐,
이 밖에야 다시 또
무엇을 원하리요?

淸江 一曲이 抱村流　　長夏 江村 事事幽라

自去 自來는 堂上燕이요　相親 相近은 水中鷗라

老妻는 畵紙 爲碁局이요　稚子는 敲針 作釣鉤라

多病 所須 唯藥物이니　微軀 此外에 更何求아?

〈江村〉

抱村流(포촌류) 마을 앞을 활태처럼 구부정하게 감돌아 흐름.
相親相近(상친상근) 서로 끼리끼리 친근하게 지냄.
畵紙(화지) 종이에 그림을 그림.
碁局(기국) 바둑판. 棊＝棋＝碁
所須(소수) 바라는 바. 필요로 하는 것.
微軀(미구) 자그마한 몸뚱이. 또는 미천한 몸. 자신의 겸칭(謙稱).

평설 작자 49세 때의 작품이다. 두보는 성도의 완화계가에 터를 얻어 초가 한 채를 얽으니, 이른바 '완화초당'이다. 고난을 거듭해오던 오랜 동안의 떠돌이생활을 끝내고, 이제 안주할 수 있는 '내 집'을 가지게 된 데 대한, 그와 그 가족의 기쁨과 안도의 감정이 전편에 넘친다.

淸江一曲抱村流　　長夏江村事事幽

이 치런치런 풍운이 도는 제1련을 보라. 이 느직하고도 넉넉한 흐름의 여유는, 이 시인의 느긋하고도 흐뭇한 가슴속의 여유이기도 하다.

이 시의 구성은 두괄식이요 연역적이어서, 2·3·4련은 다 1련의 '事事幽'의 내용을 사례별로 부연한 것이 된다.

自去自來堂上燕　相親相近水中鷗

　처마 끝에 깃들인 제비는 제 마음 내키는 대로 자유로이 날아갔
다 날아왔다 하늘을 드나들고, 물에 노니는 갈매기들은 뜨랑 잠기
랑 서로 정다이 놀고 있다. 사랑으로 가득한, 이 자유로움과 평화로
움! 그것은 곧, 작자의 심상心象에 어린, 그의 자연관이며 인생관이
기도 하다.

老妻畫紙爲碁局　稚子敲針作釣鉤

　늙은 아내는 나랑 두자고 할 속셈인지, 종이에 가로세로 줄을 쳐
바둑판을 만들고 있는가 하면, 어린 녀석은 저도 고기를 낚아볼 생
각인지, 바늘을 두들겨 낚시를 치느라 뚝딱거리고 있다.

　우주 만물이 다 제 처소를 얻어 제 분수대로 즐기고 있는 연비어
약鳶飛魚躍의 경지다. 그늘진 구석도 주름 잡힌 골도 없는, 전편에
넘치는 담담한 애정 속에, 느직이 흐르는 안도감, 자적감自適感, 평
화감! 소원인 좋은 약도 미구에 얻게 되리라는 예감마저 행간에 서
려 있는 듯, 두보의 시에서는 실로 보기 드문, 미소를 띤 밝은 얼굴
이다.

　이 시는 '칠언율시'의 '평기식平起式' 형식으로 가장 모범을 보이
고 있어, 측기식仄起式의 모범인, 그의 '登高(309쪽)'와 아울러, 우리
나라 역대 칠률七律의 교범敎範으로 받들어 오는 작품이기도 하다.

　그 평측보(平仄譜)를 보이면 다음과 같다.

清江一曲抱村流

長夏江村事事幽

自去自來堂上燕

相親相近水中鷗

老妻畫紙爲棋局

稚子敲針作釣鉤

多病所須唯藥物

微軀此外更何求

봄밤의 단비

두보(杜甫)

좋은 비
때를 알아 오니
봄을 맞아
새싹을 돋게 함이네.

바람 따라 몰래
밤에 들어와
만물을 적시되
가늘어 소리도 없네.

들길은
구름이랑 어둡고
강배엔
불이 외로 빤하다.

아침에
붉게 젖은 곳을 보니
낙화로 뒤덮인
금관성일레라!

好雨 知時節하니　當春 乃發生이라

隨風 潛入夜하여　潤物 細無聲이라

野徑은 雲俱黑이요　江船은 火燭明이라

曉看 紅濕處하니　花重 錦官城이라

〈春夜 喜雨〉

潤物(윤물) 만물을 적심. 만물을 윤택하게 함.
野徑(야경) 들길.
錦官城(금관성) 성도(成都)의 딴 이름.

평설　하늘의 절서節序는 올 때와 갈 때를 제 스스로 알아서, 차례로 갈마듦이 한 치의 어김도 없다. 이제 제 알아서 오는 저 비는, 이 봄을 관개灌漑하여 천하 만물을 자양滋養할 좋은 비다. '좋은 비〔好雨〕!' '좋은 비'란 참 둥글둥글 '좋은 말'이다. 그것은 '봄비, 꽃비, 단비, 거룩한 비, 사랑의 비, 생명의 비 등, 온갖 긍정적인 뜻으로 분화分化하기 이전인, 미분화 상태의 종합 자양이 듬뿍한 유기어有機語다.

그것은 남이 알세라, 깊은 밤 몰래 내리고 있는 중이다. 《중용中庸》에 '군자君子의 덕德은 비이은費而隱이라' 하여, 그 효용은 지대至大하나, 그 자체는 은미隱微하여 눈에 잘 뜨이지 않는다 하였거니와, 저 비야말로 '비이은'이라 할 만하다. 그 은미한 빗물은 대지의 살갗 실핏줄을 타고 구석구석 골고루 스며들지 않은 곳이 없으리라. 그리하여 모든 목숨 있는 것들에 사랑의 생명수로 입술을 축여주면, 그것들은 비로소 부스스 눈을 뜨며 고개를 쳐들기 시작하리라. 그 바람에 땅속은 시방 어디라 할 것 없이 스멀스멀 설렘으로 가득하리라.

강정

두보(杜甫)

배 깔고 엎드리니
강정이 따뜻한데,
길이 읊조리며
들판을 내다본다.

물이 흐르나니,
다툴 마음이 없고
구름이 떠 있으니
생각도 느직하다.

바야흐로 봄은 적적
저물어가건마는,
만물은 저마다의
삶을 즐기누나!

고향은 간다면서
못 돌아가니,
시름 밀어내자
억지로 시를 짓네.

坦腹 江亭暖인데　長吟 野望時라

水流 心不競이요　雲在 意俱遲라

寂寂 春將晚인데　欣欣 物自私라

故林 歸未得인데　排悶 强裁詩라

〈江亭〉

江亭(강정) 강가의 정자.
坦腹(탄복) 배를 깔고 엎드림.
物自私(물자사) 만물이 저마다의 삶을 영위함.
排悶(배민) 괴로운 마음을 밀어냄. 고민을 몰아냄.
强裁詩(강재시) 억지로 시를 지음.

 배 깔고 엎드린 자세로 들판을 내다보고 있다니, 두 손바닥
으로 턱을 받쳐 괸, 그 모습 선히 보이는 듯하지 않은가?

　水流心不競　雲在意俱遲

　속기俗氣를 벗어난 이 선운仙韻을 보라! 유유히 흐르는 물의 마음
이 곧 작자의 마음이요, 느직이 흐르고 있는 구름의 의태意態가 곧
작자의 의태인 것이다. 그 마음이 그 마음인 자연과 인간의 혼연한
경지다. 완화초당에 정착한 이래의, 이 안정감 넘치는 유연한 심경
을, 그의 시 〈江村〉(245쪽)의 심경과 아울러 감상해봄 직하다.
　'排悶强裁詩'에서, 고향에 돌아가지 못하는 그의 민회悶懷가 오죽
했던가가 짐작된다.
　따지고 보면 두보의 시의 대부분은 이 시와 같은 배민시排悶詩일
것이다. 그의 외로움, 그리움, 구차함, 한스러움 등의 감정에 사로
잡힐 때마다, 구출되는 길은, 오직 시사詩思로 치환置換하는 방법밖

에 없음을 그는 잘 알고 있었으니, 시를 짓는 동안만은 시사詩思에 몰두하여, 모든 민회憫懷를 송두리째 망각할 수 있기 때문이다.

여담으로, 우리나라의 방랑시인 김삿갓[金笠: 金炳淵]도 배민시의 명수이니, 어느 극한의 밤, 남의 집 아궁이에서 언 몸을 녹이면서,

> 하늘은 높아 구만 리지만
> 머리를 들기 어렵고,
> 땅은 넓어 삼천 리라컨만
> 발을 펼 수 없구나!

天高 九萬이나 頭難擧하고 地闊 三千이나 足不宣이라

그 숨 막히는 아궁이 속에서, 오히려 이처럼 평측平仄도 대우對偶도 깜찍한 시작詩作에 잠겨 있었으니, 이런 시인들을 끝내 괴롭힐 방도란, 수마愁魔로서도 만만치는 않을 듯 ―.

친구를 맞아

두보(杜甫)

집 앞에도 집 뒤에도
봄물〔春水〕이자니
날마다 오는 인
갈매기 떼라.

낙화落花길 손을 위해
쓴 적 없더니,
사립문을 그대 위해
처음 열었네.

저자 멀어 반찬이라
맛난 게 없고,
가난한 탓, 약주 또한
묵은 술일세.

이웃 노인 함께하길
허락한다면,
울 너머로 불러와
마저 비우리….

舍南 舍北 皆春水하니　　但見 群鷗 日日來라

花徑을 不曾 緣客掃터니　　蓬門 今始 爲君開라

盤飧은 市遠 無兼味오　　樽酒家貧只舊醅라

肯與 隣翁 相對飮하면　　隔籬 呼取 盡餘杯하리라

〈客至〉

盤飧(반손) 반에 차린 음식.
兼味(겸미) 여러 가지 음식. 갖은 반찬.
舊醅(구배) 오래 묵은 술. 신주(新酒)의 대.

평설　오랜 유랑 끝에 비로소 '내 집'이라고 가지게 된 성도의 '완화초당!' 그 위치 환경과 생활 정취는 그의 〈江村〉과 이 〈客至〉에 서로 맞물려 있으니, 보라;

맑은 강 한 굽이가 마을을 안아 흐르는〔淸江一曲抱村流 〈江村〉〕강 마을이다 보니, 봄 되면 물이 불어, 집 앞 집 뒤 어디 없이 넉넉한 봄물〔舍南舍北皆春水 〈客至〉〕이요, 다만 날마다 떼갈매기들의 찾아옴을 보자니〔但見群鷗日日來 〈客至〉〕, 갈매기 저들끼리는 물론, 이 한가로운 사람과도 서로 친근하게 지내는〔相親相近水中鷗 〈江村〉〕 터이다.

花徑不曾緣客掃 蓬門今始爲君開

이는 '호문互文'으로, 각 구에는 표면에 나타나 있지 않은 또 다른 하나씩의 대구對句를 내장內藏하고 있다. 곧, '花徑不曾緣客掃'하던 것을, 그대를 위하여 '花徑今始爲君掃'하는 것이며, '蓬門不曾緣客開'하던 것을, 그대를 위하여 '蓬門今始爲君開'한다는 것이니, 이런 기절묘절奇絶妙絶한 이중대우二重對偶의 구문構文과 조사措辭는 마

　　　　　　　　　　　　　　　　　노래로 읽는 당시

치 신의 계시인 듯, 재탄再歎 삼탄三歎을 금할 수 없게 한다.

뿐만 아니라, 이 전후구에는 또 다른 정취가 있으니, '꽃길'을 쓸지 않음은, 기실 은사의 풍류이기도 하여, 실명씨의 시조에서처럼;

간밤에 불던 바람 만정도화滿庭桃花 다 지것다.
아이는 비를 들고 쓸으려 하는고야.
낙환들 꽃이 아니랴. 쓸어 무삼하리요?

낙화는 낙화대로의 만춘정취로 그만이니, 그대로 두고 봄이 한인閑人의 멋이기도 했음이요, 사립문도 그렇다. 김천택金天澤의 시조;

삭거한처索居閑處 깊은 골에 찾아올 이 뉘 있으리?
화경花經도 쓸 이 없고, 봉문蓬門도 닫았는데,
다만지 유신有信하기는 명월청풍明月淸風뿐이로다.

찾아올 이 없다 하여 백주에도 사립문 닫아 두고, 초당에 누웠음이 은사의 한일월閑日月이기도 했음이다.

제3련은 대접의 허술함에 대한 발명이다. 갖은 반찬에 갖괴어 익은 술이라면 오죽 좋으랴만, 그러하지 못함의 아쉬움과 미안함이, 거기 자오록이 서려 있음을 볼 것이다.

肯與隣翁相對飮　隔離呼取盡餘杯

비록 가난하나 별미라도 생길 양이면 울타리 너머로 사람을 불러, 초청하거나 음식을 넘겨주어 나누는 다사로운 배려는, 비단 우리의 아름다운 옛 풍속만은 아니었는 듯, 이웃 노인에 대한 이 같은 배려를 잊지 않고 있는 두보야말로 바로, 내 옛날 살던 시골 이웃사촌인 듯 정겹기 그지없다.

주인의 청에 객이 거역했을 리 없으리니, 이로부터의 삼자 순배巡杯에 취흥이 자못 도도했을 것은, 여운 속에서 상상해볼 일이다.

나그네 밤의 회포

두보(杜甫)

실바람 설레는
자잘한 풀밭 기슭
높은 돛대 아래
홀로 밤을 새우나니

별은 벌판 넓음에
드리워 있고
달은 큰 강 흐름에
솟아오른다.

문장으로 이름나길
어찌 바라리요?
늙고 병들어
벼슬도 말았나니….

표표히 떠도는 몸
무엇과 같다 하료?
하늘과 땅 사이의
한 갈매기랄까?

細草 微風岸　　危檣 獨夜舟라
星垂 平野闊이요　月湧 大江流라
名豈 文章著리요　官因 老病休라
飄飄 何所似오?　　天地 一沙鷗라
〈旅夜 書懷〉

[題意] '나그네 밤의 회포를 쓴다'는 뜻으로, 작자 54세의 가을, 그가 의지해 오던 절도사(節度使) 엄무(嚴武)가 죽자, 한때의 안식처였던 성도의 완화초당에도 더 머무를 수 없게 되어, 한 척 작은 배에 가족을 싣고 양자강을 내려온다. 이 시는 사천성 충주(忠州) 근처에서의 지음이라 전한다.

危檣(위장) 높은 돛대.
官(관) 당시 그는 절도사의 참모인 '공부원외랑(工部員外郎)'이란 벼슬에 있었다.
沙鷗(사구) 물가 모래밭에 있는 갈매기.

평설　전반은 사경寫景이요, 후반은 술회述懷다.
　　장강을 하강하다, 그 하루가 저물면 기슭에 배 붙이고, 배 안에서 그 밤을 샌다. 기슭엔 자잘한 풀밭 위로 봄바람이 살랑거리고 있는 밤, 돛대만이 어울리지 않게 까마득 쳐다보이는 아래에서 잠을 이루지 못하고 있다.

星垂平野闊　月湧大江流

이는 세 갈래로 해석이 가능하다.
(1) 별이 드리우니 평야가 넓고,
　　달이 솟으니 큰 강이 흐른다.

(2) 별은 평야에 드리워 넓고,

　　달은 큰 강에 솟아 흐른다.

(3) 별은 평야 넓음에 드리웠고,

　　달은 큰 강 흐름에 솟아오른다.

　다들 (2)를 취하는 경향이나, 필자가 구태여 (3)의 뜻으로 보고자
하는 것은, 맨 끝의 '闊'과 '流'에 각별한 의미상의 강세强勢가 실려
있기 때문이다.

　독음조讀音調에 있어서도, 이 연만은 2, 2, 1로 끊어 끝 한 음을 강
하게 굴려 읽음으로써야, 그 너울너울한 이 시의 본맛이 제대로 나
타나게 될 것이다.

　이는 고려 말 삼은三隱의 한 사람인 야은冶隱 길재吉再의;

맑은 샘물, 그 차가움으로
세수하고,
무성한 숲 그 우듬지 위로
성큼 나서다.

盥水淸泉冷　臨身茂樹高

와 같이 '冷'과 '高'를 특별히 강조한 구문인 것이다.

名豈文章著　官因老病休

　명성을 떨침에는 글이나 벼슬의 두 길이 있겠지만, 글은 변변찮
아 그것으로 명성 떨치기는 글렀고, 벼슬도 높지 못한데다가, 그나

마 늙고 병들어 그만두게 되었으니, 이 나이 되도록 아무것도 이룬 것 없이, 헛되이 살아왔다는 깊은 한탄이다.

'沙鷗'는 일반적 통념인 고결高潔, 한정閒情, 무심無心, 평화 등의 상징으로서의 갈매기가 아니라, 다만 한 '나그네 새'로서의 갈매기에다 정처 없이 떠도는 자신을 기탁했을 뿐이니, 언제나 점잖고 대범한 가운데, 속으로 눈물을 삭이는 그의 시작 태도의 한 면모이기도 하다.

밤배에서

두보(杜甫)

강 달은 나와 사이
두어 자로 가깝고,
등불은 그물그물
깊어만 가는 이 밤!

모래톱에 조는 백로
주먹발 들어 나란히 섰고
고물에 뛰는 물고기는
쩍쩍 신나게 운다.

江月은 去人 只數尺이요 風燈은 照夜 欲三更이라

沙頭 宿鷺 聯拳靜이요   船尾 跳魚는 撥剌鳴이라
〈漫成〉

漫成(만성) 마음 내키는 대로 아무렇게나 짓는다는 뜻.
去人(거인) 사람과 떨어져 있는 거리. '人'은 작자 자신.
風燈(풍등) 바람에 쓸리어 일렁거리는 등불.
聯拳(연권) 여러 마리의 백로들이 한쪽 다리를 들고 그 발가락을 모아 주먹 쥐듯 꼬부리고
죽 늘어서 있는 모양을 형용한 말.
撥剌(발랄) 활발하게 약동하는 모양. '鳴'은 풀쩍풀쩍 뛰어오르는 동작에서 나는 소리가 아
니라, 동시에 입으로 내는 '쩍쩍' 하는 소리를 두고 이름이다.
[解題] 작자 55세 때의 늦봄, 운안(雲安)에서 기주(夔州)로 가는 배 안에서 하룻밤을 묵으며
지은 작품이다.

일엽편주에 가족을 싣고, 가다가다 날 저물면 기슭에 배 붙이고 그 밤을 묵는다. 다 잠들어 고요한데, 홀로 깨어 있는 이 만고의 시혼詩魂이여!

　江月去人只數尺　風燈照夜欲三更

　달은 손에 잡힐 듯, 두어 자 거리로 뱃전에 다가와 비쳐 있고, 바람에 쓸리는 등불은 꺼물어질 듯 간신히 되살아나곤 하는, 사면이 괴괴히 깊어가는 밤이다. 원근의 자연을 지척에 집약集約해놓고, 고요히 관조하고 있는 이 사실적 묘사도 그러려니와, '沙頭宿鷺聯拳靜'은 뛰어난 관찰이다. 이는 다음 구의 '수면 위로 뛰어오르는 발랄한 물고기의 생태'와 아울러, 만물이 다 저마다의 습성대로 자유로이 살아가고 있는, 어찌 보면 괴짜스럽고 익살스럽기까지 한 그 생태가, 남들 아니하는 유랑으로 시종하고 있는 자신의 행적을 돌아보게 했음 직도 하다.

　쓰러질 듯 꺼물거리단 되살아나곤 하는 풍등의 불빛이, 어쩌면 쓰러질 듯 쓰러지지 아니하고, 버티어가고 있는 자신인 양 쓸쓸하기도 하였으리라. 그러나 천하가 잠들어 있는, 이 깊은 밤에서도 만물은 저마다 생을 즐기고 있는 자득自得의 모습을 그려냄으로써, 작자는 역시 긍정적 낙천적 인도주의 시인임을 엿보게 하고 있다.

병거행

두보(杜甫)

1. 수레는 울컥울컥
   말은 뺑야호…
   행인마다 활과 화살
   허리에 찼네.

   부모처자 달려가며
   서로 보내니
   먼지 일어 함양교도
   아니 보이네.

   옷 당기며 발 구르며
   길 막아 우니
   우는 소리 바로 올라
   하늘에 차네!

車轔轔 馬蕭蕭　　行人 弓箭 各在腰라

耶孃 妻子 走相送하니 塵埃 不見 咸陽橋라

牽衣 頓足 攔道哭하니 哭聲 直上 干雲霄라

轔轔(인린) 수레의 덜컥거리거나 울컥거리는 소리.
蕭蕭(소소) 말 우는 소리. 뺑야호. 또는 뺑야호호.
耶孃(야양) 부모의 속어.

干雲霄(간운소) 하늘에 사무침.
道旁過者(도방과자) 길을 지나가던 사람. 곧 두보 자신을 가리킴.
점행(點行) 점고(點考)하여 데려감.

2. 지나가다 행인에게
   물어보자니
   점호點呼하여 데려감이
   잦더라 한다.

   어떤 인 열다섯에
   황하 지키다
   마흔 살에 서쪽에 가
   둔전을 갈고…

   떠날 때 이장이
   관례冠禮라 치러
   백발 되어 돌아오자
   다시 수자리.

道旁 過者 問行人하니   行人이 但云 點行頻이라
或從 十五 北防河요   便至 四十에 西營田이라
去時 里正이 與裹頭   歸來 頭白 還戍邊을!

防河(방하) 황하(黃河)에서 적의 침입을 방어함.
營田(영전) 둔전병(屯田兵)이 되어 군전(軍田)을 경작함.
戍邊(수변) 변새(邊塞)에 수자리 삶. 변방을 지킴.
開邊(개변) 변경을 개척함.

노래로 읽는 당시

3. 변경에 흐르는 피
   바닷물 돼도
   무황의 정벌 뜻은
   말지 않나니,

   그대 듣지 않는가?
   한나라 산동 땅
   이백 고을이
   마을마다 부락마다
   쑥대밭 된 줄 ―.

邊庭 流血 成海水하니   武皇 開邊 意未已라
君不聞 漢家 山東 二百州에 千村 萬落 生荊杞라

4. 건장한 아낙 있어
   쟁기 잡은들
   곡식 나도 잡초 메워
   이랑이 없네.

   모진 싸움 참아내는
   관중 병졸도
   내몰림, 개·닭이나
   무엇 다르랴?

縱有 健婦 把鋤犁나   禾生 隴畝 無東西라

況復 秦兵 耐苦戰이나   被驅 不異 犬與雞아?

荊杞(형기) 형극(荊棘)과 구기(枸杞). 곧 잡초(雜草)의 뜻.
無東西(무동서) 이랑의 방향을 분간할 수 없을 만큼 잡초가 우거져 있는 모양.

5. 어르신넨 비록
　물어주시나
　졸병 주제 어찌 감히
　한을 펴리요?
　만약 금년 겨울에
　관서의 병졸을
　말지(철군) 않으면
　현관은 조세를
　토색討索하리니
　조세는 어디서
　나올 것이료?

長者 雖有問이나   役夫 敢伸恨가?

且如 今年冬에   未休 關西卒이면

縣官이 急索租하리니 租稅 從何出고?

且如(차여) 또한 만약. '如'는 '若'과 같음.
關西卒(관서졸) 함곡관(函谷關) 이서(以西)의 병졸.
索租(색조) 조세를 토색(討索)함.

　　　　　　　　　　　　　　　　　　　　노래로 읽는 당시

6. 진실로 알괘라!

   아들보다는

   도리어 딸 낳음이

   낫다는 것을―.

   딸은 낳아 이웃에

   시집보내되

   아들은 낳아 묻어

   풀을 따를 뿐…

信知 生男惡오   反是 生女好라

生女 猶得 嫁比隣이나 生男 埋沒 隨百草라

生男惡生女好(생남오생녀호) 예로부터 이러한 유구(類句)가 많다. 한(漢)의 위황후(衛皇后)의
'生男無喜生女無怨'이 있고, 당시 민요에 '生男勿喜生女勿悲 君今看女作門楣'가 있으며,
백거이(白居易)의 〈장한가(長恨歌)〉에 '不重生男重生女' 등이 있다.
비린(比隣) 이웃. 가까운 곳.

7. 그대 보지 않는가?

   청해 언저리

   예로 오는 흰 뼈를

   거둘 이 없어

   새 귀신 옛 귀신

   원통타 우니

   어두컴컴 비 축축

   내리는 날엔

   그 소리 훌쩍훌쩍

울어쌓는걸…

君不見 靑海頭에   古來 白骨 無人收라
新鬼 煩冤 舊鬼哭하니   天陰 雨濕 聲啾啾라
〈兵車行〉

煩冤(번원) 번거로이 원통해 함.
啾啾(추추) 슬피 우는 소리의 형용.
[解題] 천보(天寶) 10년(751) 겨울, 작자 40세 때의 지음으로 추정된다. 당시 토번(吐蕃) 정벌
을 위하여 전국의 장정을 징집하여 전장으로 보내니, 민생은 극도로 피폐해지고 민심이
흉흉해져, 당국을 원망하는 소리가 높았다. 이 시는, 현종(玄宗)의 이와 같은 무모한 침략
전쟁을, 한(漢) 무제(武帝)의 흉노 정벌에 가탁(假託)하여 풍자한 것이다.

평설 이는 한황제漢皇帝에 가탁假託한, 당 현종의 무모한 변경 개
척을 풍자한 작품으로, 그 묘사의 사실성, 구성의 극적 전
개, 구구절절 치솟는 강렬한 반전反戰사상의 종횡무진한 구사 등,
귀신도 울릴 듯한 필세筆勢다.
　1은 정졸征卒을 보내는 목불인견目不忍見의 처참한 생별生別 현장
이요,
　2는 쇠세衰世에 겪어야 하는 기구한 남자의 일생이다.
　3·4·5는 정졸征卒의 무한 고초와, 도탄塗炭에 든 민생의 간고艱苦
이며,
　6은 남녀 선호選好가 뒤바뀐 극한極限의 세정世情이다.
　7은 죽어서도 원혼으로 떠도는 통한痛恨의 사무침으로, 초두의
'생별生別'과 수미가 상응한다.
　전편에 관류貫流하고 있는 반전反戰·염전厭戰 사상을 볼 것이다.
그 모두가 호전자好戰者인 무황武皇(실은 당 현종)에 대한 하늘에 사

무치는 원한이다.

　이 시의 구성은 위에서와 같이 1～7단의 순서대로 매우 조직적으로 이루어져 있다. 일견 도도한 어떤 영감의 힘으로 일기가성一氣呵成한 듯하면서도, 그 작시 태도가 이렇듯 진지하고도 정성스러움에는 그저 놀라움이 있을 뿐이다.

신안리

두보(杜甫)

1. 나그네 신안 길을
   지나가다가
   떠들썩 점병點兵하는
   소리를 듣고
   신안 관리에게
   잠시 묻기를
   "고을 작아 장정도
   더 없을 텐데…?"

客行 新安道러니   喧呼 聞點兵이라
借問 新安吏호되   縣小 更無丁을!

新安(신안) 하남성(河南省)에 있는 현명(縣名).
喧呼(원호) 큰소리로 시끄럽게 불러댐.
丁(정) 장정(壯丁). 당(唐)의 제도에는, 병정을 나이에 따라 구분했으니 18세는 중남, 22세는
장정이다.

2. "지난밤에 다시
   영장이 내려
   중남中男들을 뽑아
   보낸답니다."
   '저들은 어리고

체구도 작아

어떻게 낙양성을

지켜 낼는지…?'

府帖 昨夜下하니　次選 中男行이라

中男 絕短小하니　何以 守王城고?

府帖(부첩) 상부에서 내려온 공문. 여기서는 소집영장.
次選(차선) 다음 단계의 사람을 뽑음.

3. 살찐 소년 어머니는

배웅 왔건만

여윈 저 소년은

혼자 외롭네.

저문 날 흰 강물은

흘러가는데

청산엔 아직도

안 멎는 곡성!

肥男은 有母送이나　庚男은 獨伶俜이라

白水는 暮東流ㄴ데　靑山은 猶哭聲이라

伶俜(영빙) 홀로 외로운 모양.

271

4. 여보소! 눈물 바닥
   내지를 말고
   홍건히 흐르는 건
   거둬두시라.
   눈물 말라 뼈가 앙상
   드러난대도
   천지야 끝내
   무정하려니….

莫自 使眼枯하고 收汝 淚縱橫하라
眼枯 却見骨이나 天地 終無情하리라

5. 아군이 상주를
   탈환한다기
   밤낮으로 평정되길
   바라왔건만
   어찌 뜻했으랴?
   적세賊勢를 몰라
   패산敗散하여 뿔뿔이
   돌아올 줄을….

我軍 收相州   日夕 望其平이러니
豈意 賊難料하여 歸軍이 星散營고?

6. 군량軍糧 따라 옛 성루城壘

　　가까운 곳인

　　낙양에서 신병들

　　훈련한다니

　　호壕를 파도 물 나도록

　　팜이 아니요

　　말먹이는 일쯤이야

　　힘 안 드는 일.

就糧 近故壘하니　練卒 依舊京이라

掘壕 不到水오　　牧馬 役亦輕이라

7. 더구나 관군은

　　순리順理의 군대

　　보살핌도 심히

　　분명하거니

　　보내며 피눈물은

　　흘리지 마오

　　곽복야는 부형같이

　　인자하리니ー.

況乃 王師順하여　撫養 甚分明이라

送行 勿泣血하라　僕射 如父兄을!

〈新安吏〉

王師順(왕사순) 관군은 도리에 순응하는 군대라는 뜻.
僕射(복야) 벼슬 이름. 우리나라 좌우상(左右相)에 해당함. 곽자의(郭子儀)를 가리킴.
[解題] 이 〈신안리〉는 〈동관리(潼關吏)〉·〈석호리(石壕吏)〉와 함께 '三吏'로 불리는 것의 하나로, 소위 '삼별(三別)'인 〈신혼별(新婚別)〉·〈수로별(垂老別)〉·〈무가별(無家別)〉과 함께 '삼리삼별(三吏三別)'이라 총칭되는, 그의 대표적인 사회시로서, 모두 건원(乾元) 2년(759), 48세 때의 작품이다.

> **평설**　肥男有母送　庾男獨伶俜

　살찐 아이와 여윈 아이를 대조하여 후자에 대한 무언의 동정을 보내고 있다. 보내 줄 가족 하나 없는 이별! 이는 그의 〈무가별無家別〉의 주인공과도 같은, 한 짧은 삽화插話이기도 하다. 또 배웅 나온 이는 다 여자일 뿐 남자는 왜 없는가? 그들은 이미 전지에 가 있거나 전사했기 때문인 것이니, 이 전후구에 얼마나 많은 당시의 정황이 시사되어 있는가를 볼 것이다.

　　白水暮東流　靑山猶哭聲

　전구는 싸움터로 떠나가는 출정 군인의 길을, 다시는 못 돌아올 강류江流에 부쳤음이요, 후구는 이미 강류랑 떠나가버린 빈 청산에, 아직도 배웅 나온 사람들의 울음소리가 그치지 않고 있음이다. 특히 '暮'와 '猶'는, 이별의 서러운 분위기를 끝없는 여운으로 이끌어가고 있다.
　한편, 이는 울며 흘러가는 물을 배웅하여, 청산도 서러워 메아리지는 장면으로 주체를 바꾸어볼 수도 있으니,

노래로 읽는 당시

어둠 속으로 흰 물 여울여울 울어 흐르고
청산도 서러워라 메아리져 우는 골에
물이랑 임 보내놓고 청산이랑 울어라!

로, 읊어 봄직한 정경이기도 하니, 이 일련의 시정은 그 굽이굽이
애련함이 그지없다.

眼枯却見骨　天地終無情

'천지'를, '終無情'으로 규정하는, 반유교적 발언은, 두시에서는
보기 드문 원천우인怨天尤人의 방언放言이 아닐 수 없다. 천지도 야속
하고 위정자도 가혹하여, 눈곱만큼의 동정도 베풀어짐이 없는 냉담
이, 필경 그로 하여금 잠시 아도雅道에서 벗어나게 한 것이라 본다
면, 그를 충격한, 크나큰 실망과 격한 분원憤怨이 오죽했었던가를
짐작하게 해준다.

비탄에 빠져 있는 가족들을 위하여, 이 시의 끝 부분에 늘어놓은
위로 말들은 의례적인 한편, 당국자에 호소하는 희망 사항을 당국
자의 자비에 의한 이연지사已然之事로 서술했음이니, 그 속의 속뜻
을 저버리지 말 것이다.

이 시의 밑바닥을 관류하고 있는 것은 국운과 민생을 한탄하는
깊은 시름과 전쟁을 저주하는 염전사상厭戰思想으로, 이는 여타 '삼
리三吏 · 삼별三別'과 다를 바가 없다.

석호리

두보(杜甫)

1. 날 저물어 석호촌에
   투숙했더니
   관리들 한밤에 와
   사람 잡는데,
   할아범은 담을 넘어
   도망을 치고
   할멈이 문에 나가
   만나보는 듯.

暮投 石壕村이러니　有吏 夜捉人이라

老翁은 踰墻走하고　老婦가 出門看이라

──────────

石壕(석호) 하남성(河南省) 섬현(陝縣)에 있는 마을 이름. '吏'는 관리.

2. 관리는 어이 줄곧
   호통만 치고
   할멈은 어이 그리
   애타 우는지?
   할멈이 앞에 나가
   발명하는 말,
   "세 아들이 업성으로

출정했는데,
한 아들의 부쳐온
편지 사연에
두 아들이 요사이
전사했대요.
살았어도 제 목숨
같지가 않고
죽은 자야 아! 길이
그만인 걸요."

吏呼 一何怒며   婦啼 一何苦오?
聽婦 前致詞호니   三男이 鄴城戍라
一男 附書至하니   二男 新戰死라
存者 且偸生이요   死者는 長已矣를!

偸生(투생) 죽어야 할 목숨이 죽지 못하고 살아남아 있다는 뜻.

3. "집안에 다시는
남자란 없고
있다면 젖먹이
어린 손자뿐,
손자 두고 제 어미
갈 수가 없고
간대도 성한 치마
하나 없다오."

室中 更無男인데　惟有 乳下孫이라

孫有 母未去　　出入 無完裙을!

完裙(완군) 깁지 않은 성한 치마.

4. "이 늙은 몸 힘은 비록
　쇠잔하지만
　청컨대 나리 따라
　이 밤으로 가,
　급한 대로 전쟁에
　충당된다면
　새벽밥 바라지야
　할 수 있으리—"

老嫗 力雖衰나　請從 吏夜歸면

急應 河陽役하여　猶得 備晨炊하리라

河陽役(하양역) 하양의 전쟁. 하양은 하남성 맹현(孟縣)에 있는 지명.

5. 밤이 이슥해서야
　잠잠해지고
　그윽한 흐느낌만
　들은 듯더니,
　날 새자 내
　길을 나설 땐

홀로 할아범과

작별하니라.

夜久 語聲絶　　如聞 泣幽咽이라

天明 登前途한데　獨與老翁別이라

〈石壕吏〉

如聞(여문) 들리는 것 같음. 잠결에 들었기 때문.

幽咽(유열) 그윽이 흐느껴 욺.

獨與(독여) 홀로 ~과 더불어, 곧 할멈은 밤에 관리를 따라 대역(代役)에 나갔으므로, 할아범과만 작별하게 된 것이다.

[解題] 건원(乾元) 2년(759), 48세 무렵의 지음으로 추정된다. 〈신안리〉, 〈동관리〉와 아울러 '삼리(三吏)'의 하나로 유명하다.

평설 투숙하던 집에서 우연히 목격하게 된, 한 가정의 비극적 장면을 그린 서사시다.

잠자리에서 시종 눈을 감은 채, 마치 현장을 목도하는 듯, 바깥 정황을, 묘사하고 있다.

할아범을 징용(徵用)하려고 한밤중에 들이닥친 관리들, 이를 예감이라도 한 듯, 잽싸게 담을 넘어 달아난 할아범, 대신 가기를 자청하면서도, 관리의 자비에 걸어보는 일루의 바람으로, 집안 사정 이야기를 늘어놓는 할멈의 내심이 손에 잡힐 듯 들여다보인다. 이제 그 이야기에서 밝혀진 가족 현황을 정리해보면; 아들 삼형제 모두 출정, 그중의 둘은 전사, 맏며느리와, 젖먹이 손자 하나, 늙은이 내외, 해서 모두 일곱 가족인 셈이다.

如聞泣幽咽 ～ 獨與老翁別

밤이 이슥해서야 잠잠해지더니, 이윽고 들려오는 저 그윽이 '흐느껴 우는 소리'의 주인공은 누구인가? 그 해답은 이튿날 아침 '홀로 할아범과 작별함'에서 자명해진다. 곧 할멈은 그 장황한 서설에도 아랑곳없이 징발되어 관리들에 딸려가고 말았으니, 그렇다면 '흐느낌'의 주인공은, 뒤늦게 돌아와 그 사실을 알게 된 할아범이 아닐 수 없다.

자기 대신 잡혀간 할멈의 그 불쌍하고도 안쓰러움, 그럴 양이면 차라리 자신이 가지 못한 후회로움, 무참히 어느 전선에 버려져 있을 자식들의 주검… 등 착잡하게 뒤엉키는 비탄의 감정인, 그 '그윽한 흐느낌'은 이 시의 여운으로 끝없이 이어져가는 듯하다.

우리는 이 시를 통하여, 당시의 사회상 전반을 한눈에 조감하는 느낌이다. 풍전등화와 같은 국가의 위기 상황은 물론, 도탄에 빠진 백성들의 피폐상, 눈물도 피도 없는 관리들의 잔혹상, 징병·징용을 감당하지 못하는 백성들의 염전사상 등이, 문자 뒤편에 영상으로 어른거리고 있는 위로, 태평양전쟁 당시의 일경日警들의, 우리에게 핍박해오던, 촌분寸分도 다름이 없는 이와 같은 행패가 역력히 부각되어 나타남을 지금에 다시 보는 듯, 새삼 절절함을 금할 수 없게 한다.

아, 호전자 내지 그 추종자들이여! 저주받을진저! 길이길이…….

동관리

두보(杜甫)

1. 병사들은 그 얼마나
   숨이 가쁘랴?
   동관 길목에
   성을 쌓나니
   큰 성은 금성金城도
   능가하겠고
   작은 성도 만장萬丈은
   넘어 보인다.

士卒은 何草草오?　築城 潼關道라

大城 鐵不如오　　小城은 萬丈餘라

潼關(동관) 섬서성(陝西省)의 동쪽 끝에 있는 관문 이름.
草草(초초) 신고(辛苦)하는 모양.
鐵不如(철불여) 쇠로 쌓은 금성(金城)도 따르지 못할 만큼 견고함.

2. 관리에게 넌지시
   물어봤더니,
   성채城砦 쌓아 오랑캐에
   대비한단다.
   나를 굳이 말에 내려
   걷게 하면서

저걸 보라! 가리키는
산 한 모롱이….

借問 潼關吏하니　修關 還備胡라
要我 下馬行하고　爲我 指山隅라

3. 구름이 잇닿은 양
　　벌인 목책木柵들
　　나는 새도 함부로
　　넘지 못할 듯,
　　오랑캐 쳐들어와도
　　지키면 그만
　　어찌 장안 걱정
　　다시 또 하랴?

連雲은 列戰格이요　飛鳥 不能踰라
胡來 但自守　　　豈復 憂西都오?

————————
戰格(전격) 목책(木柵).

4. "또 보시라 어르신,
　　저편 요해처要害處,
　　수레 하나 겨우 지날
　　험한 좁은 목,
　　어려울 땐 장창만

휘둘러대도
만고에 혼자 너끈
지켜내리다."

丈人 視要處하라　窄狹 容單車라

艱難 奮長戟이니　千古 用一夫라

丈人(장인) 어르신.
窄狹(착협) 험난한 산협의 갑자기 좁아진 목.
千古用一夫(천고용일부) 영구히 한 병사로서도 방어할 수 있다는 뜻. 촉도부(蜀都賦)에 '一
夫當關 萬夫莫開'라고 있다.

5. 슬프다. 지난번
　　도림 전투엔
　　우리의 백만 병사
　　고기밥 됐네.
　　관문 지킬 장수여
　　부탁하노니
　　가서한哥舒翰 닮질랑은
　　제발 마시라.

哀哉 桃林戰에　　百萬 化爲魚라

請囑 防關將하노니　愼勿 學哥舒하라

〈潼關吏〉

桃林戰(도림전) '도림'은 가서한(哥舒翰)이 안녹산(安祿山) 적군과 싸워 크게 패한 곳.
[解題] 〈석호리〉, 〈신안리〉와 함께 삼리(三吏)의 하나로, 같은 무렵의 작품이다.

지난번 상주 싸움에서 무참히도 패배한 관군의 총수 곽자
의郭子儀 장군은, 수도 장안을 지키기 위한 방책으로, 우선
그 길목인 동관 요충지潼關要衝地에 부랴부랴 성채를 쌓기 시작했다.

이 시는, 이 거대한 공사에 투입된 수많은 병사들이, 주야로 혹사
되고 있는 그 참상을 그린 것이다. 그러나 그 병사들의 신고辛苦에
대한 동정은 제1구에 슬쩍 언급했을 뿐, 일체의 직서적 언급은 피하
고, 오히려 우회적으로 이들 병사들을 채찍질하고 있는, 그 긍지에
찬 성곽 자랑을 떠벌리고 있는 관리의 입을 통하여, 독자로 하여금
그 실상을 실감케 하고 있다.

'만리장성'의 굉대宏大한 규모에 감탄하면서도, 거기 서려 있는 무
수한 호통과 채찍과 흐르는 피와 죽어 나가는 목숨들은 보지 못하는
관광객으로서의 독자로서는, 이 시의 참뜻은 보지 못할 것이다.

신혼별

두보(杜甫)

1. 새삼이 봉마蓬麻에
   붙어 자라면
   그 덩굴 길게는
   못 뻗으리다.

   출정 군인에게
   딸을 줌이야
   길가에 내버림만
   못하오리다.

免絲 附蓬麻면   引蔓 故不長이라

嫁女 與征夫는   不如 棄路傍이라

免絲(토사) 새삼덩굴. 다른 식물에 기생하는, 뿌리 없는 식물임에서, 고래로 여자가 출가하여 남편에 기탁함에 비유되었다.

蓬麻(봉마) 다북쑥과 삼.

2. 머리 쪽져 부부로
   성례成禮했건만
   잠자리 따뜻해질
   겨를도 없이
   저녁에 신방 차려

새벽 떠나니
이런 총망스럼
어디 있으리?

結髮 爲夫妻나   席不 煖君牀이라
暮婚 晨告別하니 無乃 太忽忙가?

無乃(무내) 어찌 ~하지 않으랴?

3. 임 가시는 곳
   멀지는 않아
   하양에서 변경을
   지킨다지만
   제 신분 아직
   분명찮으니
   시부모님께는
   어찌 뵈오리?

君行 雖不遠하여 守邊 赴河陽이나
妾身 未分明하니 何以 拜姑嫜고?

妾身未分明(첩신미분명) '妾'은 부인의 겸칭(謙稱). 신행(新行)도 가기 전이라, 혼인 절차가
아직 완결되지 않았으므로, 신부로서의 신분이 확실하지 않다는 뜻.

4. 우리 부모 나를
   기르실 적에

노래로 읽는 당시

밤낮으로 집안에

고이 간수해

자라면 제 갈 곳

따로 있다며

닭·개도 제 몫 챙겨

가라셨건만―.

父母 養我時에   日夜 令我藏이라

生女 有所歸하니   雞狗亦得將이라

藏(장) 바깥일 안 시키고, 집안에서 곱게 자라도록 거두어 보호했다는 뜻.

歸(귀) 시집감. 우귀(于歸).

雞狗亦得將(계구역득장) 시집갈 때 닭과 개도 제 몫으로 가지고 간다는 뜻. '닭이나 개도 또한 끼리끼리 어울린다'로 푸는 견해도 있으나 취할 바가 못 된다.

5. 임은 이제 싸움터로

떠나가시니

아픈 마음 간장이

찢어집니다.

기어코 임을 따라

나서려 해도

형세 도로 너무나

창황하여라!

君今 往死地하노니   沈痛 迫中腸이라

誓欲 隨君去나   形勢反蒼黃이라

6. 신혼 생각일랑
   하지 마시고
   군軍의 일이나
   힘쓰오소서.
   군에서 아내 생각
   하게 돼서는
   사기士氣 그르칠까
   두렵습니다.

勿爲 新婚念하고   努力 事戎行하소
婦人 在軍中이면   兵氣 恐不揚이라

事戎行(사융행) 군사 일에만 전념함.

7. 애닯다! 가난한 집
   태어난 이 몸
   오랜만에 얻어 입은
   한 벌 비단옷
   다시는 이 옷도
   입지 않으리.
   임 보란 이 화장도
   씻어버리리 —.

自嗟 貧家女로   久致 羅襦裳이라
羅襦 不復施요   對君 洗紅粧하리라

久致(구치) 오랜만에 가까스로 이룸.

8. 우러러 온갖 새들
   나는 걸 보면
   크건 작건 짝을 지어
   함께 날건만
   우리에겐 이 어인
   호사다마好事多魔로
   길이 서로 멀리서
   그릴 줄이야!

仰視 百鳥飛하니 大小 必雙翔이라

人事 多錯作하여 與君 永相望을!

〈新婚別〉

錯作(착오) 뒤틀림. 생각대로 되지 않음.
相望(상망) 서로 멀리 떨어져 있으면서 그리워함.
[解題] 삼별의 하나다. 결혼하자마자 신랑을 싸움터로 떠나보내야 하는, 가엾은 신부의 슬픔을 대변한 장편 서사시로서, 〈무가별〉·〈수로별〉과 함께 삼별(三別)의 하나로 유명하다.

평설 羅襦不復施 對君洗紅粧

   비단옷에 붉은 화장! 여자 일생에 이 신혼 때만큼 화려한 단장의 충동을 느끼는 때가 다시는 없으련만, 그러나 그 아리따운 차림의 아내를 바라보며 가장 기뻐해줄 그 한 사람이 없는 바에서는, 그것들이 다 무슨 소용이랴? 저《시경》'위풍衛風'의 노래,

우리 님 동쪽으로 원정간 뒤로
내 머린 쑥대같이 어수선해라!
머리 감아 바를 기름 없을까마는
그 뉘게 보이려고 화장은 하랴?

　自伯之東　首如飛蓬　豈無膏沐　誰適爲容

도 그러하고, 또 송강의 〈사미인곡〉의 일절,

올 적에 빗은 머리
얼킨 지 삼 년이라.
연지분 있네마는
눌 위하여 고이할꼬?

도 다 그러하다.

　8. 仰視百鳥飛 ～ 與君永相望

　굽이굽이 서러운 사연 끝에, 이제 마지막 헤어지는 슬픔의 장탄
식으로 끝을 마물렀다. 그러나 사진의부진辭盡意不盡! 그 여운은 길
고 길다. 인간의 이별의 슬픔을, 쌍쌍이 나는 새들에 견줌으로써 한
층 심화시킨 이 수법은 《시경》의 '비比'의 수법이다. 모두冒頭에서
'興'으로 상상想을 일으켜, '比'로 끝마무리한, 그 수미상관首尾相關의
형식 또한 감쪽같다.

수로별
두보(杜甫)

1. 세상이 고요하지
   못하다 보니
   늘그막의 이 몸도
   편치 못해라 !

   아들·손자 그 모두
   전사한 터에
   무엇 하자 이 한 몸
   살기 바라리?

四郊 未寧靜하니   垂老 不得安이라
子孫 陣亡盡하니   焉用 身獨完고?

垂老(수로) 노경에 접어듦. 늘그막.
四郊(사교) 사방.
焉用(언용) 어찌 ~하리요?

2. 지팡이 내던지고
   문을 나서니
   동행할 병사들도
   애달파한다.

다행히 치아는
남아 있다만
슬픔으로 골수도
말라붙는 듯….

投杖 出門去하니　同行 爲辛酸이라
幸有 牙齒存하여　所悲 骨髓乾이라

3. 남아 이미 갑옷 입고
　　투구 썼거니
　　상관에 읍하고
　　떠나려 할 제,

　　할멈은 길에 쓸어져
　　통곡을 하니
　　이 겨울에 입은 거란
　　홑옷이어라!

男兒 旣介冑하니　　長揖 別上官이라
老妻는 臥路啼하니　歲暮 衣裳單을!

────────────

介冑(개주) 갑옷과 투구. 무장함을 이름.

4. 뉘 알리? 이 길이
　　영이별일 줄

벌벌 떠는 그 모습
마음 아파라!

가면 필시 못 돌아올
이 길이건만
한 술이라도 더 떠
몸을 돌보래!

孰知 是死別이나   且復 傷其寒을!
此去 必不歸나   還聞 勸加餐이라

勸加餐(권가찬) 입맛 없어 먹기 싫더라도, 한 숟가락의 밥이라도 억지로 더 먹어, 건강을 돌보라는 뜻.

5. "토문은 성벽도
　견고한데다
　행원나루 쳐오기도
　또한 어려워

　업성의 그때와는
　아주 다르니
　비록 죽었대도
　관대히 하오."

土門은 壁甚堅이요   杏園 度亦難이니
勢異 鄴城下하니   縱死 時猶寬하오

土門(토문) 하양(河陽) 부근의 지명.

杏園(행원) 하양 부근에 있는 황하의 나루터 이름.

鄴城(업성) 하남성에 있는 지명. 건원(乾元) 2년 곽자의(郭子儀) 장군이 이끄는, 20만의 관군이, 안경서(安慶緖)의 반군에 대패한 곳.

6. 인생엔 만남과
   이별 있거니
   어찌 골라 하리?
   늙고 젊음을 —.

   내 젊던 그 옛날
   생각에 잠겨
   잠시 지체하다
   쉬는 긴 한숨!

人生 有離合커니　豈擇 衰盛端고?

憶昔 少壯日에　遲廻 竟長歎을!

衰盛端(쇠성단) 노년과 장년의 갈래. '端'은 등차(等差).

7. 온 세상이 싸움에
   총동원되고
   봉화는 봉마다
   뒤덮였는데,

   시체 쌓여 초목도

　　　　　　　　　　　　　　　　　　　노래로 읽는 당시

비린내 나고
피 흘러 내도 들도
붉어 있거니.

萬國 盡征戍하니　烽火 被岡巒이라
積屍 草木腥이요　流血 川原丹이라

遲回(지회) 머뭇거림.

8. 어느 곳에 낙토라도
   있을 것이기
   어찌 감히 이렁성
   머뭇거리랴?

   오막살이 미련 끊고
   선뜻 나서나
   어쩌랴? 덜컥 내려앉는
   아, 이 가슴!

何鄕 爲樂土하여　安敢 尙盤桓가?
棄絶 蓬室居하니　塌然 摧肺肝이라
〈垂老別〉

盤桓(반환) 의사를 결정하지 못하여 머뭇거리는 모양.
蓬室(봉실) 다북쑥으로 지붕을 이은 오막살이집.
塌然(탑연) 무너져 내리는 모양.

아들·손자 다 전사한 불우한 한 늙은이가, 이번에는 자신이 소집되어, 기한에 떠는 늙은 아내를 오막살이에 남겨둔 채 떠나야 하는, 서러운 이별 장면을 노래한 장편 서사시다. 〈무가별〉·〈신혼별〉과 함께 삼별(三別)의 하나로 모두 같은 무렵의 작품이다.

평설

此去必不歸　還聞勸加餐!

전구는, 이 길이 마지막 길인 줄로 믿는 남편의 예감이요, 후구는 출정하는 남편을 위하여 부디 몸을 돌보라는 아내의 당부다. 홑옷 입고 바들바들 추위에 떨며 길바닥에 몸을 내동댕이쳐 울부짖는 할멈을 바라보며 몹시도 마음 상해하고 있는 할아범과, 한 술이라도 더 떠 몸을 돌보라며, 통곡의 사설 속에 얼버무리는 할멈의 당부! 이런 목불인견目不忍見의 가엾은 이별이, 그 하늘 아래의 처처에서 벌어지고 있는 당시의 현황이고 보면, 달리 또 무엇을 더 말해야 하랴?

늘그막의 이별, 그것도 사지死地로 가는 노부와 빈한에 떠는 노처의 이별이다. 자자 구구 인간의 지극한 속의 속정에서 우러나오는 육성 그대로의 이 흐느끼는 목소리를 어느 뉘 눈물 없이 들을 수 있으며, 이런 비극을 무수히 빚어내는 전쟁을, 또 어느 뉘 저주하지 않으리?

아, 고금의 호전자들이여! 길이 저주 받을진저! 길이길이….

무가별

두보(杜甫)

1. 적막하여라!
   난리난 후로
   밭이며 집들
   쑥밭이 됐네.

   우리 마을의
   백여 가구도
   뿔뿔이 사방
   흩어지고는,

   살았는 이도
   소식 없으니
   죽은 이들야
   흙이 됐으리?

寂寞 天寶後에   園廬 但蒿藜라

我里 百餘家에   世亂 各東西이라

存者는 無消息이요 死者는 爲塵泥라

2. 내 싸움터에
   패잔병 되어

고향 돌아와
옛길 더듬어
두루 걸어도
텅 빈 마을은
햇빛도 엷고
심사도 섧다.

다만 만나는
여우와 삵이
털을 치세워
나를 짖는다.

이웃엔 누가
살고 있는고?
한두 사람의
늙은 과부뿐….

賤者 因陣敗하여　歸來 尋舊蹊라
久行 見空巷하니　日瘦 氣慘悽라
但對 狐與狸가　竪毛 怒我啼라
四隣 何所有오　一二 老寡妻라

賤子(천자) 천한 사나이. 주인공 자신의 겸칭(謙稱).
舊蹊(구혜) 옛 좁은 마을길.
久行(구행) 가고 가고 함. 이윽토록 걸음을 계속함.
日瘦(일수) 햇빛이 엷음.

3. 새도 옛 가질
   그린다 커니
   고생스럽다
   어찌 말리오.

   마침 봄이라
   호미를 메고
   저물면 밭에
   물을 대더니….

宿鳥 戀本枝커니   安辭 且窮棲아?

方春 獨荷鋤하고   日暮 還灌畦라

宿鳥(숙조) 나무에 깃들여 자는 새. 도연명(陶淵明)의 시에 '羈鳥戀舊林 池魚思故淵'이란 구
가 있다.

4. 내 돌아온 줄
   아전이 알아
   불러 북 치길
   익히라 한다.

   본 고을 싸움에
   나간다지만
   내 딸린 권속
   하나 없으니,

가까이 가도
한 몸뿐이요,
멀면 끝끝내
떠돌이 될 몸!

집·고향 모두
거덜 난 이젠
멀든 가깝든
다를 바 없네.

縣吏 知我至하여　召令 瞽鼓鞞하라
雖從 本州役이나　內顧 無所携라
近行 止一身이요　遠去 終轉迷라
家鄉 旣蕩盡하니　遠近 理亦齊라

轉迷(전미) 아득히 이곳저곳으로 굴러다님. 떠돌다 행방불명이 됨.

5. 애닯다! 오래
　　앓으신 모친
　　골에 버려져
　　5년 그대로
　　장례 절차도
　　못 갖췄으매
　　두 마음 길이
　　원통해 울 뿐…

헤질 가족도

없는 이 인생

뉘 사람이라

할 수 있으리 ─ .

永痛 長病母   五年 委溝谿라

生我 不得力하여   終身 兩酸嘶라

人生 無家別   何以 爲蒸黎오?

〈無家別〉

委溝谿(위구계) 도랑이나 개천가에 맡겨 둠. 곧 아무 데나 가매장해둔 채 장사 지내지 못했음을 이름.

兩酸嘶(양산시) 모자가 다 원통하여 욺.

蒸黎(증려) 백성. 인민.

[解題] 배웅 나온 이 하나 없이 떠나는 출정 병사의 서러운 심사를 대변한 서사시다. '신혼별', '수로별'과 함께 삼별(三別)의 하나로, 다 같은 무렵의 작품이다.

평설 울며 보내 줄 가족 하나 없는 이별! 이런 이별이야 그 어디에 '그리움'인들 남게 되랴? 그리운 이가 있는 사람이나, 그리워해줄 이가 있는 사람은 혼자라도 외롭지는 않다. 그리움이란 격리된 사이를 피차 교감으로 이어 주는 정신적 유대이며, 과거에로의 회로에서 미래에로의 회로로 이어가는 호젓한 오솔길의 산책로이기도 하다. 이별은 슬프지만 그 후유증인 그리움은 아름다운 것, 그것은 오늘을 사는 의미이며, 내일을 기다리는 보람이기도 하다.

집 없는 고향도 고향이라고 돌아온 패잔병이, 어머니 장례도 치르지 못한 채, 재소집再召集되어 다시 전선으로 내몰리게 되는 딱한 정황이다. 그 불효의 통한은 자식에게만이 아니라, 구천九泉에까지 사무쳐, 어느 골짜기에 가매장되어 있는 그 어머니의 원골寃骨에까지 미쳐 있으니, 이는 필경 역도逆徒에 대한 증오와, 전쟁에 대한 저주를 그 바닥에 깐 작품으로, 삼리三吏·삼별三別이 다 그 궤를 같이 하고 있는 것이다.

한스러운 이별

두보(杜甫)

낙양을 한 번 떠나
타향 사천 리
오랑캐 쳐들어온 지
오륙 년이라.

풀도 이운 검문산 밖
떠도는 이 몸
싸움에 길 막히어
강변에 늙네.

집 생각에 달을 걸어
밤을 지새고
아우 그려 구름 보다
대낮에 존다.

듣건대 하양에서
승세勝勢 탔다니
사도여! 재빨리
유연을 치라.

洛城一別 四千里　　胡騎長驅 五六年이라

草木變衰 行劍外오　　兵戈阻絶 老江邊이라

思家步月 淸宵立이요　　憶弟看雲 白日眠을!

聞道河陽 近乘勝하니　　司徒急爲 破幽燕하라

〈恨別〉

劍外(검외) 검문산(劍門山)의 바깥. 곧 촉(蜀)을 가리켜 이름. 검문산은 사천성(四川省)에 있어, 촉으로 들어가는 천험(天險)의 요해처(要害處)다.

阻絶(조절) 길이 막혀 통행이 끊어짐.

步月(보월) 달빛 아래 거닒. 달밤에 거닒.

聞道(문도) 듣건대. 듣자니.

乘勝(승승) 승세(乘勢)를 탐.

司徒(사도) 삼공(三公)의 하나. 여기서는 이광필(李光弼)을 가리킴.

幽燕(유연) '幽'는 지금의 북경 부근이요, '燕'은 하북성(河北省) 일대로서, 당시 적군의 근거지였다.

[解題] 작자 49세 때의 가을, 완화초당(浣花草堂)에서 지은 시다.

평설 이별을 주제로 한 시가는 전 시가의 반을 웃돌 만큼 많다. 그만큼 인생에 있어 생별이든 사별이든, 이별보다 더한 느꺼움은 다시없기 때문이니, 그러므로 그 많은 이별 시가가 한결같이 슬픔에 격한 나머지, 감정을 극한으로 몰고 가, 한바탕의 통곡의 몸부림으로 시종하기가 일쑤다. 그러나 보라, 이 시에서처럼 감정을 지성으로 승화한 '애이불상哀而不傷'의 시는 드물다.

　　洛城一別四千里　　胡騎長驅五六年

　전구는 공간적이요 후구는 시간적이니, 고향인 낙양을 떠나 나그네 신세가 된 지도 오륙 년 째, 사천 리 머나먼 파촉巴蜀에까지 흘러와 있다는, 이 1련은 현재에 처하고 있는 자신의 시공간의 좌표座標다.

제2련의 '行劍外'는, '一別' 이래로 와 닿은, 천말天末 이역에서 방황하고 있는 자신의 가엾음이요, 그 대인 '老江邊'은 금강변錦江邊의 완화초당에서 속절없이 세월만 허송하고 있는, 자신에의 깊으나 깊은 긍련矜憐의 탄식이다.

思家步月淸宵立　憶弟看雲白日眠

이 천하의 명구를 보라. 맑은 가을밤 고향을 그리면서 달빛을 밟아 하염없이 거닐며 서성이며 밤을 지새우고 있는 '步月'의 정황도 그러려니와, 한 조각 구름장을 시름없이 바라보면서, 어느 하늘가를 저처럼 떠돌고 있을, 가엾은 아우를 그리다가는, 어느덧 스르르 낮잠에 빠져버리는 '看雲'의 정황은, 그 측은함이 만인을 울리고도 남는다.

이 전후구는 대구對句이면서도 그 동작은 계기적繼起的으로 연속되어 있으니, 불면不眠의 지난밤에 이은 '白日眠'의 보상補償은, 이 얼마나 자연스러운 생리적 현상인가? 그 마음 흐름도 달인 듯, 구름인 듯, 자연 그대로여서, 전후구의 시의가 천의무봉天衣無縫하다.

끝연은 암중미명暗中微明으로, 한 줄기 희망의 빛을 비춤으로써 만인을 고무·분발케 함을 잊지 않았으니, 이 과연 시성으로서의 면모이며, 또한 이 시가 이별 시가의 압권壓卷이 아닐 수 없는 연유이기도 하다.

외기러기

두보(杜甫)

외로운 기러기
식음食飮을 끊고
무리 찾아 소리 소리
허공을 운다.

뉘 가엾다 하리?
한 조각 그림자
만 겹 구름 속에
서로 잃었음을 ─.

가물가물 하늘 끝에
그 모습 보이는 듯,
애 타는 마음에
그 소리 들리는 듯….

들까마귀들은
무정도 하여
어지러이 떠들썩
지껄대는데 ─.

孤雁이 不飮啄하며　聲聲 飛念群이라
誰憐 一片影이　　相失 萬重雲가!
望盡 似猶見이요　哀多에 如更聞이라
野鴉 無意緒하여　鳴噪 自紛紛을!
〈孤雁〉

不飮啄(불음탁) 마시거나 쪼아 먹지 않음.
念群(염군) 무리를 생각함.
一片影(일편영) 한 조각 작은 그림자.
意緒(의서) 마음의 실마리. 심서(心緒).

 전란에 가족을 잃고 떠도는 몸의 슬픔을 무리 잃은 외기러기에 기탁寄託한 내용이다.
　물도 안 마시고, 먹이도 아니 쪼고, 다만 가족을 찾아, 하늘가를 허위단심 헤매며, 저리도 애타게 절규하고 있는 외기러기의 우는 소리!

　　望盡似猶見　哀多如更聞

　겹겹으로 쌓인 구름 속에서, 아차 한 번 엇갈리는 순간을 마지막으로, 서로 영영 헤어지게 된, 외기러기! 극목極目하여 바라보는 저먼 하늘 끝, 거기 오히려 그가 찾는 가족들의 모습이 가물가물 보이는 듯하고, 애타는 마음 하도 간절하니, 가족들도 나를 찾아 애타게 불러대는 듯한, 목멘 음성들이 들리는 듯하다.
　그 마음 오죽했으면 헛것을 보고 헛것을 듣는 것이랴? '更'에서 보는 이 거듭되는 환시幻視 환청幻聽! 이는 이미 대리 감정이 아니라, 사람과 동물의 간격間隔을 벗어난, 일체감一體感에서이려니, 보라, 세상에 슬픈 것이 이별이요, 그중에도 절박한 것이 생별이라, 두고두고 내내 못 잊는 살아 이별이야, 인간 세계에나 주어진 숙명적인 형벌이라손 치더라도, 어쩌면 저 작은 새의 가슴에까지 그 절절한 슬픔의 한을 심어주다니, 조물자造物者의 잔인성이 잗다랗기만 하다. 눈에 삼삼 밟히고, 귀에 쟁쟁 울리는, 그리움의 극한 현상이야, 이별의 슬픔을 인간이랑 공유하는 기러기기에, 더욱더 간극間隙 없이 공감되어진 것이리라.

7, 8구의 들까마귀는 무심한 세상 인정의 비유다.

아, 이 어찌 천 년 전 남의 나라 시인의 눈물만이며, 기러기 세상의 일만이랴? 오늘날 오히려 절박한, 우리의 남북 이산가족의 애달픔이 아니고 또 무엇이랴?

같은 작자의 〈한스러운 이별〉(303쪽)을 함께 감상하였으면 한다.

노래로 읽는 당시

등고

두보(杜甫)

바람 빠르고
하늘은 높고
원숭이 울음소리
처량도 한데
맑은 물가의
흰 모래벌엔
철새들도 날아와
돌고 있어라!

끝없이 떨어지는
나뭇잎들은
우수수 하염없이
연해 내리고,
다함이 없는
장강長江의 물은
이엄이엄 잇달아
굽이쳐 오네.

만리타향의
슬픈 가을을
마냥 해마다

나그네 되어,
한평생 병치레의
몸을 이끌고
외로이 대臺에
올라왔어라!

갖가지 고생,
쓰라린 한에
서리인 양 귀밑털
어지럽거니
영락한 이 몸,
차마 어쩌랴?
탁주잔을 새로이
손에 들었네.

風急 天高　猿嘯哀　　渚淸 沙白 鳥飛廻라

無邊 落木은 蕭蕭下오　　不盡 長江은 滾滾來라

萬里 悲秋　常作客하니　百年 多病 獨登臺라

艱難 苦恨　繁霜鬢하니　潦倒 新停 濁酒杯라

〈登高〉

登高(등고) 음력 9월 9일 중양절(重陽節)에 형제 또는 친구들과 함께 머리에 수유(茱萸)를 꽂고 높은 대에 올라 국화주를 마시며 즐기는 벽사(辟邪)의 행사명(行事名)이다.
猿嘯(원소) 원숭이의 울음소리. 그 우는 소리가 휘파람 소리 같음에서 이름.
蕭蕭(소소) 쓸쓸한 소리의 형용.
滾滾(곤곤) 강물이 잇달아 꿈틀거리며 흐르는 모양.
艱難(간난) 온갖 어려움과 고생스러움.

　　　　　　　　　　　　　　　　　　　　　　　노래로 읽는 당시

苦恨(고한) 몹시 한스러움.
繁霜鬢(번상빈) 부쩍 늘어난 서리 같은 귀밑털.
潦倒(요도·뇨도) 노쇠한 모양. 영락(零落)한 모양. 낙심하는 모양.

 이는 고금古今 칠률七律의 압권壓卷으로 정평이 나 있는, 명
시 중의 명시다.

이 시의 결구인 '新停濁酒杯'의 해석을 중국은 물론 우리나라, 일
본, 동남아 각국의 고인들이나 금인들은, 모두들 병으로 말미암아
'새로이 술을 끊은 것[斷酒]'으로 풀어오고 있다. 고금 무수의 두주杜
註들이 한결같이, '술마저 못 마시게 된 가엾은 신세가 된 것을 한탄
한 것'으로 풀고 있는 것이다. 그러나 필자는 '장차 마실 셈으로 한
잔 술을 부어 손에 들었다'는 정반대의 뜻으로 보고자 하는 것이다.
따라서 본시의 평설은, 너무 장황해질 것을 염려하여 이 문제에만
국한하고자 한다.

곧 문제의 핵심은 이 '新停濁酒杯'가 단주斷酒인가 음주인가의 여
부를 밝히는 데 있다. 그러자면, 이 지극히 상식적인 평이한 구문構
文이지만, 잠시 분석하여 어의語義부터 규명하지 않을 수 없다. 그러
나 그것 또한 지극히 간단한 작업이니, 문중文中의 수식어를 죄다
제거해보는 것으로 족하다. 그리고 보면 골격인 요어要語는 '停杯'
임이 일목요연해진다.

그럼 '停杯'란 무엇인가? 그것은, '거배擧杯 → 정배停杯 → 함배銜
杯 → 경배傾杯 → 건배乾杯' 등 연속되는 음주 동작의 하나로서, 술잔
을 입으로 가져가기 전에, 잠시 손에 멈추어 들고, 뜸을 들이는 과
정을 이름이다.

위의 말들은 다 '음주飮酒'의 완곡어婉曲語들로서, 절로 풍아風雅한
은근미가 풍기거니와, 그중에도 '정배'에서는 주석酒席의 온갖 정감

이 이 과정에서 고이게 마련이며, 온갖 풍정風情이 이 자세에서 펼쳐지게 마련인 것이다. 요샛말로 한다면, 마이크를 잡듯 손에 잡은 술잔에, 온갖 취중의 다변多辯이 확성된다. 고담방언高談放言도 비분강개悲憤慷慨도, 술잔 너도 들으라는 듯, '정배'의 자세에서 배앝아진다.

그 느직한 품으로는 '여유의 멋'이요, 그 심중의 표백으로는 '호탕의 풍정'이기도 하다. 정배의 단계를 거치지 않고, '거배擧杯'에서 '함배銜杯(술잔을 입술에 묾)'에로의 직행은, 소위 술꾼들의 순 먹자 마시자판의 그 얼마나 삭막하고도 몰풍경沒風景한 광경이겠는가를 대비하여 상상해볼 것이다.

잠시 '정배'의 실례를 살펴보자.

青天有月來幾時 我今停杯一問之 ─ 李白의〈把酒問月〉
停杯看柳色 各憶故園春 ─ 白居易의〈題船上〉
橫琴還獨坐 停杯遂待君 ─ 楊素의〈贈薛內史〉
佳肴不嘗 旨酒停杯 ─ 魏文帝의〈樂府〉
夜久新羅曲 停杯共聽之 ─ 李崇仁의〈處容舞〉
花下停杯試問春 來從何處去何濱 ─ 李滉의〈紅桃花下有懷李珍〉

등을 우선 들 수 있다.

작자는 지금까지 참아오던 단주斷酒의 계율을 그예 파기하고 만 것이다. 그것은 그동안 병세가 꽤 호전되었기 때문이기도 하지마는, 이날따라 더욱 절절한 향사鄕思가 그로 하여금 가만있게 해주지 않았기 때문이기도 했음이리라.

보라! '무변낙목無邊落木', '부진장강不盡長江', '만리비추萬里悲秋', '백년다병百年多病' 등, 만고천하의 시름을 점층적으로 고조하여, 마

노래로 읽는 당시

침내 술 아니고는 약이 없을, '일배주一杯酒(술은 한 잔도 한잔, 백 잔도 한잔으로 통칭된다)'의 분위기를 무르익게 해놓고는, 정작 그 절정에 이르러서는, 돌연 헛김이 새어 불발不發로 끝나고 말았대서야, 간혹 희극에서나 있을 일일 뿐, 그것이 어찌 한 생명체로서의 시의 순리적 발전이라 할 수 있겠는가? 또한 함께 갈증을 느끼며 '한잔 술'을 기대해 오던 독자들의, 그 허탈감, 그 배신감은 또 어찌 감당할 수 있을 것인가?

한때 끊었던 술이지만, 이날따라 하는 수 없이 새로이(다시) 마시지 않을 수 없었던 것이니, '신정배新停杯'의 '신新'의 자의字意 또한 거기 제대로 갖추어져 있다 할 것이다. 이를 '새로이 술을 끊는다'로 풀이한다면 그의 '단주斷酒'는 첫 번째가 아닌, 두 번째 또는 여러 번째란 뜻이 되어, 더더욱 괴리乖離는 깊어진다.

또 '신정탁주배新停濁酒杯'에서 술을 끊은 것이 '탁주濁酒'라니 이 또한 말이 안 된다. '斷酒'란 말은 성립되지만, '단탁주斷濁酒'란 말은 성립될 수 없다.

'백마白馬는 비마非馬'라고 한 맹자의 논리대로, '탁주濁酒는 비주非酒'이기 때문이다. 단순한 '마馬'나 '주酒'는 다 개념상의 '말'이요 개념상의 '술'이지만, '백마白馬'나 '탁주濁酒'는 개념어概念語)가 아니라 구상어具象語이기 때문이다. 예를 들어보자. "말을 타고 가라" 했다면, 무슨 말이든 말만 타고 가면 될 일이지만, "백마白馬를 타고 가라" 했다면, 말이 아무리 많아도, '백마'가 없으면 못 타고 갈밖에 ─. '탁주를 끊었다'는 말은, 청주는 물론, 비탁주계非濁酒系의 모든 술은 당연히 끊지 않은 것이 되지 않는가? 그러고 보면 '정배停杯'의 뜻이 단주인지 음주인지 자명自明해지게 될 것이다.

이제 작자는 한 일 년 골몰해 오던 계주戒酒의 재갈을 결연決然히

파기破棄하고, 시원히 한 잔 길을 듦으로써, 막혔던 가슴이 일시에
탁 트이는 통쾌미를 맛보았을 것이나, 이는 또한 두고두고 독자들
의 가슴마저도 열어주는 정화작용淨化作用으로도 기여해왔으련만,
그 기상천외의 오역誤譯으로 해서, 말만의 걸작일 뿐, 천하의 졸작
으로 국척跼蹐되어 있었음이 아니던가?

이에 대한 문헌적(文獻的) 자세한 고찰은, 졸저《이두시신평李杜詩
新評》(364쪽 참조).

이 시의 운율은 측기식仄起式의 해조諧調로서, 같은 작자의 평기식
平起式의 모범인 〈강촌江村〉(322쪽)과 아울러, 우리나라 역대 시인들
이 받들어 오는 가장 모범적인 교범敎範이기도 하다. 평측보平仄譜는
다음과 같다.

風急天高猿嘯哀

渚淸沙白鳥飛廻

無邊落木蕭蕭下

不盡長江滾滾來

萬里悲秋常作客

百年多病獨登臺

艱難苦恨繁霜鬢

潦倒新停濁酒杯

나그네의 밤

두보(杜甫)

나그네의 잠이 어찌
일찍 오리요?
가을 하늘 달 밝음이
되레 귀찮다.

발 사이 비쳐드는
지새는 달빛
베개를 도두 베면
먼 강물 소리….

생계에 우둔하여
의식이 없고
막다른 길, 벗에게
의지했나니….

노처에의 편지의
매번 사연은
못 돌아갈 사정만
자세하여라!

客睡 何曾着고? 　秋天 不肯明이라
入簾 殘月影 　　高枕 遠江聲을!
計拙 無衣食이요 　途窮 仗友生이라
老妻 書數紙는 　　應悉 未歸情을!
〈客夜〉

客睡何曾着(객수하증착) '曾'은 '이내, 곧바로'의 뜻과, '일찍이, 이전에'의 뜻의 중의(重義). 이내 잠들지 못함이 이전에도 번번이 그러했음을 말한 것. '睡着'은 잠듦.
不肯(불긍) 좋아하지 않음.
友生(우생) 친구. '仗'은 의지함.
老妻書數紙(노처서수지) '數'는 한 번만이 아닌, '보낸 몇 번의 편지마다'의 뜻.

평설　秋天不肯明!

　이 천하의 역설逆說을 보라.

　세인이 입을 모아 찬양하는, 가을 하늘의 밝은 달을, 도리어 귀찮아하다니? 感時花濺淚 恨別鳥驚心 〈春望〉에서처럼 '꽃을 보아도 눈물이요, 새소리에도 놀라'는 그 마음과도 상통하는 그 마음이다.

　베개를 낮게 베었다 높게 배었다 하며 잠 못 이뤄 뒤척거리는 정황이 눈에 선하다. 과민해진 시·청각에 어려드는 해사한 달그림자며 애잔한 강물 소리, 동창이다가 서창인 달의 궤적軌跡에 기록되어 있는, 기나긴 가을밤의 불면의 시간 길이, 또 불면에 으레 따르게 마련인, 떼쳐도 뿌리쳐도 집요하게 달라붙는, 생애의 이런저런 회한사悔恨事! 늙은 아내에의 안쓰러움과 생계에 우둔한 자책自責 등, 이 눈물 많은 사나이의 인정미와 진실성에 동참해볼 것이다.

못 가는 고향

두보(杜甫)

강물이 푸를수록
새하얀 물새
청산엔 타는 듯
붉은 꽃떨기….

이 봄도 그렁저렁
가고 있나니,
이 몸은 어느 해나
돌아가련고?

江碧⁴ 鳥逾白이요　山靑 花欲然이라

今春 看又過하나니　何日 是歸年고?

〈絕句 二首中(一)〉

逾(유) 더욱. =愈.

花欲然(화욕연) 꽃이 타는 듯 붉음. '然'은 '燃'의 본자.

看又過(간우과) 보고 있는 가운데 또 지나감. 연방 지나감.

※ '碧'은 짙은 녹색이요, '靑'은 연초록빛.

평설　전반은 서경敍景이다. 1, 2구의 대구에서 돋보이는 네 가지 색채의 상호 대조미對照美에서 인상되는, 봄의 얼굴의 선연 鮮姸함과는 또한 대조적으로, '花欲然'에서 엿보이는, 작자의 가슴

속에 일어나는 강렬한 번원煩寃의 불길을, 지그시 참아 견디고 있는, 그 심중을 헤아려 볼 것이다.

후반은 서정敍情으로, 돌아가지 못하는 향사鄕思의 깊은 탄식이다. 해마다 봄 되면 떠나리라 작심하고도, 그 봄 되면 아직도 전란은 그치지 아니하니 떠날 수가 없다. 금년에도 어김없이 봄은 왔고, 그 봄은 점점 무르익어, 이제는 마지막 꺼지기 직전의 불길처럼 온 산천이 꽃으로 활활 타오르고 있으니, 저것이 바람 앞에 낙화로 허물어지는 날, 봄은 끝장이 나고 말 것이다. 그런데도 승전勝戰의 소식은 감감하니 어찌하랴?

뻔히 보고 있는 가운데 지나가고 있는 봄빛! 이 '看'에 어린 세월의 덧없음과, 손써볼 수도 없이 멀거니 바라보며 탄식이나 할밖에 없는, 그리고 그것은 한 번만이 아니라, 해마다 번번이 되풀이되고 있는, 이 '看'과 '又'의 정황을 놓친다면, 시미詩味의 반을 잃고 말 것이다.

'시是'는 '귀년歸年'을 강조함이니, '돌아갈 수 있는 해는, 도대체 그 어느 해란 말이냐?' '시是'에 어린, 이 애달프고도 초조로운 심정을 읽지 못한다면, 시미의 나머지 반을 마저 잃고 말리라.

불과 20자! 그 한 자 한 자마다에 함축되어 있는 곡진曲盡한 긴긴 사연들, 자간·행간에 없는 듯 서려 있는 은근하고도 절절한 정회! 이 봄의 막바지에 서서, 끝내 돌아가지 못할 천애天涯의 나그네로, 넋을 놓아 바라보고 있는 작자의 장탄식이다.

노래로 읽는 당시

악양루에 올라

두보(杜甫)

예로 들어오던
동정호를
이제야 올라보는
악양루여!

동남으로 탁 트인 건
오나라·초나라요,
밤낮으로 둥실 뜬 건
하늘이요 땅이로다!

친척도 친구도
소식이 없고,
늙고 병든 몸엔
조각배 하나!

군마軍馬 득실거릴
고향을 바라
헌함에 기대서니,
그저 눈물뿐….

昔聞 洞庭水   今上 岳陽樓라
吳楚는 東南坼이요 乾坤은 日夜浮라
親朋 無一字하니   老病 有孤舟라
戎馬 關山北하니   憑軒 涕泗流라

〈登 岳陽樓〉

岳陽樓(악양루) 동정호 호반에 우뚝 서 있는 누각 이름.
吳楚(오초) 춘추시대에 있었던 두 나라. '吳'는 동정호의 동쪽인 강소성(江蘇省)·절강성(浙江省) 등지요, '楚'는 동정호의 남북에 걸친 호남성·호북성 일대이다.
坼(탁) 갈라짐. 터짐. 탁 트이게 전개(展開)됨.
浮(부) 부동(浮動)함.
親朋(친붕) 친척과 붕우(朋友), 또는 친한 벗.
關山(관산) 고향의 산.
憑軒(빙헌) 헌함(軒檻)에 기댐.
涕泗(체사) 눈물. 눈에서 흐르는 것이 '涕'요, 코에서 흐르는 것이 '泗'이다.
[解題] 대력 3(768)년, 작자 57세 때의 봄, 봉절(奉節)을 떠나 한 척 조각배로 양자강을 하강하여, 이곳 동정호에 이르러 지은 것으로 전한다.

평설 전반에 대한 후반의 정감적 심한 낙차落差는, 유원광대悠遠廣大한 대자연 속에 떠도는 혈혈무원孑孑無援의 묘소渺少한 자신이 대비됨에서이다.

1·2구의 '洞庭水'와 '岳陽樓'는 '호문互文'으로, 전후구에 상호 보완하여 교차 반복함으로써 시의를 확충하고 시정을 부풀렸으니, '昔聞' 이래로 한번 올라보고 싶었던 숙원이 이날토록 오죽했었던가와, '今上'으로 이루어진 숙원의 성취에 대한, 무한 감개가 행간行間에 자우룩이 서려 있음을 보게 됨도 그러한 수사에 힘입음이리라.

3·4구는 악양루 위에서의 대관大觀이다. 끝없이 전망되는 수평선과 지평선! 극목極目하여 바라보는, 이 호호망망浩浩茫茫한 우주 공

간이, 전후구의 '圻'과 '浮'를 기축機軸으로 제한 없이 전개되어 있음에, 가슴 한번 활짝 시원스럽게 씻을 만하였으리라.

6구의 '孤舟'는 그의 유일한 소유물이자 의지처依支處인 동시에, 풍랑에 부대끼고 있는 자신의 표상表象이기도 하다.

7·8구의 '關山'을 지향함은, 높은 곳에 오른 사향객思鄕客의 자연스러운 심리이며, '憑軒'은, 맥이 빠져 몸을 가눌 수 없음에서요, '涕泗流'는 자제하려고도 아니하고, 눈물 콧물 쏟아지는 대로 방류放流해놓고 있는 정황이다.

강촌(1)

두보(杜甫)

험 높은 붉은 구름
터진 사이로
지는 햇살 땅위로
내리뻗칠 제,

새들 짖어대는
사립문 앞엔
돌아온 나그네
천 리에 와라!

처자들 내 살았음을
괴이해하다
놀라움이 가라앉자
그제야 운다.

전란 속을 헤매어
떠돌던 이 몸
살아 돌아옴의
우연함이여!

담 머리에 가득한

이웃 사람들
감탄하다 또한
흐느껴 운다.

밤 깊어 다시
촛불 밝히고
마주앉으니
꿈만 같아라!

崢嶸 赤雲西   日脚이 下平地라

柴門에 鳥雀噪러니   歸客이 千里至라

妻孥 怪我在하여   驚定 還拭淚라

世亂 遭飄蕩하여   生還 偶然遂라

隣人이 滿牆頭하여   感歎 亦歔欷라

夜欄 更秉燭하여   相對 如夢寐라

〈羌村 三首中(一)〉

羌村(강촌) 두보의 처자가 피난해 있던, 부주의 마을 이름.
崢嶸(쟁영) 산이 높고 험한 모양. 여기서는 구름 봉우리의 형용.
日脚(일각) 햇발. 구름 사이를 비집고 내리쏘는 햇발.
鳥雀噪(조작조) 온갖 새들의 지저귐. '까치가 짖으면 집나갔던 사람이 돌아온다'는 민간신
앙이 암시되어 있는 듯.
歸客(귀객) 돌아오는 나그네. 두보 자신을 객관시하여 이른 말.
妻孥(처노) 처자.
驚定(경정) 놀랐던 마음이 가라앉음.
飄蕩(표탕) 정처 없이 떠돌아다님.
歔欷(허희) 흐느껴 욺.
秉燭(병촉) 촛불을 켬.
夢寐(몽매) 자나 깨나.
[解題] 부주(鄜州)에 피난해 있는 가족을 찾아갔을 때의 정황이다.

평설 광막한 천지, 흉흉한 기상을 배경으로 시작하여, 한 가닥 '햇발'에 이끌려 지상에 내려와, 어느 사립문 앞에 멈춰 선 한 나그네에로 초점이 모아져 옮겨왔으니, 정히 천하를 떠돌다 돌아온 한 사나이의 역정歷程을 한눈에 조감하는 느낌이 아닌가? '赤雲'과 '日脚'은 '감도는 전운戰雲 속의 일루의 희망'으로 암유暗喩되어 있으니, 이는 또 낯선 손님의 출현에 놀라, 떠들썩 소동을 벌이고 있는 새소리의 효과음과 함께, 살아 돌아옴의 배경 묘사로, 얼마나 생동하고 있는 감동적 장면인가를 볼 것이다.

아마도 죽었으려니 생각해오던, 너무나 뜻밖의 생환에, 처자들이 잠시 의아해하는 장면도, 현장감 넘치는 대목이다.

담 머리에 가득히 머리를 내밀고 마침내 흐느끼고 마는 이웃 아낙네들의 고운 인정도 그러려니와, 한편 그 울음은 또한 돌아오지 않는 자신들의 출정한 남편과 아들을 애달파하는 눈물임도 간과할 수 없으리라.

밤이 늦도록 잠 못 이루고, 다시 일어나 불 밝히고 '행복'을 재확인하고 있는, 작자의 좀처럼 가라앉지 않는 이 흥분! 이 감격! 참으로 그 오랜 동안의, 그립고 마음 졸이며, 간장을 태우던, 어쩌면 영영 못 만나고 말 뻔했던 만남이 아니던가?

천수백 년이 지난 오늘날도, 6·25 전란을 겪은 세대는 물론, 그 남은 많은 독자들도, 담 머리 이웃사람들의 눈물에 동참할 이 많으리라 본다.

강촌(2)

두보(杜甫)

늘그막에 쫓기듯
구차히 사노라니
집이라 돌아와도
즐거움이 적구나.

어리광부리는 아이
내 무릎을 뜨지 않음은,
아비 다시 가버릴까
두려워함이리라.

시원한 바람 쐬던
옛날 일 생각나서
일부러 못 가 숲을
거닐어 보았으나,

오늘은 쓸쓸한 북풍
세차게 설레어
온갖 일 온갖 시름
가슴 탈 뿐이어라!

다행히 가을 곡식은

거뒀는 듯도 하여
저 들려오는 소린
술 거르는 소리렷다!

옳거니! 이러한 땐
술이나 마심직하니,
이로써 잠시 또 내
늙음을 달래리라.

晩歲 迫偸生하니　還家 少歡趣라
嬌兒 不離膝하니　畏我復却去리라
憶昔 好追涼하여　故繞 池邊樹러니
蕭蕭 北風勁하여　撫事 煎百慮라
賴知 禾黍收하니　已覺 糟牀注라
如今 足斟酌이니　且用 慰遲暮하리라
〈羌村 三首中(二)〉

迫偸生(박투생) 구차히 살아가기에 쫓김.
歡趣(환취) 즐거운 맛.
追凉(추량) 시원한 바람을 쐼. 납량(納凉).
撫事(무사) 온갖 일을 생각함.
煎百慮(전백려) 온갖 시름에 애가 탐.
賴知(뇌지) 다행히 앎.
禾黍(화서) 벼와 기장. '收'는 수확함.
已覺糟牀注(이각조상주) 벌써 쳇불에서 술 내리는 소리를 들음. '糟牀'은 술을 거르는 장치.
如今足斟酌(여금족침작) 마음이 안정되지 않는 지금과 같은 때는 술을 마심으로써 마음을 달랠 만도 하다는 뜻. '足'은 족히. '斟酌'은 잔질함.
遲暮(지모) 늘그막. 만년(晩年).

노래로 읽는 당시

嬌兒不離膝 畏我復却去!

아버지 다시 가버릴까 걱정되어, 무릎을 뜨지 못하는 아이들의 내심이 들여다보이자니, 그 어린것들에 대한 안쓰러운 아비 마음 오죽했으랴만, 그런 자기감정은 독자 스스로 아비 되어 아파 보라는 듯, 언외言外에 부쳐놓고, 상황만 제시하고 있는 이 사실성!

賴知禾黍收 已覺糟床注!

난데없이 귀가 번쩍 뜨이는, 낙숫물 같이 처정거리는 그윽한 저 소리! 그것이 쳇불에서 술 내리는 소리임을 번개같이 알아채는 그 청각! 아내 혼자서 농사라 지은 것이, 그래도 얼마간의 낟알을 거두기는 했는 듯, 술 좋아하는 남편을 위해 어느새 빚었는지, 술을 거르고 있는 아내! 곧 술상이 들어오겠지? 그래! 요즘같이 마음 둘 데 없을 때는 술이나 마셔 시름을 떨칠 수도 있으려니⋯. 이를 계기로 깊고 긴 어둠에서 구제되어, 밝음으로 옮겨가는 시정詩情의, 그 천의무봉天衣無縫한 장면 전환! 이 감동의 연속을 거듭 읊으며 음미해 볼 것이다.

강촌(3)

두보(杜甫)

닭들이 어지러이
꼬꼬댁거리더니
손님이 왔음인지
덤벼들 듯 짖어 운다.

우여! 우여! 닭을 몰아
나무 위로 올리고야
사립문 두드리는
소리를 듣게 된다.

부집父執 되는 마을 어른
너댓 분 노인들이
내, 오랜 먼 길 옴을
위문해 오셨더라.

각자 손에 손에
든 것이 또 있더니,
병을 기울이니
탁주요 또 청줄레라.

"술맛 없지만

사양친 말으시라,
기장 밭 농사지을
사람이 없음이니,

싸움 아직
멎지 않으매,
자식들 다
전장에 가 있다오.”

“여러 어르신께
노래로써 아뢰나니,
어려운 때의 이 깊은 정
어이 차마 잊으리요⋯”

노래 끝나, 하늘 향해
길이 탄식하노라니
온 방 안 앉은 이들
눈물 홍건 젖었더라.

群雞 忽亂叫어늘   客至에 雞鬪爭이라
驅雞 上樹木하고   始聞 叩柴荊이라
父老 四五人이   問我 久遠行이라
手中 各有携하니   傾榼 濁復淸이라
莫辭 酒味薄하라   黍地 無人耕이라
兵革 旣未息하니   兒童이 盡東征이라

請爲 父老歌하노니　艱難 愧深情을!
歌罷 仰天歎하니　　四座 淚縱橫이라
〈羌村 三首中(三)〉

榼(합) 술통.
濁復清(탁부청) 탁주와 청주.
餼未息(기미식) 아직 멎지 아니함. '餼'는 '而'와 같음.
東征(동정) 동쪽 전쟁에 출정함.
愧(괴) 괴사(愧謝)의 뜻으로, 부끄럽고 한편 고마움.
四座(사좌) 만좌(滿座).

평설 서두에서 '닭〔雞〕'이 세 번토록 반복되어 있어, 얼핏 번거로운 감이 없지 않으나, 다시 보면 그 얼마나 사실적인가에 감탄하게 될 것이다. 닭은 개나 마찬가지로 낯선 사람의 내방來訪에 민감하여, 이를 주인에게 알리는 파수꾼 노릇을 하는 것이니, 첫 구에서는 저만치 올 때의 경계경보요, 둘째 구에서는 사립문에 다가왔을 때의 다급함을 알리는 비상경보이다. 또 낯선 사람에 익숙하지 못한 닭들의, 그 극성맞은 우짖음에서, 오랫동안 외객의 발길이 끊어져 있었음과, 한 사람도 아닌 여러 사람의 내객來客임도 은연중 암시되어 있는 한편, 장차 술자리로 어우러져 눈물바다를 이룰 주객의 만남의 전주곡으로서도, 한몫 멋지게 하고 있다.

　강촌(1)에서 우리는 이미 눈시울을 적신 바 있거니와, 여기서 다시 마을 노인들의 다사로운 인정과, 마침내 취한 가운데 서러운 세상을 함께 어우러져 울어 눈물바다를 이루는 장면에 이르러서는, 목석이 아닐진댄, 제 어찌 혼자 초연해 할 수 있으리요?

노래로 읽는 당시

제갈공명의 사당을 찾아

두보(杜甫)

승상의 사당을
어디 가 찾으리요?
금관성 밖 잣나무 숲
빽빽이 선 거길레라!

축대에 비친 푸른 풀은
절로 봄빛이 되어 있고
잎 그늘의 꾀꼬리는
괜히 좋은 소리로다.

세 번토록 번거로이 했음은
천하를 위했음이요,
두 조정을 구제했음은
늙은 신하의 마음이었네.

출병하여 못 이긴 채
몸이 먼저 죽으니,
길이 영웅으로 하여금
눈물을 흥건케 함이어라!

丞相祠堂을 何處尋고?　錦官城外 柏森森이라

映階碧草는 自春色이요　隔葉黃鸝는 空好音을!

三顧 頻繁 天下計요　　兩朝開濟는 老臣心이라

出師 未捷 身先死하니　長使英雄으로 淚滿襟케호라!

〈蜀相〉

蜀相(촉상) 삼국시대 촉한(蜀漢)의 재상. 곧 제갈양(諸葛亮)을 가리킴.

錦官城(금관성) 성도(成都)를 이름.

黃鸝(황리) 꾀꼬리.

三顧頻繁(삼고빈번) 유비가 공명의 집을 세 번이나 찾아가 도와주기를 청한 일.

兩朝(양조) 두 조정. 곧 유비와 그 아들 유선(劉禪)의 조정.

開濟(개재) 어려움을 타개하여 구제함.

出師(출사) 출병(出兵).

未捷(미첩) 미처 이기기도 전에.

[解題] 작자가 성도에 정착한 그 이듬해인 상원(上元) 원년(760), 그의 49세 때의 봄에 지은 시다.

평설　丞相祠堂何處尋　錦關城外柏森森

　널리 온천하의 광막廣漠한 속에 던져진 전구의 자문自問에서, '백삼삼柏森森'한 지점으로 초점이 모여드는, 후구의 자답自答은, '승상사당丞相祠堂'의 소재 인상을 한결 강렬하게, 또 무척이나 진중하게 해주는 한편, 주인공의 높은 충절이 시퍼러이 상징되어 있음을 본다.

　映階碧草自春色　隔葉黃鸝空好音

　봄 경치를 이루고 있는 마당의 풀과, 마냥 기쁘게 노래하고 있는 꾀꼬리! 일견 아름다운 봄의 찬미 같기도 하나, 그것은 기실 슬픔을 포장한 외화外華일 뿐이기에, 그것들은 보고 듣는 마음을 더욱 서글 프게 해주고 있다. 보라. 마당의 풀이 봄 경치를 이룰 만큼 이들이 들 무성함은, 참배하러 오는 사람이 없어 밟히지 않았기 때문이요, 꾀꼬리 소리의 명랑함은, 이곳에 사무친 천고의 슬픈 사연을 알지 못함으로써 참배할 줄조차 모르는 세정世情처럼, 무심하기 때문이다. 이러한 복합적인 착잡한 감회를, 그러나 직설하지 않고, 정情의 물감으로 경景을 그림으로써 슬픔을 승화하였으니, 대시인의 '경중유정景中有情, 정중유경情中有景'의 허허실실의 솜씨에 새삼 감탄하지 않을 수 없게 한다.

삼고초려三顧草廬로 어렵사리 서로 만난 현군賢君과 현상賢相의, 한실漢室 중흥을 위한 '천하 경영의 대계大計', 그러나 위魏를 치기 위하여, 저 유명한 '출사표出師表'를 쓰고, 여섯 번째의 출병으로 대결전을 꾀하였으나, 애석하게도 미처 승전하기도 전에, 오장원五丈原의 진중에서의 그의 전사로 하여, 일조에 무산되고 마는, 그 비극적 결말은 천하를 위해서나, 개인을 위해서나, 길이 후세토록 통한사痛恨事가 아닐 수 없다고 결론짓고, 흥건히 흐르는 눈물을 거두며, 붓을 던지는 작자의 모습이 눈에 선히 보이는 듯하지 않은가?

곡강에서

두보(杜甫)

한 조각 꽃이 져도 봄빛이 덜리거니,
천만 점 흩날리니 이 시름을 어이하리?
가는 봄 꽃보라 속에 잔이나 거푸 들자꾸나.

강 언덕 정자 위엔 비취새 깃들였고
동산가 높은 무덤 돌기린도 누웠나니
어쩌자 헛된 이름에 이 한 몸을 얽매리?

一片花飛 減却春하니　風飄萬點 正愁人을!
且看欲盡 花徑眼하니　莫厭傷多 酒入脣하라
江上小堂 巢翡翠요　　苑邊高塚 臥麒麟을!
細推物理 須行樂이니　何用浮名 絆此身고?
〈曲江 二首中(一)〉

曲江(곡강) 장안의 동남쪽에 있는 명소의 호수 이름.
감각(減却) 덞. 깎음. 양이 줄어듦.
且看欲盡花徑眼(차간욕진화경안) 또한 보나니, 마지막 떨어지는 꽃잎들이 휘날려 눈앞을 지나가는 것을.
莫厭(막염) 싫어하지 말라.
傷多(상다) 지나치게 많음. 과다(過多).
翡翠(비취) 물총새.
麒麟(기린) 여기서는 묘원(墓苑)에 세운 기린 모양의 석상(石像).
※ **꽃보라** 눈보라처럼 휘날리는 낙화의 형용.

이 천하의 신운神韻을 보라.

낙화! 한 조각 꽃잎이 지는 그것만으로도 봄으로서는 아픈 생채기요, 그 결손된 분량만큼 봄빛은 감소되는 것이거늘, 어쩌자고 미친 꽃샘바람은 천만 조각을 일시에 불어 흩날리는 것인가? 그 어지러이 형클어지는 스산한 그림자의 반투명 하늘 아래, 어이없이 서서 바라보는 작자의 가슴은 처연하다. 차마 맨마음으로는 지켜볼 수 없는 봄의 임종! 스스로 산산조각 산화散花로 자조自弔하며 떠나는 봄의 파편들을 장송葬送하여, 이날의 과음過飮은 불가피할 듯, 이 찬란한 무상無常 앞에 아픈 마음을 달래어 무진무진 잔이나 기울이자고 친구를 충동이는 이 낭만! 이 격정激情!

해마다 이 무렵이면 겪곤 하는, '다정도 병인 양한', 작자의 봄앓이다.

江上小堂巢翡翠 苑邊高塚臥麒麟

이런 능청맞은 표현도 음미해보라.

강정에는 고운 깃털의 파란 물총새가 제비처럼 둥지를 틀어 깃들여 있고, 옛 권력자의 높다란 무덤 앞엔 기린이 한가로이 누워 새김질이라도 하고 있는 양 평화롭다만, 천만의 말씀! 사람 그림자 얼씬도 않는 황폐한 정자이기에 방정맞은 물총새도 깃들인 것이요, 잠잘 때도 서서 자는 기린이 누워 있다니, 누운 것이 아니라 쓰러져 있는 돌기린으로, 다 황량한 폐허의 무상한 정황을 시침 뚝 딴, 외화外華의 포장인 것이다. 이는 〈蜀相〉에서 읊은, '映階碧草自春色

隔葉黃鸝空好音'과도 같은 '능청'의 수법이다.

　"이런 무상한 사물의 이치를 자세히 미루어 헤아려볼진댄, 인생이란 모름지기 살아 있는 동안 즐겁게 지낼 일이거늘, 어찌하여 헛된 이름에 몸을 얽매어 한 평생을 아득바득 살 것이리요?" 친구와의 전춘餞春 수작酬酌에 이날은 이렁구러 만취가 되어가고 있는 것이리라.

봄빛을 바라보며

두보(杜甫)

나라는 부서져도
산하는 있어
옛 성엔 봄이라
초목이 깊다.

시절時節을 설워하니
꽃을 봐도 눈물이요,
이별을 한탄하니
새소리에도 놀라는 가슴

봉화 석 달을
연이었으니
집 소식 듣기란
만금인 양 어렵구나!

흰머리 긁자니
더욱 짧아져
이제는 비녀마저
못 가누겠네.

國破 山河在   城春 草木深이라

感時 花濺淚요   恨別 鳥驚心이라

烽火 連三月하니   家書는 抵萬金이라

白頭 搔更短하니   渾欲 不勝簪을!

〈春望〉

感時(감시) 시세를 느꺼워함. 세상일 되어가는 꼴을 슬프게 여김.

花濺淚(화천루) 꽃이 보는 사람으로 하여금 눈물을 뿌리게 함.

鳥驚心(조경심) 새 우는 소리가 듣는 사람의 마음을 설레게 함.

不勝簪(불승잠) 비녀를 이기지 못함. '簪'은 관이 벗어지지 않도록 고정하는 수식(首飾)의 한 가지.

[解題] 숙종(肅宗)의 지덕(至德) 2(757)년, 작자 46세 때의 작품으로, 당시 작자는 적치하(敵治下)의 장안에 억류되어 있는 몸이었다.

평설 國破山河在 城春草木深

　나라는 거덜 나 장안은 불타고, 백성들은 산지사방 피난길로 떠나버려 폐허가 되었건만, 산하는 오히려 그대로 남아 있어, 성 안에는 이제 봄이라, 초목은 옛날인 양, 바야흐로 신록이 짙어지고, 울긋불긋 꽃들이 찬란하다.

　이는 다음 명구를 이끌어낼 바탕을 이루는 전주곡적 명구로서, 이 1, 2, 3, 4구는 만구萬口에 오르내리는 천하의 명구이다.

感時花濺淚 恨別鳥驚心

　이 천하의 역설을 보라. '꽃에도 눈물짓고, 새 우는 소리에도 마음이 설레는' 이 간절하고도 애틋한 마음을 보라. ─꽃이 고울수록 고와서 오히려 슬퍼지는, 망해가는 나라의 운명이며, 새 우는 소리에도 혹여 그가 오는가? 이는, 그가 객야客夜에서 투정을 부렸던, '가을 하늘의 밝음을 즐기지 아니함秋天不肯明'과도 같은 감정이며, 조지훈趙芝薰의 '승무'를 추는 여승의 '두 볼에 흐르는 빛이 정작으로 고와서 서러운' 그 감정이니, 다 알뜰한 인정의 충곡衷曲에서 울어나는, 그 감정이 아니고 무엇이랴?

7, 8구에서 보는, 작자의 비탄에 빠진 초췌한 그 모습이 안쓰럽기만 하다.

아, 참담한 전쟁의 죄악상이여! 호전자 및 그 추종자들은 길이 저주받을진저! 영원히, 영원히!

또 만났구려

두보(杜甫)

기왕 댁에서
자주 보았고,
최구의 집 앞에서
가끔 들었지,

정히 이 강남
풍경 좋으니
꽃 지는 시절에
또 만났구려!

岐王宅裏 尋常見이요 崔九 堂前 幾度聞고?
正是 江南 風景好하니 落花 時節 又逢君호라!
〈江南逢李龜年〉

江南(강남) 양자강 하류의 남쪽. 여기서는 호남성의 담주(潭州)를 가리킴.
李龜年(이구년) 현종(玄宗) 때의 궁정(宮廷) 명창(名唱).
岐王(기왕) 현종의 족제(族弟)인 이범(李範).
崔九(최구) 최척(崔滌). '九'는 배항(排行). 벼슬은 전중감(殿中監).

평설 태평한 시절, 장안에서 자주 추축하던 시인과 악인樂人의
두 사람이었건만, 안녹산의 난리로 뿔뿔이 헤어져, 저마다
의 피난길을 찾아 유랑해오던 12년 만의 어느 날, 우연히도, 이 강

노래로 읽는 당시

남땅에서 또다시 만나게 될 줄이야! 정히 "남아하처불상봉男兒何處 不相逢고?"의 그 감개가 아니던가?

  그것은 아마도 두 사람이 다 자연을 사랑하고 풍광風光을 좋아하 는 풍류운사風流韻士이다 보니, 비록 피난길일망정, 이왕이면 풍경 따라 전전하게 되어, 저마다 강남땅으로 발길이 당기게 된 것이요, 강남 중에서도 가장 아름답다는, 이곳 담주의 난만한 봄 경치를 지 나쳤을 리 만무萬無이고 보면, 운명처럼 필경 서로 마주치게 마련이 란 풀이가 된다. 이 뜻밖의 해후邂逅에 서로 놀란 두 사람의 휘둥그 레진 두 눈을 상상해볼 것이다.

正是江南風景好　落花時節又逢君

  이를 의역하면, '정히 이 강남땅 풍경의 좋음이야말로, 낙화시절 에 또 그대를 만나게 했음이로다.' 곧 '정시正是'에 강조·감탄되어 있는, 강남땅의 '풍경호風景好'가 필경 '우봉군又逢君'케 된 인과因果 로 작용했음을 강조하고 있는 것이다.

  '落花時節'은 물론 만춘의 계절임을 뜻함이나, 동시에 인생으로 서는 이미 여년餘年이 촉박한 노경의 암유이기도 하다. 어찌 아니 랴? 바로 이해, 대력大曆 5(770)년의 겨울, 작자는 정히 낙화처럼 운 명하고 말았으니, 이 시는 바로 그 최종년의 절창絶唱으로, 만구萬口 에 회자膾炙되게 된 것이다.

  '風景好'는 '好風景'으로 잘못된 이본이 많다. 이는 평측율平仄律 로 보아 당연히 '風景好'라야 할 것이다. 만일 측성仄聲인 '好'와 평 성平聲인 '風'을 자리바꿈 한다면, 종횡으로 조화·평형되어 있는 아 름다운 음률音律은 일거에 산산이 깨지고 만다는 것을, 한시 운율의 상식이 있는 사람이면 누구나 직감하게 될 것이다. 다행히 우리의 〈杜工部詩諺解〉는 정본正本인 〈杜工部集〉을 저본底本으로 하고 있어, '風景好(風景이 됴ᄒᆞ니)'로 바르게 되어 있어, 중본衆本의 잘못을 질정叱正하고 있음은 다행한 일이다.

북정北征

두보(杜甫)

[解題] 지덕(至德) 2년(757), 작자 46세 때의 가을, 당시 숙종(肅宗)의 행재소(行在所)가 있던 봉상현(鳳翔縣)을 출발하여 임시로 가족을 옮겨놓았던 부주(鄜州)로 돌아가는 도중의 견문과 소감을 읊은 장편 기행시다. 오언고시체로 총 140구, 700자의 대작으로, 두시 중의 압권이란 정평을 받고 있다.

특히 운각(韻脚)으로 받친 70자의 운자는 죄다 입성운(入聲韻), 그중에도 '瑟·血·滅·窟…' 등 'ㄹ종성운(終聲韻)'으로 일관하였으니, 'ㄹ'이란, 오열(嗚咽)·유열(喻咽) 등, 구구절절 감개로움에 떨리는 생생한 목소리의 사생(寫生)이며, 물 흐르듯 지체 없이 진행되어 가는 기행시의 걸음걸이이기도 한, 독특한 음감(音感)마저 배려되어 있기도 하다.

여기서는 이 장시의 전후를 생략하고, 그 중간 한 부분만을 보이기로 한다.

— 전 20구 약 —

　(一)

1. 터덜터덜 들길을
　 지나노라니
　 연기 없는 마을은
　 쓸쓸만 한데,

　 만나는 인 대개가
　 상처를 입어
　 신음하며 피 흘리는
　 사람들일 뿐—.

靡靡踰阡陌하니　人煙이 眇蕭瑟이라

所遇 多被傷하여　呻吟 更流血을!

靡靡(미미) 걷는 발길의 더딘 모양.
阡陌(천맥) 들길. 논밭 사이로 난 길.
眇(묘) 적음. 아득함.

2. 고개 돌려 봉상鳳翔 쪽
　　바라보자니
　　저문 날 명멸明滅하는
　　행궁行宮의 깃발!

　　쓸쓸한 첩첩 산길
　　오르노라니
　　말 먹이던 물구덩이
　　훙기도 하다.

回首 鳳翔縣하니　旌旗 晚明滅이라
前登 寒山重하니　屢得 飮馬窟이라

3. 빈주邠州의 들판은
　　지대가 낮아
　　경수涇水 소쿠라져
　　질러 흐르고,

　　사나운 호랑이는
　　내 앞을 막아

벼랑도 갈라지라
울부짖는다.

邠郊 入地底하여　涇水 中蕩潏터니
猛虎 立我前하여　蒼崖 吼時裂이라

邠郊(빈교) 빈주(邠州)의 들판.
涇水(경수) 빈주의 들판을 가로질러 흐르는, 위수(渭水)의 지류.
蕩潏(탕휼) 물이 소쿠라져 흐르는 모양.

4. 국화는 올 가을의
　　꽃이건마는
　　돌길엔 옛 수레의
　　자국이어라!

　　푸른 구름 시흥詩興을
　　일깨우나니
　　그윽한 경물景物도
　　즐김 직하다.

菊垂 今秋花요　　石戴 古車轍이라
靑雲 動高興하니　幽事 亦可悅을!

5. 자잘한 산열매들
　　종류도 많아

도토리랑 섞이어
벌어 있는데,

더러는 단사丹砂마냥
새빨간 것들
옻칠로 점찍은 듯
새까만 것들…
비에 이슬에
은혜를 입어
달건 쓰건 가지런히
여물어 있다.

아득히 도원경을
생각노라니
생각사로 한심하다.
졸한 내 신세!

山果 多瑣細하여　羅生 雜橡栗이라

或紅 如丹砂오　或黑 如點漆이라

雨露之 所濡　甘苦 齊結實이라

緬思 桃源內하니　益歎 身世拙을!

瑣細(쇄세) 자잘한 작은 것들.
橡栗(상률) 도토리.
丹砂(단사) 새빨간 빛의 환약(丸藥) 이름. 주사(朱砂).
點漆(점칠) 점찍은 옻칠. 옻칠로 한 점을 찍은 듯, 작고 새까만 둥근 열매의 형용.
緬思(면사) 아득히 생각함.

　　　　　　　　　　　　　　　　　　노래로 읽는 당시

6. 두두룩한 부치鄜畤 마루
   바라다보니
   바위산과 골짜기가
   갈마들었다.

   나는 이미 물가에
   내려왔건만
   종은 여태 나무 끝에
   꼼질거린다.

坡陀 望鄜畤하니　巖谷 互出沒이라
我行 已水濱인데　我僕은 猶木末이라

坡陀(파타) 높고 큰 모양.
鄜畤(부치) 부주(鄜州)의 천제단(天祭壇).

7. 누른 뽕나무엔
   솔개가 울고
   어지러운 구멍 앞엔
   망보는 들쥐

   이슥한 밤 옛 싸움터
   지나노라니
   싸늘한 달빛에
   비친 백골들!

동관을 지키던
백만 대군은
지난날 어이 그리
덧없이 패해,

절반도 넘는
중원 백성을
죽어 귀신 되게
하였음이랴?

鴟鳥는 鳴黃桑이요　　野鼠는 拱亂穴이라
夜深 經戰場하니　　寒月는 照白骨이라
潼關 百萬師가　　往者 散何卒고?
遂令 半秦民을　　殘害 爲異物이라

鴟鳥(치조) 솔개.
拱亂穴(공난혈) 어지럽게 나 있는 쥐구멍 앞에 들쥐들이 적을 경계하여 망을 보느라, 공수(拱手)를 하듯, 앞발을 들어 맞대고 뒷발로만 꼿꼿이 발돋움하여 서 있는 자세를 이름이다.
潼關(동관) 云云 안녹산의 난에 10만 대군을 이끈 가서한(哥舒翰)이 여기를 지켰으나 대패하였다.
半秦民(빈진민) 태반의 진나라 백성. '秦'은 지금의 장안을 중심으로 한 섬서성 일대를 가리켜 이른 말.

(二)

8. 더구나 난 적진에
   사로잡혔다
   돌아옴에 온통

백발 됐느니,

해가 지나서야
집이라 오니
누덕누덕 기워 입은
처자들 몰골!

통곡하니 솔 소리도
아득히 멀고
개울물도 슬퍼 함께
목이 메는 듯

평소에 귀엽던
사내아이는
낯빛이 눈보다도
더욱 흰 것이
아비 보자 얼굴 돌려
흐느끼는데,
때투성이 발에는
버선도 없다.

침상 앞에 서 있는
어린 두 딸은
기운 치마 무릎 겨우
가리었는데

바다 그림 파도는
갈라져 있고
낡은 수는 이음매가
뒤바뀌어 붙고
저고리에 기워진
천오天吳 · 자봉紫鳳은
저마다 엎어지고
자빠져 있다.

況我 墮胡塵   及歸 盡華髮이라

經年 至茅屋하니   妻子 衣百結이라

慟哭하니 松聲迴하니 悲泉이 共幽咽이라

平生 所嬌兒가   顔色이 白勝雪이라

見爺 背面啼하니   垢膩 脚不襪이라

牀前 兩小女는   補綻 纔過膝이라

海圖는 坼波濤요   舊繡는 移曲折이라

天吳 及紫鳳은   顚倒 在短褐이라

補綻(보탄) 옷 떨어진 데를 기움. '補綴'로 된 데도 있다.
海圖(해도) 바다의 파도 문양을 그린 그림.
舊繡(구수) 수를 놓은 낡은 천.
移曲折(이곡절) 수의 고비가 서로 엉뚱한 데 가 붙어 있음.
天吳(천오) 《산해경(山海經)》에 나오는 수신(水神)의 이름. 호신인면(虎身人面)에 손 · 발 · 꼬리
가 각각 여덟 개씩이라고 하는 괴수(怪獸)로, 해도(海圖)에 그려져 있는 것.
短褐(단갈) 짧은 옷. 중국 사람들의 일종의 저고리.

노래로 읽는 당시

9. 늙은 지아비
   심사 뒤틀려
   토사하여 며칠을
   누워 지내다.

   봇짐 속에 가져온
   물건 있거니
   차마 너희 떠는 몸
   못 가려 주랴?

   짐 풀어 화장품도
   끄집어내고,
   옷감 될 천도
   늘어놓으니,
   여윈 아내 얼굴엔
   생기가 돌고
   철없는 딸년들도
   머릴 빗는다.
   어미 따라 무엇이고
   못할 게 없어
   아침 단장한답시고
   손바람 내어
   한참이나 연지분들
   발라쌓더니
   엉망으로 그려놓은,

넓은 눈썹 새!

老夫 情懷惡하여 嘔泄 臥數日이라
那無 囊中帛고? 救汝 寒凜慄이라
粉黛 亦解苞하여 衾裯 稍羅列하니
瘦妻 面復光이요 癡女는 頭自櫛이라
學母 無不爲하여 曉粧 隨手抹이라
移時 施朱鉛터니 狼籍 畵眉闊이라

那無(나무) 어찌 ~없으랴? '있다'의 반어.
粉黛(분대) 분과 눈썹먹.
解苞(해포) 보따리를 풂.
衾裯(금주) 이불과 홑이불. 여기서는 옷감으로 재활용할 수 있는 넓은 천.
朱鉛(주연) 연지와 분.

10. 살아 돌아와서
    애들 대하니
    배고프던 지난날도
    잊은 듯해라!

    수염 잡아당기며
    물어 쌓지만
    뉘 능히 꾸짖으며
    차마 성내랴?

    적에 잡혀 애타던 일

생각노라면
떠들썩한 북새판야
달게 여길 뿐,

갓 돌아와 우선
흐뭇한 터에
살림 걱정 구태여
해서 뭣하리?

生還 對童稚하니　似欲 忘飢渴이라

問事 競挽鬚나　誰能 卽嗔喝고?

翻思 在賊愁한덴　甘受 雜亂聒이라

新歸 且慰意니　生理 焉得說고?

—후 48구 약—

_____

嗔喝(진갈) 성내어 꾸짖음.
翻思(번사) 돌이켜 생각함.
生理(생리) 생활의 계책. 살림살이.

 구구절절 감동을 자아내지 않음이 없는 가운데서도, 특히
일언을 덧붙여 보고 싶은, 다음 몇 군데를 초해본다.

山果多瑣細 ～ 甘苦齊結實 (5)

비와 이슬의 자연 혜택으로 봄여름 내내 우주의 정기를 모아, 이제 가을 산에 한창 봉지봉지 흐뭇이 익어가고 있는 온갖 열매들의, 그 달고 쓰고 새빨갛고 새까만 것들에 대해, 이쁘고도 귀엽고도 살갑고도 정겨운, 작자의 애정이 얼마나 듬뿍 배어 있는 표현들인가를 음미할 것이다.

　　我行已水濱　我僕猶木末 (6)

　집이 가까워졌음을 알게 되자, 자신도 모르게 걸음이 빨라졌음이니, 산비탈을 타고 나무의 뿌리 쪽인 계곡에 내려와서 돌아보는 종의 위치는, 아직도 그 나무의 가지 끝 부분에 있어 보인다는 것으로, 원근법에 의한 그림의 사실 수법임은 물론, 집을 향해 마음이 앞서는 심리까지도 교묘히 묘사되어 있음을 음미해볼 만하다.

　그나저나, 여기서 이 어인 돌연한 '종僕'의 나타남인고? 이는 적지 않은 독자들을 놀라게 함이 아닐 수 없다. 지금까지 혼자 걸으면서 사물에 접할 때마다 온갖 상념에 잠기는 작자이기에 독자들도 일체감으로 공감해왔으나, 뜻밖에도 거기 자초지종으로 제3의 시선視線이 지켜보고 있었음을 생각하면, 요새말로 '몰래카메라'에 찍혀 왔는 듯한 섬짓한 감에 분위기도 썰렁해지고, 흥미도 반감되는 느낌이니, 이 '종'의 나타남은 아무래도 '옥의 티'가 아닐까 싶다.

　　夜深經戰場　寒月照白骨 (7)

　옛 싸움터의 달빛 아래 표백되어가고 있는 무명전사의 백골들! 일찍이 뉘 집 아들이며, 어린것들의 아빠이며, 어느 아낙의 남편이던 저 백골들! 전쟁의 잔혹상과 그 죄악상이 달빛 아래 더욱 처절히 폭로되어 있다. 그 바탕에 깔려 있는 투철한 반전·염전 사상을 볼 것이다.

慟哭松聲逈　悲泉共幽咽 (8)

이 슬픈 만남의 장면에, 자연도 무심치 않아, '솔숲을 부는 슬픈 바람소리'며 '목메어 흐느끼는 샘물 소리'도 반주인 양, 배경음악이 되어, 만인을 함께 흐느끼게 하는 역할을 하고 있다.

牀前兩小女 ～ 顚倒在短褐 (8)

해진 옷에 덧대어 기울 헝겊 조각조차 없어서, 그림과 자수를 찢어 덧대어 기운 것이다. 그러다 보니 그 조형물들이 뒤죽박죽이 되어, 엉뚱한 곳에 아무렇지도 않게 가 붙어 있는 것이다. 일견 골계滑稽스럽기까지 한 그 광경은, 기실 그동안의 처참했던 가난의 기록이요, 이에 견디어온 가족들의 마음의 상흔傷痕이며, 지아비요 아비인 자신의 못난 사연이기도 하니, 이야말로 익살로 포장되어 있는 눈물 보따리가 아니고 무엇이랴?

學母無不爲 ～ 狼籍畫眉潤 (9)

각종 화장품을 열심히 처발라쌓더니, 어릿광대 모양이 되어 나서는, 그 얼굴의 불균형! 그러나 귀엽게 비치는, 그 천진스러운 행복한 표정에는 골계미마저 있어, 저도 모르게 실소失笑한 다음 순간,

되레 눈시울을 적시고 마는 언외의 사연을 설마 놓칠 독자는 없으리라.

問事競挽鬚　誰能卽嗔喝 (10)

  무릎에 앉아 온갖 일을 물어대며, 수염을 잡아당겨쌓지만, 이럴 때 뉘 능히 성내며 꾸짖을 수 있으랴?

  일견 동물적 애무 장면과도 같이 살과 살이 맞닿는 육친 사이의 차진 애정의 표현이기도 하다. 작자는 이때의 같은 정황을 〈羌村 (2)〉에서는,

  어리광부리는 아이들
  내 무릎을 떠나지 않음은
  내 다시 떠나버릴까
  두려워함이리라.

  嬌兒不離膝　畏我復却去

이렇게 넘겨짚기도 했으니, 그런 한 가닥 애들의 걱정이, 본시에서도 바이없다 할 순 없을 듯.

  이상은 모두가 나라와 임금에 대한 지성도 그러려니와, 가족에 대한 구구절절 눈물 없이는 차마 읽을 수 없는, 인정의 극치가 아니고 무엇이랴?

봄꿈
잠삼(岑參)

지난밤 안방엔
봄바람 일어
아득히 상강湘江의 임
하도 그리워,

베개 위 잠깐 사이
봄꿈 속에서
강남땅 수천 리를
사뭇 갔었네.

洞房 昨夜 春風起하니   遙憶 美人 湘江水라
枕上 片時 春夢中에   行盡 江南 數千里라
〈春夢〉

洞房(동방) 깊은 방. 규방(閨房).
湘江(상강) 강남땅을 북으로 흘러 동정호에 드는 강.
片時(편시) 잠시(暫時).

평설 객지의 남편을 그리워하는 봄밤의 그리움이다. '春風起'는,
봄바람이 방 안으로 불어 들어옴이기도 하고, 그 바람에 임
에 대한 그리움이 마음속에서 일어남이기도 한, 양겸兩兼의 묘용妙
用이다.

끝구는 임 있는 강남땅 수천 리 길을 사뭇 정체 없이 단숨에 득달得達했음을 말하였을 뿐, 말을 아꼈다. ─ 가서 임을 얼싸 만났다거나, 만단정화萬端情話를 나누었다거나 하는, 으레 있을 통념적通念的인 사연들일랑 일체 배제하고 있는 거기, 오히려 그런 사연들이 여운 속에 후속後續되고 있음을 더 실감케 하고 있다.

잠삼
岑參
715~770. 진사에 급제. 35세 때 안서절도사安西節度使 고선지高仙芝 장군의 막하에서 장서기掌書記로 일했고, 3년 후엔 절도사 봉상청奉常淸의 추천으로, 그의 판관判官이 되어 북정도호부北庭都護府로 나갔다. 안녹산의 난이 평정된 뒤에 우보궐右補闕에 임명되어, 왕유·두보·가지 등과 깊이 사귀었다. 51세에 가주자사嘉州刺史가 되고, 56세를 일기로 성도成都에서 죽었다. 성당 때의 새외파塞外派의 대표적인 시인으로, 고적高適과 병칭되었다.《잠가주집岑嘉州集》7권에 400여 수의 시가 전한다.

　　　　　　　　　　　　　　　　　　노래로 읽는 당시

돌아가는 벗을 보내고

잠삼(岑參)

이 외진 하늘 밖에서
돌아가는 그 친구는
말채찍 높이 갈겨
새랑 겨뤄 살아졌네.

구월달 교하 북에
보내고 홀로 서서
눈발 속 읊노라니
눈물 홍건 옷이 젖네.

正馬 西從 天外歸하니   揚鞭 只共 鳥爭飛라
送君 九月 交河北에   雪裏 題詩 淚滿衣라
〈送人 還京〉

匹馬(필마) 한 필의 말.
鳥爭飛(조쟁비) 새와 빨리 날기를 다툼. 새보다 더 빨리 난다는 뜻.
交河(교하) 지금의 토로번현(吐魯番縣)의 서쪽에 있는 강 이름. 장안에서 팔천 리나 떨어진 먼 곳.

평설 이만 리 밖 오랑캐 땅 전선戰線에서, 요행히도 고향 돌아갈 말미를 얻어낸 친구는, 만면득의滿面得意로 기세등등하여, 말채찍 높이 갈겨, 땅을 걷어차고 질주하기 시작, 순식간에 새처럼 나비처럼 멀어지다가 마침내 아물아물 불티처럼 살아지고 만다. 내게도 돌아갈 고향이 있고, 눈이 빠지도록 기다리는 가족이 있건마는─.

전2구에는, 그 부러움과 상대적 낙오감이 언외에 가득 서려 있음을 볼 것이다.

구월이면 벌써 눈이 내리는 이역절지異域絶地에서, 먼지만 남겨놓고 사라져간 친구의 뒤를 부러운 듯 하염없이 뒤따르던 시선이, 그예 그 그림자 지평地平에 잃고, 돌아온 현실의 눈발 속에서, 시詩로나마 마음을 달래보려는, 망향望鄕의 정의 그지없음이, 후2구에는 옷을 흐뭇 적시는 눈물로 직서直敍되어 있다.

안부나 전해주오

잠삼(岑參)

고향 길은 동으로
아득도 하니,
두 소매 아롱아롱
눈물겨워라!

마상馬上에 만난 인편
편지 못 쓰니,
부디부디 안부나
전해주구려!

故園 東望 路漫漫하니   雙袖 龍鐘 淚不乾을!
馬上 相逢 無紙筆하니   憑君 傳語 報平安하소
〈逢 入京使〉

[題意] 서울로 가는 사신을 만나.

漫漫(만만) 멀고 아득한 모양.
雙袖(쌍수) 두 소매.
龍鍾(용종) 눈물 흐르는 모양. 또는 눈물에 젖는 모양.
憑君(빙군) 그대에게 의탁함.

안서安西 절도사의 막하에 있을 때의 작품이다.

행편幸便을 만났건만 편지도 쓸 수 없는 총총한 마상馬上이라, 안부나 구전口傳해주기를 바라는, 너무나 아쉽고도 절박한, 변새邊塞의 망향정望鄕情이다.

양원에서

잠삼(岑參)

양원에 해 저무니
까마귀 떼 어지러이
황혼을 날고,

보이는 것이라곤
그저 쓸쓸도 한
민가 두어 채.

뜰 나무야 어찌 알랴?
당시 사람들 죄다
가고 없음을—.

봄 들자 다시 피우는
그때 그대로의
옛날 꽃이여!

梁園 日暮 亂飛鴉라   極目 蕭條 三兩家라
庭樹 不知 人去盡인데 春來 還發 舊時花라
〈山房春事〉

山房(산방) 산 속의 집. 여기서는 양원을 가리킴.

梁園(양원) 하남성(河南省)에 있었던, 양나라 효왕(孝王)이 만든 정원. 죽원(竹園), 토원(兎園)으로도 불리었는데, 많은 궁궐이 있고, 이곳에서 연일 연회를 열어 한때의 영화를 다했던 곳.

極目(극목) 눈길이 닿는 끝까지 멀리 바라보려고 애써 봄.

蕭條(소조) 쓸쓸함. 적막함.

평설 회고의 노래다. 화려하던 궁궐이 즐비하던 옛 궁터건만, 지금은 다만 두어 채의 민가民家뿐인 적막한 양원, 까마귀 떼도 조상弔喪하듯 어지러이 지저귀며 날고 있는 황혼이다.

한때의 영화를 다하던 그 주인공들, 죄다 간 지 이미 오래건만, 궁터에 서 있는 아름드리 늙은 나무들은, 그 사실을 알지도 못하는 듯, 옛날 그대로의 화려한 그 꽃들을 이 봄에도 피워내고 있는 것이 아닌가? 꽃이 화려할수록 인사人事의 무상無常이 더욱 절감되어서다.

'日暮, 亂飛鴉, 蕭條, 人去盡'에 대한 '春來, 庭樹, 還發, 舊時花'의 상반된 심상心象에서 오는 금석지감今昔之感의 감회를 음미할 것이다.

동정호를 바라보며
가지(賈至)

해 길고 바람 솔솔
실버들 푸르른데,
기러기 까마득히
돌아가는 북쪽 하늘!

악양성에 들려오는
저 구슬픈 피리 소린
동정호에 치면치면
봄 시름을 괴게 하네.

日長 風暖 柳靑靑한데   北雁 歸飛 入窅冥을!
岳陽 城上 聞吹笛하니   能使 春心으로 滿洞庭호라
〈西亭春望〉

西亭(서정) 동정호에 임해 있는 악양루 서편의 정자.
窅冥(요명) 멀어서 까마아득하게 보이는 것. 먼 하늘.
春心(춘심) 봄 시름. 춘수(春愁).
洞庭(동정) 호남성 호북성 사이에 있는 큰 호수. 동정호.

 악주사마岳州司馬로 좌천되어 있을 때의, 주체할 수 없는 향
수다.

　해도 길어지고 바람도 다사로운데, 수양버들은 실실이 청청 드리

워져, 바야흐로 봄이 무르익어가고 있다. 문득 끼룩끼룩 소리에 이끌려 쳐다보니, 한 줄 기러기 떼가 까마득히 북쪽 하늘 속으로 사라져가고 있다. 저들은 이제 고향으로 돌아가고 있는 것이다.

나도 이 봄에는 고향으로 돌아가게 되려니 기대해왔었건만, 지금에 와서는 그럴 가망조차 보이지 않으니 어쩌랴?

봄이 화려할수록 심사는 적막한 차에, 어디선가 피리 소리가 들려온다. 저 목쉰 듯 흐느끼는 청 높은 피리 소리! 그 굽이굽이 서러운 애한조哀恨調의 음색은, 저 가득히 고여 있는 동정호의 물이, 그 모두 나의 봄 시름으로 가득 출렁이고 있는 양 느껴진다.

전반은 기러기에서 촉발된 향수鄕愁요, 후반은 피리 소리에 애긇는 나그네의 시름이다.

특히 결구의 '能事春心滿洞庭'은 이 시의 안목眼目으로, 피리 소리가 작자의 춘심으로 하여금 가슴에서 넘쳐흘러 저 동정호로 확류擴流하여, 호수 전체가 춘심으로 가득해지게 하고 있음이니, 이 얼마나 감당할 수 없는 춘심이며, 이 얼마나 서러운 피리 소리인가?

이 결구는, 시의 표현이 '귀신을 울린다' 함이 과연 이와 같음일까? 하는 탄식을 흘리게 함이 있으니, 이 이론 경인구驚人句다. 같은 작자의 〈춘사春思〉(367쪽)와 아울러 감상해봄 직하다.

가지 賈至 718~772. 진사. 안녹산의 난에 현종을 따라 촉蜀에 들어가 지제고知制誥로 발탁되었으며, 난후亂後 환경하여, 예부시랑禮部侍郞, 경조윤京兆尹 등에 올랐으며, 왕유, 두보, 잠삼 등과 교유하였다. 시집 10권이 있었다 하나, 1권만이 전한다.

춘사

가지(賈至)

새싹 파릇파릇
실버들은 연두빛

도리화桃李花 흐드러져
향기롭다만

봄바람은 내 시름
안 날려주고

봄날은 한만 돋꿔
길기만 해라!

草色 靑靑 柳色黃하니　桃花 歷亂 李花香이라
東風은 不爲 吹愁去하고　春日 偏能 惹恨長이라
〈春思〉

歷亂(역란) 흐드러지게 핌.
惹恨長(야한장) 한을 일으켜 길게 함.

평설　봄 오면 시름도 한도 사라지려니 하여, 봄 오기를 얼마나 간절하게 기다려왔던가? 이제 온갖 꽃 흐드러지게 피어 향기로운, 고대하던 그 봄이 온 것이다. 그러나 봄바람은 내 안의 이 시름을 날려주기는커녕, 도리어 부채질하듯, 마음속 타오르는 불길을 부추기어 진정할 길이 없게 하고, 봄날은 이 가슴의 한恨을 녹여주기는커녕, 도리어 잊을 세라 한을 일깨워, 봄날의 하루해가 길듯, 한도 마냥 길어지게 하고만 있지 않는가?

아, 어쩌나! 봄도 기다리던 그 봄이 아니니, 나의 이 시름은 어이할거나!

당시 악양사마岳陽司馬로 좌천되어 와 있던 작자의 시름과 한을 역설적으로 토로하고 있는 것이다.

친구를 보내며

위응물(韋應物)

초강에 가랑비
내리는 저녁
건업성 종소리
번지어 오면
아물아물 오는 배도
돛이 무겁고
어둑히 날아가는
새도 더디다.

강어귀는 깊어
보이지 않고
갯나무들 저 멀리
자오록한데,
보내는 정 떠나는 정
그지없으니
흐트러진 실타랜 양
옷깃 젖어라!

楚江 微雨裏에   建業 暮鐘時라
漠漠 帆來重이요   冥冥 鳥去遲라
海門은 深不見인데 浦樹는 遠含滋라

相送 情無限하여   沾襟 比散絲라

〈賦得 暮雨 送 李冑〉

賦得(부득) 읊음.
楚江(초강) 옛 초나라의 지경을 흐르는 부분의 양자강.
建業(건업) 지금의 남경(南京).

평설 이별! 그중에도 해질녘 이별이 더욱 서럽거늘, 하물며 비오
는 저녁의 이별이며, 더구나 밤배로 떠나보낼 이별임에랴?
  가는 정 보내는 정 무한한 정을, 배웅하는 걸음걸음 눈물이 흘러,
풀어헤친 실타랜 양 가로세로 눈물이 흘러, 마냥 옷깃이 젖는다는,
무척이나 감상적인 이별이다.
  1~6구의 세 쌍의 대우對偶는 모두가 서경敍景이나, 경중유정景中
有情으로, 그 속에 그윽한 이별의 정이 점층적으로 숙성되어가다가,
마침내 7~8구에서는, 그 극한에 이르러 있음을 보게 된다.

위응물
韋應物 736~?. 중당 때의 장안 사람. 자는 미상. 20세에 현종의
근위대에 참가했다가, 안사의 난후 실직, 성품이 활달하고,
의협심이 강한 한편 방탕했다 한다. 30세에 낙양승이 된 후, 승진을
거듭하여, 소주자사蘇州刺史를 지냈으며, 90세의 장수를 누렸다. 성
당의 왕유, 맹호연의 시풍을 이은 전원시인으로,《위소주집韋蘇州集》
10권에 560여 수의 시가 전한다.

가을 밤 벗에게

위응물(韋應物)

그대 그려 이 가을밤 읊조리며 거닐자니
빈 산엔 무심코 솔방울 지는 소리!
아마도 임 또한 여태 잠 못 들어 하려니….

懷君 屬秋夜   散步 詠凉天이라
山空 松子落인데   幽人이 應未眠을!
〈秋夜 寄 丘二十二員外〉

[題意] 가을밤 구단(丘丹)에게 보낸 글. '二十二'는 배항(排行). '원외'는 벼슬 이름.

懷君(회군) 그대를 그리워함.
幽人(유인) 은거하는 사람. 구원외(丘員外)를 가리킴.

 가을은 상사相思의 계절, 그리운 이를 그리워하여 추야장秋 夜長 긴긴 밤을 뜬눈으로 지새는 일도 적지 않다.

누워 지루하면 일어나 거니는 편이 차라리 낫다. 천하가 잠들어 고요한 깊으나 깊은 밤이기에 솔방울 떨어지는 소리마저 놓칠 리 없다.

이렇게도 간절히 그리워지는 그! 그도 아마 이 시각 날 생각하며 잠 못 들어 뒤척이고 있으려니….

그리운 마음과 마음의 텔레파시 ―.

제목만 아니라면 '아내'나 '애인'으로 알기 십상이겠다.

이는 작자가 소주자사로 있을 때, 항주의 임평산에 은거하고 있는 구단에게 준 시다.

'그리움'은 '그리고(이별하고) 난' 뒤에 나타나는 아름다운 '이별의 후유증'이다.

산에 살며

위응물(韋應物)

사람들 귀천은
다를지언정
저마다 밖에 나가
할 일 있거늘,

나는 홀로 세간 일에
끌리지 않아
이렇게 깊숙이
살게 되었네.

보슬비 밤사이
스치고 가면
어느새 새싹들
돋아 나오고,

청산도 홀연히
잠에서 깨어
산새들 집을 둘러
지저귀나니,

때론 길손 만나

애기도 하고
혹은 나무꾼 따라
산길도 걷고…,

우둔한 내 분수에
따르자 할 뿐,
뉘 이르료? 세상 영화
박대한다고—.

貴賤 雖異等이나　出門 皆有營이라
獨無 外物牽하여　遂此 幽居情이라
微雨 夜來過하여　不知 春草生이라
靑山 忽已曙하여　鳥雀 繞舍鳴이라
時與 道人偶하고　或隨 樵者行이라
自當 安蹇劣하노니　誰謂 薄世榮고?
〈幽居〉

幽居(유거) 그윽하고 고요한 곳에서 한가로이 사는 생활. 은거.
無外物牽(무외물견) 부귀공명 따위 외물에 마음 끌리는 일이 없음.
道人(도인) ① 도를 닦는 사람. ② 길 가는 사람. 행인. 길손. 여기서는 다음 구의 '樵者'의 대임에 감안하여 ②의 뜻.
蹇劣(건열) 재능이 없고 열등함.
薄世榮(박세영) 세상의 영화를 스스로 박대하여 물리침.

평설 　어떤 친구는 나를 두고, 세상 영화를 박대하는 사람이라고 말한다. 막말로 '복 까분다'는 뜻이다. 그만한 자질이면 덩그러이 출세하여 세상 영화를 누림직한 일이거늘, 스스로 그 복을

　노래로 읽는 당시

차 내버리고, 저렇듯 적막하게 살고 있다는 뜻으로 하는 말이다. 이 시는 이러한 세평世評에 대한, 자신의 유거幽居에 대한 해명解明이다. 곧 자신의 '유거'는 어디까지나 자신의 용렬한 분수에 맞는 길이라 하여 택했을 뿐, 결코 영화의 길을 일부러 거역하거나 또는 '물외인 物外人'으로 자처하려는 의도에서도 아님을 1~4구에서 해명하고 있다.

이는 대다수의 은사란 사람들이, 부귀영화를 추구하는 세인들을 속물시俗物視하거나 백안시白眼視하면서, 저 홀로 초세인超世人인 양, 고자세를 취함과는 대조적으로, 작자는 시종 평범인으로 자처하여 겸손함을 잃지 않고 있다.

5~10구는 '유거의 즐거움'이다. 그중에도 전4구는 자연과의 친화 양상이요, 후2구는 순박한 사람들, 진정 꾸밈없이 사는 사람다운 사람들과의 어울림의 즐거움이다.

어초漁樵를 미록시麋鹿視하는 고자세가 아니라, 그들과 일체화하는 가운데, 참다운 사람의 즐거움을 누리게 된다는 인생관이다.

객지에서 옛 친구를 만나

위응물(韋應物)

일찍이 강한의
나그네 되어,
만나선 매양
취하던 친구,

뜬구름 한번
헤어진 후로
물 흘러 어느덧
십 년이었네.

웃으며 반기는 정
예나 같다만,
성긴 머리털
이미 셌구려!

뭣하러 북으로
가려 하는가?
회수의 가을 산에
나랑 있자오.

노래로 읽는 당시

江漢 曾爲客하여   相逢 每醉還하니라
浮雲 一別後에   流水 十年間을!
歡笑 情如舊ㄴ데   蕭疏 鬢已斑이라
何因 北歸去오?   淮上 對秋山하재요
〈淮上 喜會 梁川 故人〉

江漢(강한) 양자강과 그 지류의 하나인 한수(漢水).
蕭疏(소소) 성글고 드묾.
淮上(회상) 회수(淮水)의 가.

평설 매일같이 취해 놀던 옛 친구를 홀연히 객지에서 다시 만나다니? 꿈과 같다. 반기는 정 예나 같건만, 몸은 이미 늙어 대머리에 백발이 아닌가? 순간, 자신 또한 그러함을 그에게서 보는 듯, 얼싸 안는 이 늘그막의 나그네의 정! 인생을 생각하게 하지 않는가? 둘째 연은 공간과 시간의 대요, 셋째 연은 몸과 마음의 대이며, 끝연은 다시 헤어짐의 아쉬움이다.

강 마을에 돌아와서

사공서(司空曙)

낚싯배 돌아와선
배 안 맨 채 버려둔다.
강 마을에 달이 지니
졸음도 겨울시고!

설령 이 밤 사이
바람에 띄어간들
갈대꽃 옅은 물가
거기 있지, 어딜 가랴?

釣罷 歸來 不繫船   江村 月落 正堪眠을!
縱然 一夜 風吹去ㄴ들 只在 蘆花 淺水邊호리라
〈江村 卽事〉

江村卽事(강촌즉사) 강 마을에서의 즉흥(卽興).
釣罷(조파) 낚시질을 끝냄.
不繫船(불계선) 배를 매지 않고 그대로 내버려둠.
正堪眠(정감면) 진정 졸음 겨움.
縱然(종연) 설사. 설령.

평설 강 마을에 사는 고기잡이 늙은이, 낚시질 끝내고 돌아와서
는, 으레 배를 강기슭에 매어두어야 할 것이나, 늦은 밤이
라, 졸음이 쏟아지는 듯, 어서 잠자리에 들기 바빠, 배를 매지도 않

은 채, 그대로 아무렇게나 강가에 내버려두고 간다.

그러면서 속으로 하는 말, — '밤사이 바람이 일어, 배가 풍파에 떠어간다 할지라도, 제 설마 어디를 가랴? 기껏해야 갈대꽃 피어 우거진 옅은 물가, 그 어름에나 가 걸려 있을 테지…'

요어는 '不繫船'이다. 바람 부는 대로, 물결치는 대로의 자유로움의 상징어다. 만사 자연에 맡긴, 어옹의 유연한 생활태! 그 자체가 이미 '불계선'이 아니랴?

사공서
司空曙
740?~ 790. 자는 문명文明, 또는 문초文初. 진사에 급제하여, 벼슬이 우부낭중虞部郎中에 이르렀다. '대력십재자大曆十才子'의 한 사람.《사공문명시집》3권이 전한다.

춘원 春怨

김창서(金昌緒)

우여!
조 꾀꼬리 녀석!
가지에서
울게 마라.

울 때마다
꿈을 깨워
요서 땅엘
내 못 가네.

打起 黃鶯兒하여   莫教 枝上啼하라
啼時 驚妾夢하여   不得 到遼西라
〈春怨〉

打起(타기) 두들겨 일으킴. 거친 동작으로 쫓아버림.
黃鶯兒(황앵아) 꾀꼬리. '兒'는 접미사.
莫教(막교) ~하게 하지 말라. '莫'은 금지사. '教'는 사역(使役)의 부사.
遼西(요서) 요하(遼河)의 서쪽 땅. 고래로 북방 국경 수비군의 주둔지였다.

| 평설 | 국경 수비병으로 요서에 출정해 있는 남편을 그리워한 노
래다. 봄 되니 더욱 임 그리운 마음 간절하여, 춘곤으로 깜빡 낮잠이라도 들 양이면, 어느덧 일로一路 요서에로 치닫는 그 마

음이다. 그러나 그때마다 꾀꼬리의 그 청 높은 핀잔 소리로 말미암아 번번이 꿈은 깨져, 중도에 낭패하여 돌아오곤 하는 것이다.

황앵아黃鶯兒의 '兒'는 중국 속어에서, 다소 얕잡아보는 경우의 접미사로서, '打起'와 함께 시어詩語로서의 아정雅正한 말씨는 되지 못한다. 그러나 이 경우에 나는 그 감칠맛! 그것이 얼마나 격에 맞는가를 음미해볼 것이다.

"우여! 조(저) 꾀꼬리 녀석!"

약간 원망기 어린 중얼거림이며, 엷은 짜증기 어린 눈 흘김이다. 그러나 그 속에는 전혀 노기怒氣가 없다.

사실 '黃鶯兒'는 규방閨房의 '총아寵兒'이기도 한 것이니, 봄소식은 물론 모든 바깥소식을 날마다 날라다줄 뿐만 아니라, 춘정春情을 일깨우고, 춘정을 부채질하기도 하는 녀석은, 규방에만 갇혀 있는 아낙의 유일한 소식통이요, 규방의 비밀스러운 마음까지도 꿰뚫어 알고는, 핀잔도 서슴없이 주곤 하는, 탓할 수만도 없는, 말벗이기도 하기 때문이다.

곧 1, 2구는 그저 해보는 말의 괜한 투정일 뿐, 오히려 역설적인 귀여운 맛도 없지 않음을 행간行間에서 읽을 것이다.

여항인餘杭人. 기타 미상. 시 한 수만이 전한다.

유자의 노래

맹교(孟郊)

길 떠나는 아들 위해 손수 지어주신 이 옷,
돌아옴 늦을세라, 촘촘히도 박은 땀 땀,
그 뉘라 풀잎 맘으로 봄볕 은혜 갚는다 하리?

慈母 手中線이   遊子 身上衣라
臨行 密密縫은   意恐 遲遲歸라
誰言 寸草心으로   報得 三春暉오?
〈遊子吟〉

線(선) 실. 바느실.
遊子(유자) 객지에 있는 사람. 객지에 있는 아들.
臨行(임행) 길 떠남에 임하여.
密密(밀밀) 촘촘함.
寸草心(촌초심) 작은 정성의 비유.
三春暉(삼춘휘) 봄의 햇빛. '삼춘'은 봄의 석 달.
[解題] 유자음은 악부제(樂府題)의 노래.

평설 내 길 떠나올 때, 어머님이 손수 지어주신 이 옷! 가만히 들여다보고 있노라면, 솔기마다 촘촘히도 박은 한 땀 한 땀! 그것은 말할 것도 없이 돌아오는 길 늦을세라, '부디 일찍 돌아와 다오' 하는 기원하는 마음으로, 다짐하듯 다져놓은, 그 정성의 자국일 것이 분명하다.

자식이 효도한다 한들, 한 작은 풀잎 마음에 불과하거니, 그것으

로 어찌 봄날의 따뜻한 햇빛과도 같은 어머님의 크나 큰 사랑의 은
혜에 보답한다 할 수 있으리요?

한 자 한 자가 어머님의 한 땀 한 땀에서처럼, 지성이 가득 가득
고여 있는 작품이다.

팽국동彭國棟은 《담원시화澹園詩話》에서 말했다. 나는 동야東野의
유자음을 읽을 때마다 매양 눈물을 흘린다. 오늘날까지 어머니 사
랑에 대한 깊고도 간절한 마음을, 동야만큼 감동적으로 표현한 사
람은 없었다며 ―.

우리나라 조선 초기 시인 춘당春堂 변중량卞仲良(?~1398)의 다음
화운和韻은, 어머니의 의려지망倚閭之望을 애달파한 또 하나의 가구
佳句다.

떠날 때 지어주신 어머님 공든 이 옷
돌아갈 기약 없이 다 해지고 말았구나.
인생은 덧없다 커니 애달파라 지는 해여!

遊子 久未返하니 弊盡 慈母衣라
故山 苦遼邈하니 何時 賦言歸오?
人生 不滿百인데 惜此 西日暉라
〈遊子吟〉

'아들아 제발 빨리 돌아와 다오' 하는, 알뜰한 어머니의 염원이 한
땀 한 땀 땀땀이 박혀 있는 이 옷이건만, 어찌하랴? 객지 세월이 오
래되다 보니, 이제는 옷마저 다 해지고 말았다. 그런데도 언제 돌아
가게 될 지 아득하기만 하다. 어머님 연세는 이미 서산에 기운 해와

같거니, 애달파라! 애달파라!

맹교
孟郊 751~814. 자는 동야東野, 진사. 현위縣尉, 협률랑協律郎 등
벼슬을 했으나, 성품이 강직하여, 평생을 궁핍하게 지냈다.
그의 시는 한유韓愈의 문과 병창되었다.《맹동야집》10권이 있다.

노래로 읽는 당시

망부석

왕건(王建)

기다리는 마음 돌로 엉겨 고개 하나 까딱 않고
산마루 비바람 속 뱃길만 지켜 섰다.
그 님이 오기만 하면 금시라도 입을 열 듯…

望夫處 江悠悠　　化爲石 不回頭라
山頭 日日 風和雨ㄴ데　行人 歸來 石應語를!
〈望夫石〉

風和雨(풍화우) 바람과 비.
行人(행인) 객지로 나간 사람. 남편을 가리킴.

평설　동양적 여인의 정절貞節의 화신인 망부석 전설은 처처에 있
다. 우리나라 울산 동해안 치술령 고개에 서 있는 박제상
아내의 망부석도 그 하나다. 이것은 중국 무한시武漢市의 북산에 있
는 망부석을 읊은 것이라는 설이 있다.

이하 시어에 암시되어 있는 시정을 살펴보자.

임이 돌아올 뱃길인 저 강물은, 기다리는 마음의 초조함이야 내
알 바 아니라는 듯, 언제나 느직이 흐르고 있어 바쁠 것이 없고[江悠
悠], 그녀가 서 있는 산마루에는 날이면 날마다 비 오랴 바람 불랴
변환도 무상커니와 고초도 많으련만[日日風和雨], 그러나 그 마음 한
결같아, 잠시라도 딴생각으로 넘보는 일 없이[不回頭], 오직 기다리
기만 하는 그 간절한 마음이 엉기고 엉겨 돌이 된[化爲石], 저 망부석

385

은, 지금이라도 임이 돌아오기만 하면, 천년 서러운 사연을 한꺼번에 쏟아낼 듯[石應語], 망부석은 살아 있는 여인인 양 핍진逼眞도 하다.

시형은 장단구長短句의 고시형.

왕건 王建 767~831. 자는 중초仲初. 장적張籍과 같은 해에 진사에 급제, 시어사侍御使, 협주사마陝州司馬 등을 역임했다. 악부체의 시에 능하여, 장적과 함께 '장왕악부張王樂府'로 병칭되었다. 〈궁사宮詞〉100수는 일세를 풍미했다. 《왕건시집》9권에 520수의 시가 전한다.

춘규

장중소(張仲素)

실버들 하늘하늘 뽕나무 푸른 언덕
바구니 옆에 차고 뽕 딸 일랑 잊고 서서
지난밤 임 만난 꿈을 되새기고 있어라!

裊裊 城邊柳　　青青 陌上桑이라
提籠 忘採葉하니　昨夜 夢漁陽을!
〈春閨〉

─────────

裊裊(요요) 하늘거리는 모양.
陌上桑(맥상상) 밭 언덕 위의 뽕나무.
漁陽(어양) 유주(幽州)에 딸린 고을 이름. 남편이 수자리 살고 있는 곳.

집 안에만 갇혀 있다 근교近郊로 뽕따러 나온 색시, 봄 시름〔春愁〕을 부채질하는 봄 경치에 넋이 나가, 바구니 차고 온 뜻도 까맣게 잊은 채, 출정한 남편을 만났던 지난밤의 꿈을 반추하면서, 임 그리움에 얼빠진 듯 멍하니 서 있는, 젊은 아낙의 옆모습이다.

769?~819. 중당. 자는 회지繪之. 진사에 급제, 벼슬은 사훈원외랑司勳員外郎, 한림학사翰林學士를 거쳐, 중서사인中書舍人에 이르렀다. 악부체의 규정시閨情詩에 능했다. 39수의 시가 전한다.

꺾여나간 버들가지

양거원(楊巨源)

물가의 수양버들
초록빛 실가지들,
그대 말 세우고
꺾어준 그 한 가지!

오직 봄바람이
마음 가장 아파하여,
손에 든 가지에게로
어루만져 불어오네.

水邊 楊柳 麴塵絲어늘   立馬 煩君 折一枝라
惟有 春風이 最相惜하여 殷勤 更向 手中吹를!
〈和 練秀才 楊柳〉

麴塵絲(국진사) 연둣빛으로 물든 수양버들 가지를 이름. '麴塵'은 누룩의 곰팡이. 또는 누룩곰팡이와 같은 연녹색(軟綠色).

평설 떠나는 사람에게 석별의 정으로 버드나무 가지를 꺾어주는 것은, 옛날부터 내려오는 하나의 관행으로 굳어져 있다. 봄은 이별의 계절, 사람들의 이별 등살에, 억울하게도 저들의 이별을 강요당하고 있는 수양버들! 꺾여나간 그 한 가지가 가엾다. 이를 가장 애련히 여기는 봄바람은, 손에 들려 있는 가지를 위무慰撫하듯,

그 부드러운 손길로 어루만지듯 불어오고 있는 것이다.

　이처럼 경景을 빌어, ―그것도 마치 어느 무심한 운명의 손길에 의하여 자신들의 이 이별의 고통을 당하고 있는 것과도 같은 인과관계로, 무심하게 저지른 자기네의 소행에 의하여, 무한한 이별 슬픔을 끼쳐주게 된, 그 대상물의 슬픔을 빌어―자기네들의 이별의 내면 정황을 한결 절박하게 그려낸 작품이 어디 또 있었던가? 정히 고금 별장別章의 이채異彩로운 가구佳句라 할 것이다.

　우리나라 영조 때의 시인 이삼환李森煥의 절양류折楊柳의 시는 더욱 걸출한 이채로움이라 할 것이다.

　실버들 두어 가질 그대 위해 꺾어내니,
　임 이별 슬픈 정은 저들도 같아서리
　바람 앞 몸을 뒤틀며 가누지를 못하네!

　楊柳 依依 拂地垂커늘　　爲君 攀折 兩三枝라
　離情은 亦似 風前葉하여　搖蕩 東西 不自持라
　― 李森煥〈折楊柳〉

 770~?. 자는 경산. 백거이白居易 · 원진元稹 등과 교유하였으며, 벼슬은 소윤小尹.

농사일의 딱함

이신(李紳)

1. 봄에 뿌린
   한 알의 씨앗
   가을이면
   만 알이 되네.

   나라에 놀리는 땅
   없건마는
   그런대도 농부는
   굶어 죽다니?

春種 一粒粟이　秋收 萬顆子라
四海 無閑田ㄴ데　農夫 猶餓死라
〈憫農 其一〉

憫農(민농) 농민의 괴로움을 딱하게 여김.
粟(속) 조, 곡물(穀物)의 총칭.
萬顆(만과) 만립(萬粒), 무수한 낱알.

2. 논매다
   한낮이면
   땀방울
   바닥에 드네.

뉘 알랴?

한 그릇 밥이

알알이

고생인 줄을—.

鋤禾 日當午하니   汗滴 禾下土라

誰知 盤中飱고?   粒粒 皆辛苦라

〈憫農 其二〉

鋤禾(서화) 논매기를 함.
當午(당오) 정오(正午)의 시각이 됨.
飱(손) 밥.

평설 균전제均田制가 무너진 뒤의 중당기中唐期의 농업은 이미 밭 갈아 밥 먹고, 우물 파 물 마시는〔耕田而食, 鑿井而飲 ~ 擊壤歌〕 시대가 아니었다. 지주地主나 권력자가 토지를 겸병兼併함으로써 대다수의 농민은 소작농小作農이나 농노農奴로 전락하여 있었다. 자기 손으로 곡물을 생산하고서도 가혹한 수탈을 당한 나머지 매양 굶주려야 하는 것이 농민이었던 것이다.

이는 사회 모순을 지적 고발한 시라 할 수 있다.

어제 서울에

갔다 오면서

눈물로 수건이

흐뭇 젖었네.

온몸에 비단옷
두른 사람들
누에치는 사람이
아니더구나!

昨日 到城郭이러니   歸來에 淚滿巾이라
滿身 綺羅者는   不是 養蠶人이라

이신
李紳
772~846. 자는 공수公垂. 진사에 급제, 후에 벼슬이 재상
에 이르렀다. 원진·백거이와 교유하였으며, '신악부新樂府'
운동에 적극 참여했다. 《추석유집追惜遊集》3권이 전한다.

가을바람

유우석(劉禹錫)

가을바람은
어디서 오나?

우수수 기러기 떼도
보내오나니

이 아침 뜰 나무에
부는 저 소릴

외로운 나그네야
맨 먼저 듣네.

何處 秋風至오?　　蕭蕭 送雁群이라

朝來 入庭樹하니　　孤客 最先聞이라

〈秋風引〉

引(인) 시가의 한 체(體).
蕭蕭(소소) 쓸쓸한 소리. 여기서는 가을바람 소리.
朝來(조래) 아침. '來'는 조자(助字).

'가을바람은 어디서 오나?'는 '어쩌면 북쪽 내 고향 장안長
安에서 오는 것인지도 모른다'는, 은근한 추측에서의 자문自
問이요, '送雁群'도 고향에서 보낸 기러기일 게라는 함축의 자답自答
이다.

여기서 '送'이 타동사임에 유의할 것이니, '送'의 주체를 가을바
람으로 보기 쉬우나 그것은 불합리하다. 왜냐하면 가을바람은 다
만 기러기를 대동帶同한 동도자同途者 내지 선도자先導者일 뿐, '送'
의 주체는 그 띄워 보낸 그 자리에 이동 없이 따로 있을 것이기 때
문이다.

사실 기러기는 한漢의 소무蘇武의 고사故事 이래로 소식을 전하는
전신자傳信子 구실을 하고 있어, '기러기'와 '향사鄕思'는 서로 알뜰
한 연상 관계로 이어져 있다.

가을바람임을 감지하는 가장 민감한 사람은, 외로이 객지를 떠돌
고 있는, 바로 자신과 같은 나그네란 것이다. 어제와의 바람과 구별
하지 못하고, 그저 '그 바람이 그 바람'이려니 하는 사람에게는, 첫
가을바람은 느끼지 못하게 될 것이다.

가을바람은 싹이 다르다. 어제까지의 여름바람과는 근본 판이함
을 순간적으로 영감하게 된다. 엷은 베옷 소매 속으로 불어드는 까
칠한 감촉의 오싹한 기류, 그 허스키한 음색, 'ㅅ'소리가 주종인 그
쓸쓸히 서걱거리는 서글픈 소리, 어딘가로 내몰리는 듯한 최박감催
迫感, 허허로운 무상감, 천외天外의 이향감異鄕感, 절박하게 다가오는
향수 등을 일시에 온몸으로 느끼게 한다. 그리하여 그것은 외로운
나그네일수록, 누구보다도 먼저 가장 민감하게 감지되는 것이다.

유우석
劉禹錫

772~842. 자는 몽득夢得. 21세에 진사에 급제. 후에 감찰 어사監察御使로 있다가, 향후 누차 지방으로 좌천. 그에게서 창시되었다는 〈죽지사竹枝詞〉는 당시 사람들에게 널리 애창되었다. 만년에 태자빈객太子賓客을 지냈기에 '유빈객劉賓客'으로 알려졌다. 백거이와 친하여 '유백劉白'으로 병칭됐다. 《유몽득문집劉夢得文集》 40권에, 800여 수의 시가 전한다.

낭도사사 浪淘沙詞

유우석(劉禹錫)

앵무주엔 꽃샘 물결
모래톱에 철썩철썩…
기다리는 봄 하루도
해는 비껴 뉘엿뉘엿

제비도 진흙 물고
집 찾아 와쌓건만
우리 집 저 미친 양반은
집 생각을 않누나.

鸚鵡洲頭 浪颭沙하니　　靑樓 春望 日將斜라

含泥 燕子도 爭歸舍ㄴ데　獨自 狂夫는 不憶家라

〈浪淘沙詞〉

浪淘沙詞(낭도사사) 옛 악부(樂府)의 노래.
鸚鵡洲(앵무주) 무한(武漢)에 있는, 양자강 가의 모래섬.
浪颭沙(낭점사) '낭도사'와 같은 뜻. 바람에 일어나는 물결이, 물가의 모래를 흔들어, 마치
쌀을 일[淘]듯 하고 있다는 뜻.
靑樓(청루) 1) 유녀(遊女)가 있는 집. 기루(妓樓). 2) 귀인의 아낙이 거처하는 아름다운 누각.
여기서는 2)의 뜻.
狂夫(광부) 미친 지아비. 여색에 미친 남편을 원망조로 이른 말.

거친 꽃샘바람에 일어나는 봄 물결이, 물가 모래톱에 철썩
철썩 모래를 일고 있다. 간지러울 만큼 모래를 쓰다듬으며,
모래를 핥고, 모래에 입맞춤하고 있는, 마치 너를 갖고 싶다는 듯,
반복하는 애무愛撫를 지켜보고 있는 가운데, 이 공규空閨의 젊은 아
낙은 문득 춘정春情을 일으키고 만 것이다.

봄바람에 이는 물결, 물결에 일리듯 흔들리는 물모래인 양, 그 마
음도 시룽새룽 걷잡을 수가 없는데, 남편 돌아오기를 기다리는 봄
날의 긴 하루해도 설핏이 저물어 가고 있다. 남편은 요즈막 며칠을
줄곧 소문도 없이, 어느 기방妓房에 늘어져 자고 있는지? 오늘도 돌
아올 기미가 보이지 않는다. 제비도 진흙 물고, 저마다 돌아오고들
있건만, 제비보다도 무심한 '우리 집 저 미친 양반'은 홀로 집 생각
을 않고 있으니 어이하랴? '아아, 분통 터지는 이 가슴!'

우리나라에도 이와 비슷한 내용의 노랫말로 된 민요들이 있다.
강원도 아리랑, 신고산타령 등에….

일본의 하이꾸俳句에도 이 비슷한 것이 있었던 것 같다.

그대 갖고파 모래톱 핥고 있는 봄 물결이여!
きみほしとはまべをなめるはるは(春波)かな

청마 유치환의 시;

임은 바위처럼 끄떡도 않는데,
파도야, 난 어쩌란 말이냐? 어쩌란 말이냐?

도 다 그 어름의 연정이라 할 만하다.

이는 물론 아조雅調가 아닌 변풍變風이다. 시경詩經 정풍鄭風의 건
상褰裳이 연상될 만큼, 아낙의 호흡이 가빠지니, 입놀림도 거칠어진
다. 그만큼 강한 질투에서 빚어지는 것이라, 아예 고운 말을 기대하
기는 어렵다손 치더라도, 한편 요조窈窕하지 못한 아내이기에 돌아
올 생각을 내지 못하는, 남편과의 이 부조화의 상승相乘은, 예후豫後
가 매우 염려스럽기조차 하다.

　탕자蕩子 아내의 봄앓이 푸념이다.

　'건상'의 일절을 보이면 다음과 같다.

그대 날 사랑한다면야
치마 걷어올리고 강이라도 건너련만 ―,
그대 날 생각 않는대야
설마 딴 사람 없으랴?
이 미친 녀석, 미치광이야!

子惠 我思면　褰裳 涉溱이나
子不 我思뎬　豈無 他人가?
〈狂童之 狂也且〉

꽃 보며 술 마시며

유우석(劉禹錫)

오늘 꽃 앞에서
마시노라니,
기분 좋아 두어 잔에
얼큰해졌네.

웬걸 시름인 양
꽃이 하는 말;
"노인 위해 핀 건
아니었는데…"

今日 花前飮이러니　甘心 醉數杯라
但愁 花有語하니　　不爲老人開라
〈飮酒 看牧丹〉

평설 작자는 여러 번 좌천되는 구차한 벼슬살이를 끝내고, 이
제 돌아와 모란꽃을 완상하며 술을 마시고 있다. 기분이
좋아 여러 잔을 거듭하여 얼큰해진 가운데, 문득 '꽃의 말'을 영감
靈感한다.

"노인 위해 핀 건 아닌데…" 하는 것이 아닌가? 비로소 자신이 이
미 노인이 되어 꽃에서도 괄시를 받고 있음을 깨닫고는 비감悲感에
든다. 젊은이를 위해 핀 꽃인 것을, 아직도 청춘인 양 주착을 부린

것 같아 한편 부끄럽기도 하고, 한편 인생의 뒤안길로 사라져가야
할 서글픔을 느끼게도 된 것이다.

　'꽃의 말'이란, 작자 자신의 감정이입感情移入에서 오는, 자격지심
自激之心의 반향反響인 것이다.

오의항

유우석(劉禹錫)

주작교 다리께엔
들꽃이 피어 있고
오의항 어귀에는
석양이 비꼈는데,

그 옛날 왕씨·사씨
귀족 집 제비들이
여염집 처마 밑으로
날아들고 있구나!

朱雀橋邊 野草花요   烏衣 巷口 夕陽斜라

舊時 王謝 堂前燕이   飛入 尋常 百姓家를!

〈烏衣巷〉

烏衣巷(오의항) 강소성(江蘇省) 강녕현(江寧縣) 동남에 있는 지명. 진대(晉代)의 왕도(王導)와 사안(謝安)의 두 귀족 집안들이 이곳에 떵떵거리고 살면서, 그 자제들에게는 검은 옷을 입혀, 여염집 아이들과 구별 지었다는 데서 유래된 이름이라 한다.
朱雀橋(주작교) 오의항의 입구에 있는 다리 이름.

평설   '오의항'의 제비들! 그 옛날 이곳에 살던 왕씨·사씨 두 귀족 집안의 자제들이, 검은 옷을 입고 귀족티를 내며 뽐내었듯이, 높다란 그들의 저택을 드나들던 제비들까지도, 마치 귀족의 자제나 되는 것처럼, 그야말로 까만 연미복燕尾服 차림의 검은 옷으로 뽐내던 그 제비들! 그러나 한때의 권세도 나라의 운명과 함께 사라져간 지금에는, 예사로이 초라한 백성들의 오막살이 초가집 지붕 밑으로 스스럼없이 친근하게 드나들고 있는 것이다.

일종의 회고가懷古歌이기는 하나, 당시가 그립다거나, 몰락한 세정世情이 무상하다는 등의, 일반적 진부한 통념적 감정이 아니라, 오히려 변천되어온 사회상이며, 그 인정 풍속에 한결 긍정적인 다사로운 눈길을 보내고 있는 점에, 이 시의 진면목이 있는 것이다. 요새말로 한다면, 평민화한 제비, 민주화한 사회를 넌지시 찬양하고 있는 것이다.

'들꽃'이며 '제비'의 등장으로 자연스럽게 전개된, 고금의 사회상! 방향을 달리한 회고 문학의 새 풍향風向이라 할 만하다.

옛날에는 '제비가 남의 집에 들어간다〔燕入他家〕'는 말은, 나라의 주인이 바뀌거나, 여자가 남편을 바꾸는 일을 두고 인용하기도 하였으나, 바른 인용이라 할 수 없다.

노래로 읽는 당시

장한가 長恨歌

백거이(白居易)

한황제漢皇帝 여색女色 밝혀
절세미인 맘에 두고,
두루 천하 구했으나
오래도록 못 얻었네.

양씨 댁에 규수 있어
이제 막 자랐으나
규중 깊이 길러 있어
세상 사람 모르더라.

천생의 고운 자질
남 모른다 버려지랴?
일조에 뽑혀 올라
임금님 곁일레라.

한 번 살짝 눈웃음에
온갖 아양 피어나니,
육궁六宮의 화장 미인
얼굴 들 수 없겠더라.

漢皇 重色 思傾國할세   御宇 多年 求不得이라

楊家 有女 初長成에   養在 深閨 人未識이라

天生 麗質 難自棄하여   一朝 選在 君王側이라

廻眸 一笑 百媚生하니   六宮 粉黛 無顔色이라

漢皇(한황) 한무제(漢武帝)를 이름. 사실은 당현종(唐玄宗)을 이름이나, 작자 당시의 제실(帝室)의 일을 운위하기 거북하여, 전조(前朝)의 임금으로 차명(借名)한 것.
傾國(경국) 미인을 이름. 경성(傾城). 이연년(李延年)의 노래에 '一顧傾人城, 再顧傾人國'이라 있다.
御宇(어우) 천하를 거느림.
분대(粉黛) 분과 눈썹먹. 화장한 미인.

쌀쌀한 봄, 화청지에
목욕을 하사하니,
온천물 매끄러워
고운 살결 씻어낼 제,

교태 겨워 나른한 몸
시녀 아이 부축하니
임금님 새 사랑을
처음 받던 때일레라.

春寒 賜浴 華淸池한데   溫泉 水滑 洗凝脂라
侍兒 扶起 嬌無力하니   始是 新承 恩澤時라

華淸池(화청지) 장안(長安)의 동쪽 교외에 있는 화청궁(華淸宮)의 온천수.

구름머리 꽃얼굴에
금보요 한들한들
부용장 따스한 속
봄밤을 보낼 적에,

봄밤은 짧기만 해
낮 되서야 일어나니
이로부터 임금님은
조회를 못하니라.

雲鬢 花顏 金步搖로　　芙蓉 帳暖 度春宵라

春宵 苦短 日高起하니　從此 君王이 不早朝라

金步搖(금보요) 머리에 꽂는 금장신구. 걸을 때마다 한들거림에서 붙여진 이름.
早朝(조조) 아침 일찍 조정에 나가 정사(政事)를 보는 일. 조회(朝會).

기쁨으로 주연酒宴 모셔
한가할 틈 없으니
봄이면 봄놀이요
밤이면 도맡은 밤,

아리따운 삼천 궁녀
후궁에 있건마는
삼천 궁녀 받을 사랑
한 몸에 독차지라.

금궐金闕에 화장 마침
밤 시중에 아양이요,
옥루玉樓에 잔치 끝남
취기 속의 춘정春情이라.

承歡 侍宴 無閑暇하니　春從 春遊 夜專夜라
後宮 佳麗 三千人이　三千 寵愛 在一身이라
金屋 粧成 嬌侍夜오　玉樓 宴罷 醉和春을!

承歡(승환) 상대의 기쁨에 맞장구쳐 기뻐함. 비위를 맞춰가며 기뻐함.

형제자매 그 모두가
높은 벼슬 차지하니
어여쁘다. 그 광채여!
문호의 생광일다.

마침내 이 세상의
부모 된 마음들이
아들보단 딸 낳음을
중하게 여기더라.

姉妹 弟兄 皆列土하니　可憐 光彩 生門戶라
遂令 天下 父母心이　不重 生男 重生女라

노래로 읽는 당시

여궁은 드높은 곳
구름 위에 솟았는데,
신선 풍악 바람 타고
곳곳에 들려온다.

느린 가락 질펀한 춤
관현악에 뒤엉기니
임금님 종일 봐도
물리지 않던 그때,

적군의 큰 북소리
지동치듯 다가오니
아뿔사! '예상우의곡'
꿈은 놀라 깨졌더라.

驪宮 高處 入靑雲인데   仙樂 風飄 處處聞터니
緩歌 慢舞 凝絲竹하니   盡日 君王 看不足터니
漁陽 鼙鼓 動地來하니   驚破 霓裳 羽衣曲을!

驪宮(여궁) 여산(驪山)의 이궁(離宮).
凝絲竹(응사죽) 현악기와 관악기의 악음(樂音)이 한데 엉김.
漁陽(어양) 북경 부근의 지명. 안녹산(安祿山)이 반란을 일으킨 곳.
鼙鼓(비고) 마상에서 치던, 전투 신호용의 북.
霓裳羽衣曲(예상우의곡) 무곡(舞曲)의 이름.

구중궁궐에는
연기 먼지 자욱하고

천만의 수레와 말
서남으로 피난 갈 제,

천자기天子旗 흔들흔들
가다가 딱 멈추니
궁궐 서문 빠져 나와
백여 리쯤 왔을 때라.

군사들 출발 않고
고집하니 어이하랴?
아리따운 고운 얼굴
군마 앞에 죽었어라!

九重 城闕 煙塵生이요　千乘 萬騎 西南行이라
翠華 搖搖 行復止하니　西出 都門 百餘里라
六軍 不發 無奈何하여　宛轉 蛾眉 馬前死를!

六軍(육군) 천자의 근위병인 여섯 부대.
不發(불발) 동란의 직접 책임은 천자의 측근인 양귀비에 있다 하고, 그녀를 벌하지 않으면
움직이지 않겠다는 군사들의 항거를 이름. 일종의 군사 반란.
宛轉蛾眉(완전아미) 아리따운 미모의 형용.

꽃비녀 떨어진 채
거두는 사람 없고
취요·금작·옥소두도
흩어진 채 그만이라.

임금님 얼굴 묻고
구할 길 바이없어
고개 돌려 피눈물만
하염없이 흘리더라.

花鈿 委地 無人收요   翠翹 金雀 玉搔頭라
君王 掩面 求不得하여   回看 血淚 相和流라

翠翹(취요)·**金雀**(금작)·**玉搔頭**(옥소두) 모두 몸단장하는 노리개.

흙먼지 자욱 일고
바람도 산란한데
구름 잔도栈道 굽이굽이
검각산 재를 올라,

아미산하 다다르니
행인이란 거의 없어
정기旌旗도 빛 바래고
햇빛도 엷었더라.

黃埃 散漫 風蕭索한데   雲棧 縈紆 登劍閣이라
峨嵋山下 少人行하니   旌旗 無光 日色薄을!

劍閣山재 촉(蜀)의 북문이라고 일컬어지는 험한 잔도(栈道)의 산길.
雲棧(운잔) 구름 속을 가로질러놓은, 높은 잔도(栈道).
縈紆(영우) 꾸불꾸불한 모양.

촉강물 짙푸르고
촉산 또한 퍼러한데,
임금님 지나 세나
못 잊는 정 어이하리?

행궁에 보는 달은
애태우는 그 빛이요,
밤비에 듣는 풍경
애끓는 소리로다.

蜀江 水碧 蜀山 靑하니　聖主 朝朝 暮暮情이라
行宮 見月 傷心色이요　夜雨 聞鈴 腸斷聲을!

────────
鈴(령) 풍경(風磬). 절 또는 큰 건물 추녀에 다는 작은 종. 풍령(風鈴).

천지운기 회복되어
어가御駕를 돌이킬 제,
이곳에 와 머뭇머뭇
차마 못 떠나가니,

이곳은 마외파라,
언덕 밑 진흙 속에
헛되이 죽어간 곳.

옥안玉顔은 안 보이네.

군신 서로 돌아보며
홍건히 옷깃 젖어
동으로 성문 향해
말 발길에 맡겼더라.

天旋 地轉 廻龍馭할제   到此 躊躇 不能去라
馬嵬坡下 泥土中에   不見 玉顔 空死處를!
君臣 相顧 盡霑衣   東望 都門 信馬歸라

天旋地轉(천선지전) 천지운기가 다시 돌아옴. 곧 난을 평정하여 장안을 수복함을 이름.
廻龍馭(회룡어) 용어를 돌이킴. '용어'는 천자의 말.

돌아오니 궁궐宮闕 안은
모두가 예와 같아
태액지엔 연꽃이요
미앙궁엔 버들이라.

연꽃은 얼굴인 양,
버들잎은 눈썹인 듯,
어찌타! 눈물 없이
차마 이를 대하리요?

복사꽃 오얏꽃
봄바람에 피는 밤과

가을비 우수수
오동잎 지는 때를 ―.

歸來 池苑 皆依舊나   太液 芙蓉 未央柳라
芙蓉 如面 柳如眉하니   對此 如何 不淚垂아?
春風 桃李 花開夜오   秋雨 梧桐 葉落時라

太液(태액) 궁중에 있는 못 이름.
未央(미앙) 궁전 이름.

서궁이며 남원에는
가을 풀 우거졌고
낙엽은 뜰에 가득
쓸 이 없이 붉어 있다.

이원의 악사樂士들은
흰머리 성성하고
내궁內宮의 시녀 또한
곱던 얼굴 주름이라.

西宮 南苑 多秋草하니   落葉 滿階 紅不掃라
梨園 弟子 白髮新이요   椒房 阿監 靑娥老라

梨園弟子(이원제자) 현종 때 만든 가무단(歌舞團)의 교습생(教習生)들을 이름.
椒房阿監(초방아감) 미앙궁(未央宮) 안에 있었던 황후의 거소. 산초(山椒)를 벽에 발랐으므로 이름. '阿監'은 그곳의 여관(女官). 곧 태감(太監)을 이름.

침전寢殿에 반디 날아
심사도 초연悄然한데,
등 심지 돋궈 돋궈
다 돋궈도 잠 못 든다.

더디어라! 쇠북 소리
초가을 밤도 길다.
경경한 은하수는
새벽이 되려는데,

원앙 기와 싸늘하여
서리꽃 짙었건만,
비취 이불 차도 차라!
그 누구와 함께하리?

아득히 생과 사로
나뉜 지 여러 해나
혼령은 아직 한 번
꿈에도 안 보인다.

夕殿 螢飛 思悄然하니   孤燈 挑盡 未成眠을!
遲遲 鐘鼓 初長夜오   耿耿 星河 欲曙天이라
鴛鴦 瓦冷 霜華重한데   翡翠 衾寒 誰與共고?
悠悠 生死 別經年하니   魂魄 不曾 來入夢이라

悄然(초연) 슬픈 모양.
挑燈(도등) 등잔의 심지를 올림.

장안에 우거하는
임공서 온 도사 있어
정성으로 치성 들여
초혼을 잘 하더니,

전전반측 잠 못 드는
임금님 위하여서
마침내 방사方士 시켜
은근히 찾게 했네.

臨邛 道士 鴻都客이   能以 精誠 致魂魄이라

爲感 君王 展轉思하여 遂敎 方士 殷勤覓이라

臨邛(임공) 사천성(四川省)의 지명.
方士(방사) 선술(仙術)을 행하는 사람.
鴻都客(홍도객) '鴻都'는 궁전의 문. 장안의 홍도문 밖에 와 사는 나그네.
展轉(전전) 잠을 이루지 못하여 이리 뒤척 저리 뒤척 하는 모양. 전전반측(輾轉反側).

허공 헤쳐 대기大氣 몰아
번개같이 내달아서
하늘 위로 땅속으로
두루 찾아 헤매일 제,

노래로 읽는 당시

위에는 벽공이요
아래는 황천인데
두 곳 다 아득하여
보이지 안하더라.

排空 馭氣 奔如電하여   昇天 入地 求之遍이나
上窮 碧落 下黃泉에   兩處 茫茫 皆不見이라

碧落(벽락) 도가(道家)들이 일컫는 벽공(碧空).

문득 바다 위에
신선 산 있다 듣고,
바라보니 아득한 곳
있는 듯도 없는 듯다.

누각은 영롱하여
오색구름 서렸는데,
그 안에 아리따운
선녀들도 많을시고!

그중의 그 한 사람
태진이라 불리는 이
흰 살결 고운 얼굴
귀비일 씨 방불하다.

忽聞 海上 有仙山하니　山在 虛無 縹緲間이라

樓閣 玲瓏 五雲起하니　其中 綽約 多仙子라

中有 一人 字太眞하니　雪膚 花貌 參差是라

縹緲(표묘) 멀고 아득한 모양.

綽約(작약) 우아한 모양.

太眞(태진) 양귀비의 자. 그의 이름은 옥환(玉環)이다.

參差(참치) 가지런하지 않은 모양. 여기서는 비슷하나 확실하지 않은 모양. 방불한 모양.

금궐 서쪽 채의
옥문을 두드리니
소옥이 나왔거늘
시녀에게 전케 했네.

한나라 천자님의
사자 온 줄 전해 듣고
아홉 겹 꽃장막 속
꿈꾸던 넋 놀라 깬다.

金闕 西廂 叩玉扃하여　轉教 小玉 報雙成이라

聞道 漢家 天子使하고　九華 帳裏 夢魂驚이라

西廂(서상) 정전(正殿)의 서쪽에 있는 집채.

玉扃(옥경) 옥으로 만든 문.

小玉(소옥) 심부름하는 아이 이름.

雙成(쌍성) 선녀의 시녀 이름.

노래로 읽는 당시

옷 걸치며 베개 밀쳐
일어나 서성이니
구슬발과 은 병풍이
차례로 열리는데,

구름머리 반 거둔 채
풋잠에서 깨어나서
화관도 못 바른 채
당에서 내려온다.

攬衣 推枕 起徘徊하니　珠箔 銀屏 邐迤開라
雲鬓 半偏 新睡覺하니　花冠 不整 下堂來라

攬衣(남의) 옷을 걸침.
邐迤開(이리개) 차례차례로 열림.

바람은 소매를 불어
표표히 들날리니
예런 듯 '예상우의무'
춤추는 듯도 한데,

적적한 고운 얼굴
눈물이 그렁그렁
배꽃 한 가지가
봄비에 젖었는 듯.

정이 담뿍 고인 눈길
임금님께 사례한다.
"한 번 이별하온 후로
음용音容이 아득하와

소양전에서의
사랑은 끊어지고
봉래궁중에서
세월만 길었내다.

아래로 고개 돌려
인간 세상 굽어보면
장안은 안 보이고
진무塵霧만 보입데다.

옛날 쓰던 물건으로
깊은 정 표하고자
자개 향합 금비녀를
회편에 부칩내다.

금비녀 자개 향합
반쪽씩 가지고자
금비녀 도막내고
향합도 갈랐내다.

다만 이들처럼
마음만 굳사오면
하늘 위와 인간 사이
만날 날 있으리다."

風吹 仙袂 飄飆擧하니   猶似霓裳羽衣舞라
玉容 寂寞 淚闌干하니   梨花 一枝 春帶雨라
含情 凝睇 謝君王호되   一別 音容 兩渺茫이라
昭陽 殿裏 恩愛絶이요   蓬萊 宮中 日月長이라
迴頭 下望 人寰處에   不見 長安 見塵霧라
唯將 舊物 表深情하니   鈿合 金釵 寄將去라
釵留 一股 合一扇하니   釵擘 黃金 合分鈿이라
但敎 心似 金鈿堅이면   天上 人間 會相見하리라

涙闌干(누란간) 눈물이 가득 고여, 굴러 떨어지기 직전의 모양.
梨花一枝春帶雨(이화일지춘대우) 눈물에 젖어 있는 미인의 형용.
含情凝睇(함정응제) 듬뿍 머금은 애정의 눈길로 지그시 바라봄.
謝君王(사군왕) 임금님께 사례함.
蓬萊宮(봉래궁) 해상에 있다는 신선의 궁전.
鈿合(전합) 자개박이의 작은 합.
寄將去(기장거) 인편에 부쳐 가져가게 함.

임별臨別에 또 은근히
전언傳言하여 이르는 말,
"말씀 중 맹세턴 말
오직 둘만 알지마는
칠월이라 칠석날에

장생전에 모실 적에
기척 없는 한밤중에
속삭이던 그 말씀은
하늘에 있을지면
비익조 되고지고
땅에 있을지면
연리지 되어지라."

천지가 장구長久탄들
다할 날 있을지나,
이 한은 길고도 길어
끊일 날이 없으리…

臨別 殷勤 重寄詞하니   詞中 有誓 兩心知라
七月 七日 長生殿에   夜半 無人 私語時라
在天 願作 比翼鳥요   在地 願爲 連理枝라
天長 地久 有時盡이나   此恨 綿綿 無絶期라

長生殿(장생전) 여산 이궁(驪山離宮)에 있는 궁전 이름.
比翼鳥(비익조) 암수가 각각 눈 하나 날개 하나로 한 몸이 되어 나는 새.
連理枝(연리지) 줄기는 둘이면서 가지가 서로 맞붙어 있는 나무.
天長地久(천장지구) 하늘과 땅은 오래고 길어 멸망할 날이 없다는 뜻.
※ 끝 두 구는 작자의 평어(評語)로써, 시제(詩題)인 '장한가'의 뜻을 밝힌 대문이기도 하다.
[解題] 이는 당 현종(唐玄宗)과 양귀비(楊貴妃)의 다하지 못한 사랑의 긴긴 원한을 노래한 장편 서사시다. 작자의 나이 35세, 장안 근처 한 지방의 속관으로 있을 때의 작품이다.

노래로 읽는 당시

이는 양귀비의 일대기라 하지만, 사후 세계에까지 펼쳐진, 한 화려하고도 장대한 낭만적 비극적 서사시라 할 만하다. 미인을 형용함에는 미인만큼이나 아름다운 말의 발견이 필수적이다. 이 작품의 한 자 한 구가 얼마나 찬란한 말의 향연인가를 음미할 것이다. 그중에도 두드러진 명구를 몇 추려보면:

한 번 살짝 눈웃음에 온갖 아양 생겨나니
육궁의 꾸민 얼굴, 빛을 잃게 되었더라.

廻眸一笑百媚生　六宮粉黛無顔色

는, 현종의 총애를 독차지하던 때의 양귀비의 생동하는 아양 백태百態의 한 장면이요, 사후 선녀로서 나타난, 눈물에 젖어 있는 그녀를

적적한 고운 얼굴 눈물이 그렁그렁
배꽃 한 가지 봄비를 띠었는 듯

玉容寂寞淚蘭干　梨花一枝春帶雨

이라 했으니, 봄비에 함초롬이 젖어 있는 청초한 배꽃의, 한 송이도 아닌 한 가지에 비유된, 그 그윽한 비애미悲哀美를 상상해볼 것이다.

구름머리 반 거둔 채 풋잠에서 깨어나서
화관도 못 바룬 채 당에서 내려오네.

雲鬢半偏新睡覺　花冠不整下堂來

는, 천자의 사자를 만나러 나오는 봉래궁에서의 모습으로, 이는 또다른 시각에서 바라본, 그녀의 반 흩으러진 수척미瘦瘠美의 한 모습이다.

현종의 사랑을 독점한 귀비의 황금기로는

기분 맞춰 주연 모셔 한가한 틈 없으니
봄마다 봄놀이요, 밤마다 도맡은 밤
금궐에 화장 마치면 밤 시중에 아양이요
옥루에 잔치 끝나면 취기 어린 춘정이라

承歡侍宴無閑暇　春從春遊夜專夜
金屋粧成嬌侍夜　玉樓宴罷醉和春

등은 다 끝없이 이어져가는 미화된 육체적 환락상이다.
이리하여 현종의 서원誓願은

하늘에 있을지면 비익조 되고지고
땅에 있을지면 연리지 되어지라

在天願作比翼鳥　在地願爲連理枝

했건마는, 정사를 팽개친 황음荒淫의 결과는 필경 몰락으로 내리달아, 반란군에 쫓긴 피난길에서의 양귀비의 죽음, 현종의 두고두고

못 잊어하는 그 애틋한 애모愛慕… 그 가장 견디기 어려운 때를;

  복사꽃 오얏꽃 봄바람에 피는 밤과
  가을비 우수수 오동잎 지는 때라.

  春風桃李花開夜　秋雨梧桐葉落時

했으며, 그 불면의 긴긴 밤을;

  등심지 돋궈 돋궈 다 돋궈도 잠 못 이뤄

  孤燈挑盡未成眠

라 하는가 하면,

  비취 이불 차도 차라, 그 누구와 함께하리?

  翡翠衾寒誰與共고?

하며 탄식하는 장면 등이다.
  끝으로 해제解題 겸 작자의 변辯으로…

  천지 장구타 한들 다할 날 있을지나,
  이 한은 길고도 길어 끊일 날이 없으리….

天長地久有時盡　此恨綿綿無絶期

로 막을 내리니, 모두 124구 840자의 장편 서사시다.

백거이
白居易
772~846. 자는 낙천樂天, 호는 향산거사香山居士. 관리의 집에 태어나, 25세에 진사에 급제, 한림학사翰林學士, 좌습유左拾遺 등을 지내며, 40세경에는 시인으로서의 명성이 높았다. 사회상을 반영한 풍자시를 많이 썼는데, 이의 비판정신을 싫어하는 권신들의 미움을 사 43세에 강주사마江州司馬로 좌천되었다. 49세에 소환되었으나, 2년 후에는 스스로 외직을 청하여 향주杭州, 소주蘇州의 자사刺使가 되었다. 그의 생애는 비교적 안정적이었다. 그의 자 낙천樂天과 같이 낙천적인 성격으로 안분지족安分知足한 덕분이라 할 것이다. 그의 시는 평이하고 유려하여 왕공에서 평민에 이르기까지 넓은 층의 독자를 가져 전국적인 유행을 보였다. 그는 원진과 함께 이런 평이한 문체를 창도하였으니, 세인들이 이를 원백체元白體라고 일컬었다. 《백씨장경집白氏長慶集》71권에 약 2800수의 시가 전한다.

비파행 琵琶行

백거이(白居易)

심양강 밤 부두에
가는 벗 보내려니
단풍잎 갈대꽃에
가을바람 쓸쓸하다.

주인도 말을 내려
손의 배에 함께 올라
이별주 나누자니
풍류 가락 아쉬워라.

취해도 흥이 없어
쓸쓸히 헤지렬 제,
때마침 강엔 아득
달빛이 잠겨 있다.

潯陽江頭 夜送客하니   楓葉 荻花 秋瑟瑟이라
主人 下馬 客在船하니   擧酒 欲飮 無管絃이라
醉不 成歡 慘將別할제   別時 茫茫 江浸月을!

潯陽江(심양강) 강서성(江西省) 구강시(九江市) 부근을 흐르는 양자강의 지류.
瑟瑟(슬슬) 쓸쓸함. '索索(삭삭)'으로 된 데도 있다.

문득 물결 위로
이 어인 비파 소리!
주인도 나그네도
가고 올 길 다 잊은 채,

소리 쪽 어림 대고
그 누구뇨? 묻는 말에
비파 소리 뚝 끊이고
말 있을 듯 말이 없다.

배를 옮겨 저어
가까이 만나보자
술 더하고 등불 돌려
송별연 다시 열 제,

천 번 만 번 청한 끝에
마지 못 나오는데,
오히려 비파를 안아
반 얼굴을 가렸더라.

忽聞 水上 琵琶聲하고   主人 忘歸 客不發이라
尋聲 暗問 彈者誰오?   琵琶 聲停 欲語遲라
移船 相近 邀相見하고   添酒 迴燈 重開宴이라
千呼 萬喚 始出來에   猶抱 琵琶 半遮面을!

暗問(암문) 남 몰래 물음.
欲語遲(욕어지) 대답이 있을 듯하면서도 짐짓 대답이 늦어짐.
遮面(차면) 얼굴을 가림.

축軸을 틀어 줄을 골라
두세 번 퉁기는 소리
곡조도 체 아닌데
마음 먼저 설레인다.

이 줄 저 줄 짚고 얼러
소리 소리 느꺼운 정
평생에 못 이룬 뜻
하소연하려는 듯,

다소곳 손길에 맡겨
연해 타는 잦은 가락
가슴 속 사무친 사연
다 쏟아내는 듯다.

轉軸 撥絃 三兩聲에   未成 曲調 先有情을!

絃絃 掩抑 聲聲思하니   似訴 平生 不得志라

低眉 信手 續續彈하니   說盡 心中 無限事를!

轉軸(전축) 줄을 죄는 꼭지를 틂. 조율(調律)함을 이름.
低眉(저미) 아미를 숙임. 다소곳이 굽어보는 자세를 이름.
信手(신수) 손길에 맡김.

가볍게 어르다가
하염없이 흐느끼다
자지러져 사라지다
다시 탕 돋구는 가락
첫 곡은 '예상'이요,
뒤엣곡은 '녹요'로다.

굵은 줄은 조조嘈嘈하여
소나기 쏟아지듯
가는 줄은 절절切切하여
속삭이듯 애처롭다.

조조하고 절절한 소리
뒤섞어 퉁겨내니,
큰 구슬 작은 구슬
옥반에 구르는 듯,

꾀꼬리 맑은 목청
꽃그늘에 미끄러지듯
그윽이 목메는 물
얼음 아래 여울진다.

얼음과 물 얼부풀어
비파 줄도 엉겼는 듯
엉기어 못 틔는 줄.

소리 잠시 딱 멎는다.

깊은 시름 그윽한 한恨
별맛으로 서려나니
이때의 소리 없음,
있기보다 멋스럽다.

은병 아차 깨뜨려져
물 콸콸 쏟아지듯
철기장군 막 내달아
창칼 서로 부딪는 듯

곡 파하고 발撥을 뽑아
한복판 빗 그으니,
넉 줄 소리 한 소리로
비단을 찢는 듯다.

동쪽 서쪽 많은 배들
시름인 양 말이 없고
다만당 강심江心에 잠긴
가을 달만 밝았더라!

輕攏 慢撚 抹復挑하니 初爲 霓裳 後六幺라
大絃은 嘈嘈 如急雨요 小絃은 切切 如私語라
嘈嘈 切切 錯雜彈하니 大珠 小株 落玉盤이라

間關 鶯語 花底滑하니　　幽咽 泉流 水下灘이라

氷泉 冷澀 絃凝絶하니　　凝絶 不通 聲暫歇이라

別有 幽愁 暗恨生하니　　此時 無聲 勝有聲이라

銀瓶 乍破 水漿迸하니　　鐵騎 突出 刀槍鳴이라

曲終 收撥 當心畫하니　　四絃 一聲 如裂帛이라

東船 西舫 悄無言하고　　唯見 江心 秋月白이라

輕攏(경롱) 손가락 끝으로 줄을 가볍게 눌러 소리를 어르는 기법.
漫撚(만연) 줄을 비틀어 퉁기어 하염없이 흐느끼게 하는 기법.
抹復挑(말부도) 줄을 어루만져 소리를 얼러, 사라지듯 자지러들다가, 다시 탕 하고 퉁겨냄.
霓裳(예상) 곡조 이름. 예상우의곡(霓裳羽衣曲)
六幺(육요) 곡조 이름. 녹요(綠腰)라고도 한다.
嘈嘈(조조) 떠들썩한 소리 모양.
切切(절절) 애절한 소리 모양.
撥(발) 비파 줄을 퉁기는 데 쓰는 작은 재구.
間關(간관) 새 울음소리의 형용.
鐵騎(철기) 철갑(鐵甲)을 입은 기병(騎兵).

나직이 탄식하며
발撥 거두어 줄에 꽂고
옷매무새 가다듬고
앉음새 고쳐 앉아

스스로 하는 말이
"저는 서울 태생으로
집은 장안 남쪽
하마릉 아래였죠.

열세 살 되던 해에
비파 음률 통달하여
기방妓坊의 으뜸으로
이름을 날렸습죠.

한 곡조 끝날 때면
스승도 탄복했고
단장하고 나설 때면
미인들도 눈 흘겼죠.

오릉의 젊은이들
놀음차 서로 다퉈
한 곡조 타고 나면
붉은 비단 지천이라.

沈吟 收撥 插絃中하고　　整頓 衣裳 起斂容터니
自言 本是 京城女로　　家在 蝦蟆 陵下住라
十三에 學得 琵琶成하니　名屬 敎坊 第一部라
曲罷에 曾敎 善才服하니　粧成에 每被 秋娘妬라
五陵 年少 爭纏頭하여　　一曲 紅綃 不知數라

秋娘(추낭) 여기서는 '미인'의 비유.

蝦蟆陵(하마릉) 장안(長安)에 있는 능(陵). 동중서(董仲舒)의 묘란 설도 있다. 본디는 '下馬陵'
이었는데 후세에 와전된 것이라 한다.

敎坊第一部(교방제일부) 기방(妓坊)의 제일급(第一級).

五陵(오릉) 장안 교외에 있는 한(漢)의 다섯 능이 있는 곳. 이곳에는 부호의 집들이 많았다
한다.

爭纏頭(쟁전두) 놀음차를 다투어 냄.

자개박이 은비녀도
장단 치다 부서지고
당홍빛 비단치마
술 쏟아 얼룩져도

한 해 또 한 해
마냥 즐겨 웃는 사이
가을 달 봄바람은
무심히 지났내다.

동생은 군에 가고
양모 또한 돌아가니
세월은 덧없어라.
얼굴빛도 글렀으매.

문전은 쓸쓸하여
찾아오는 손님 없고
늙은 몸 하릴없어
상인의 아내 되니,

상인은 돈만 알 뿐
이별 슬픔 알 리 없어
지난 달 부량으로
차茶를 사러 갔습내다.

노래로 읽는 당시

오가는 강목에서
빈 배 지켜 있노라면
배를 두른 밝은 달빛
강물은 차가운데,

밤 깊어 홀연히
젊었을 적 꿈꾸다가
꿈에서 흘린 눈물
붉은 화장 적십니다."

鈿頭 銀篦 擊節碎하고　血色 羅裙 翻酒汗라
今年 歡笑 復明年　　秋月 春風 等閑度라
弟走 從軍 阿姨死하니　暮去 朝來 顔色故라
門前 冷落 鞍馬稀하니　老大 嫁作 商人婦라
商人 重利 輕別離하여　前月 浮梁 買茶去라
去來 江口 守空船하니　遠船 月明 江水寒이라
夜深 忽夢 少年事하니　夢啼 粧淚 紅闌干이라

等閑度(등한도) 무심히 지나감.
阿姨(아이) 양어머니.
鞍馬稀(안마희) 말탄 손님이 드묾. 높은 손님이 오지 않음.
浮梁(부량) 강서성(江西省)에 있는 차의 명산지.
粧淚(장루) 화장한 얼굴에 흐르는 눈물.

내 이미 비파 가락
탄식으로 들은 끝에
다시 또 이 말 듣자

장탄식을 거듭할다.

"우리는 다 같은
하늘가에 버려진 몸
우리의 이 만남은
초면이자 구면일다.

我聞 琵琶 已歎息하고   又聞 此語 重唧唧이라
同是 天涯 淪落人이   相逢 何必 曾相識고?

重唧唧(중즉즉) '즉즉'은 탄식하는 소리. '重'은 평성(平聲)으로 가볍게 읽어서, '거듭'의 뜻.
淪落(윤락) 정처 없이 떠돌아다님.
相逢何必曾相識(상봉하필증상식) 같은 처지에 있는 우리 두 사람의 만남은, 비록 초면이지
만, 지기(知己)의 만남과도 같이 반갑다. 그러므로 '相逢'이란 말이 어찌 반드시 일찍부터
아는 사이의 만남에만 쓸 수 있는 말이겠느냐?

나도 지난해에
서울을 하직하고
귀양살이 심양성에
병들어 누웠느니,

심양은 외진 시골
음악이란 바이없어
한 해가 다 가도록
관현管絃 소리 못 들었네.

사는 곳은 분강 근처

낮고 습기 많아
갈대랑 왕대 숲이
집을 둘러 우거진 곳,

그 사이 아침저녁
무엇을 들었던고?
피로 우는 두견이며
슬피 우는 원숭이라.

꽃 피는 봄의 강변
달 밝은 가을밤엔
이따금 술을 사다
홀로 잔을 기울였네.

산 노래 시골 피리
설마야 없으랴만
뒤틀리고 난잡하여
차마 듣지 못할레라.

오늘 밤 그대 만나
비파 가락 듣노라니
신선 풍악 엿들은 듯
귀 잠시 밝았었네.

다시 앉아 한 곡조 더

사양치 말아다오.
그대 위해 시로 옮겨
비파행을 지으리라."

我從 去年 辭帝京하고　謫居 臥病 潯陽城이라
潯陽 地僻 無音樂하여　終歲 不聞 絲竹聲이라
住近 湓江 地低濕하여　黃蘆 苦竹 繞宅生이라
其間 旦暮 聞何物고?　杜鵑 啼血 猿哀鳴이라
春江 花朝 秋月夜에　往往 取酒 還獨傾이라
豈無 山歌 與村笛가?　嘔啞 嘲哳 難爲聽이라
今夜 聞君 琵琶語하니　如聽 仙樂 耳暫明이라
莫辭 更坐 彈一曲하라　爲君 翻作 琵琶行이라

絲竹(사죽) 현악기와 관악기. 관현(管絃).
苦竹(고죽) 대의 일종. 참대.
嘔啞嘲哳(구아조찰) 뒤틀리고 난잡한 소리.
翻作(번작) 딴 영역의 작품으로 옮겨 지음.

이 말에 감동한 듯
이윽고 서 있다가
도로 앉아 줄을 타니
가락은 더욱 빨라,
구슬픈 사연이야
아까보다 더하여서
좌중이 얼굴 가려
모두들 울었더라.

그중에도 어느 누가
가장 많이 울었던고?
강주사마 옷자락이
눈물에 흥건터라.

感我 此言 良久立터니　却坐 促絃 絃轉急이라
凄凄 不似 向前聲하니　滿座 重聞 皆掩泣이라
座中 泣下 誰最多오?　江州 司馬 靑衫濕이라

江州司馬(강주사마) 작자 자신을 가리킴.
靑衫(청삼) 푸른 윗옷. 당시의 하급 관리의 제복.
[解題] 이는 작자 44세(원화 10년, 815) 때 구강군사마(九江郡司馬)로 좌천되어, 한 퇴기의
비파 가락에 감동되고, 또 그녀가 늘어놓는 윤락 현황이 자신의 처지와 비슷함에 더욱 감
개하여, 그 울적한 심사를 부친 총 88구 616자의 장편 서사시다.

평설　우리는 이미 '장한가長恨歌'에서 작자가 얼마나 감상적일 만
큼 정이 많은 사람인가를 보아 왔거니와, 이 한 편에서도
또한 그가 얼마나 다정다감한, 눈물 많은 사람인가를 확인하게 된
다. 그의 정에 민감함은 거의 선천적이라 할 만하니, 보라, 저 '未成
曲調先有情(미성곡조선유정)'의 한 구만 해도 그렇다. 조율調律하는
소리, 그것은 곡조가 아닐 뿐 아니라, 듣기에도 거슬리는 불협화의
난조에 불과하건마는, 그 소리에서도 감정의 움직임이 일어날 만
큼, 그의 정감情感은 언제나 대전帶電 상태에 있는 것으로 여겨진다.
　이 작품은 작자가 말했듯이, 음악을 문학으로 '번작翻作'한 것이
다. 소리와 문자, 그 두 사이의 경계가 해소되어, 문자에서 생생한
악음樂音 소리를 듣는 듯, 이하 연속되는 비파 소리의 섬세한 묘사
는 직접 그 자리에서 시청하는 듯한 현장감을 일으키게 하고 있다.

한 퇴기退妓의 비파 소리에서 '인생의 애한哀恨'을 듣고, 그녀의 전락해온 사연에서 쫓겨난 자신 또한 같은 천애의 윤락인임을 비로소 깨닫게 되면서, 그 사이 쌓여 있던 울한鬱恨을 한꺼번에 쏟아놓는 장면은, 모든 독자의 회한사悔恨事까지도 표백表白해주는, 정화공덕 淨化功德마저 없지 않을 듯하다.

정이란 이리도 다사로운 것, 눈물이란 이리도 거룩한 것, 정도 많고 눈물도 많던 당시는 아닐망정, 정도 있고 눈물도 있는 오늘날의 이 지구 위는, 그래도 아직은 인간이 살 만한 곳이렷다!

숯 파는 늙은이

백거이(白居易)

숯 굽는 저 늙은이!
남산에 나무 베어
숯 굽는 저 늙은이!
재투성이 온 얼굴은
시뻘겋게 그을었고,
구레나룻 희끗희끗
시커먼 열 손가락….

숯 팔아 돈 벌어선
무엇에 쓰자는고?
몸엔 옷, 입엔 풀칠,
그것이 고작이나,
가엾어라! 오돌오돌
홑옷 입고 떨면서도,
숯값 싸질세라,
날씨 춥길 바라더라.

밤사이 성 밖에는
자 눈이 쌓였는데,
새벽부터 숯 달구지
빙판 길에 모노라니,

소 지치고 사람 주려
해는 이미 중천이라.
남문 밖 저자가의
질척한 곳 쉬노라니,

두 필 말 채쳐 오는
저 사람은 누구인고?
황의 입은 궁중 사자
흰옷 입은 그 종자라.
칙서勅書 들어 보이면서
칙령勅令이라 외치고는,
차 돌려 소를 박차
북으로 끌고 간다.

한 수레에 가득 실은
천 근도 넘는 숯을
궁중 사자 끌고 가니
애가 탄들 어이하리?
반 필의 붉은 사紗와
한 자투리 비단 끝을
쇠뿔에 감아주며
숯값이라 하는구나!

賣炭翁   伐薪 燒炭 南山中하니

滿面 塵灰 煙火色이요   兩鬢 蒼蒼 十指黑이라

賣炭 得錢 何所營고? 身上 衣裳 口中 食이라

可憐 身上 衣正單이나 心憂 炭賤 願寒天이라

夜來 城外 一尺雪이나 曉駕 炭車 輾氷轍을!

牛困 人飢 日已高하여 市南 門外 泥中歇터니

翩翩 兩騎 來是誰오? 黃衣 使者 白衫兒라

手把 文書 口稱勅하며 廻車 叱牛 牽向北이라

一車 炭重 千餘斤인데 宮使 驅將 惜不得이라

半匹 紅綃 一丈綾을 繫向 牛頭 充炭直라

〈賣炭翁〉

宮市(궁시) 궁중의 필요 물자를 조달하는 관청. 당(唐)의 덕종(德宗)이 이를 베풀어 백성들의 물품을 억매(抑買)하던 곳으로, '백망(白望)'이라고도 했다. 환관(宦官)이 주무를 맡아, 시내를 돌아다니며 탐나는 것이 있으면, 칙명이라 일컫고는 저렴한 값으로, 때로는 강탈하는 등, 그 폐단이 막심하였다 한다.

黃衣使者(황의사자) 누른색의 옷을 입은 환관(宦官)을 이름.

翩翩(편편) 새가 펄펄 나는 모양. 여기서는 말이 기세 좋게 질주하는 모양.

炭直(탄지) 숯값.

[解題] 궁시(弓市)에 시달리는 백성들의 고경(苦境)을 읊은 것.

 숯을 구워 겨우 입에 풀칠이나 하고 사는 가엾은 늙은이를 등쳐먹는 '궁시'의 폐단을 고발하고 있다.

'숯 굽는 일'이란, 요새 말로 소위 '3D' 이상으로 거북한 험한 일이다. 3, 4구는 그 일에 종사하는 사람의 몰골을 그려 보임으로써, 긴 설명을 생략했다.

可憐身上衣正單　心憂炭賤願寒天

입은 것이란 시꺼먼 때투성이 너덜너덜한 진짜 홑껍데기 홑옷인데, 그걸 입고 오돌오돌 떨면서도, 날 풀리면 숯값 싸질까 염려하여, 날씨 추워지기를 바라는, 이 자가당착自家撞着같은 모순과 괴리! 아니, 이런 어처구니없는 이율배반!

원하던 대로, 날씨가 돌변하여 밤사이에 자가 넘게 눈이 내린 것이다. 이런 날이면 제값을 받게 되리라, 신이 나서 새벽부터 서둘러, 빙판 길에 소달구지를 몰고 가는 늙은이! 해가 중천이 되어서야 저자에 이르니, 소는 지치고 사람은 허기졌는데, 이 어인 운수 사납게도 백망白望에 걸릴 줄이야! 나는 듯이 말을 채쳐 달려온, 서슬 푸른 환관에 끌려가는 숯 달구지! 대가로 지불된 건, 사紗 반 필과 비단 자투리 한 끝이 고작이다. 당시 비단 한 필 값이 800문文인데, 쌀 한 말 값은 1500문! 그냥 빼앗긴 것이나 다를 바가 없다.

아, 백성들을 등쳐먹던 독재 제왕 및 그 추종자들의, 이다지도 잔다랗고 다라움이여!

태행로 太行路

백거이(白居易)

수레를 부순다는
태행의 길도
임의 마음보다야
순한 길이요,
배를 뒤엎는
무협巫峽의 물도
임의 마음보다는
순하다 하리.

임의 마음은
변덕 심하여
좋으면 감싸고
싫으면 해쳐…

임 위해 쪽 지은 지
오 년도 못 돼
삼성參星 · 상성商星 같이
이별일 줄야!

빛바래면 사랑도
식는다는 말

여인들은 오히려
원망했거늘

하물며 이처럼
거울 속의 나
옛 얼굴 그대론데
마음 변타니?

임 위하여 옷갈피에
향을 뿌려도
난사蘭麝의 향기조차
임은 못 맡고
임 위해 화사하게
단장을 해도
주옥珠玉 비취翡翠 보고도
심드렁할 뿐.

사는 길 어려워라
더할 말 없네.

인생에 여자 몸은
되지 말 것이
한평생 쓰고 닲이
남에 매였네.

노래로 읽는 당시

인생 길 어려워라!
산보다도 어려웁고
물보다도 험한 것이
다만 어찌 이 세간의
부부 사이뿐이리요?
근대의 군신君臣 사이
또한 그러네,

그대 보지 않는가?
좌납언左納言 우납사右納史도
아침에 은총恩寵 받다
저녁에 사사賜死됨을―.

인생 길 어려움은
산에도 있지 않고
물에도 있지 않고
오직 변덕스런
마음 사이 있을레라.

太行 之路 能摧車나   若比 人心 是坦途라
巫峽之水 能覆舟나   若比 人心 是安流라
人心 好惡 苦不常하여   好生 毛羽 惡生瘡이라
與君 結髮 未五載에   忽從 牛女 爲參商이라
古稱 色衰 相棄背나   當時 美人 猶怨悔어늘
何況 如今 鸞鏡中에   姜顏 未改 君心改아?

爲君 薰衣裳이나　　　君聞 蘭麝 不馨香이요

爲君 盛容飾이나　　　君看 朱翠 無顔色

行路難　　　　　　　難重陳하니

人生 莫作 婦人身하라　百年 苦樂 由他人이라

行路難!

難於山　　　　　　　險於水하니

不獨 人間 夫與妻요　近代 君臣이 亦如此라

君不見　　　　　　　左納言 右納史도

朝承恩　　　　　　　暮賜死를!

行路難!

不在水　　　　　　　不在山이요

只在 人情 反覆間이라

〈太行路〉

太行(태행) 중국의 남북으로 뻗은 높고 험한 산맥.

巫峽(무협) 양자강 상류에 있는 삼협의 하나. 물살이 세기로 유명한 곳.

牛女(우녀) 은하수를 사이한 견우성과 직녀성.

參商(삼상) 삼성과 상성. 삼성은 겨울. 상성은 여름에 나타나 서로 한 하늘에 있지 못하므로, 이별에 비유되는 두 별.

蘭麝(난사) 난초 향기와 사향의 향기.

左納言(좌납언)·**右納史**(우납사) 인금의 좌우 측근에서 시봉하는 두 고관.

평설 사람과 사람 사이 ― 부부 사이, 군신 사이에서의 변덕스러운 인정 번복에 대한 장탄식이다.

산길 물길 어려워도 인생길이 더 어렵고,

인생길 중 부부 길은 사랑 식으면 그만이요,

임금과 신하 길도 의리 아차 뒤집히면 죽음으로 끝나는 길.

부부의 길, 군신의 길, 험하고도 어려움은

그 모두 변덕스런 인심人心 · 인정人情 탓일레라.

연꽃과 소녀

백거이(白居易)

쪽배를 저어
흰 연꽃 훔쳐 따온
새침데기 소녀야!

그걸 몰랐구나!
수면에 열려 있는
부평초 저 한길을 ㅡ.

小娃 撑小艇하여　偸採 白蓮廻라
不解 藏蹤跡하여　浮萍 一道開라
〈池上 二首 其二〉

小娃(소와) 소녀.
撑(탱) 배를 저음.
偸採(투채) 훔쳐 땀.
蹤跡(종적) 남은 자취.
浮萍(부평) 물 위에 떠다니는 풀 이름. 개구리밥.
※ **한길** 큰길.

평설　연못 안에 피어 있는 가장 고운 연꽃 한 송이에 눈독을 들이고 있던 소녀는 결심한다. '저 쪽배를 저어 한 송이 살짝 따온들 누가 알랴'고 ㅡ.
　그는 마침내 계획대로 무난히 연꽃을 입수入手한다. 그리고 아닌

　　　　　　　　　　　　　　　노래로 읽는 당시

보살로 시침 뚝 따고 있다.

  아, 그러나 저걸 어쩌나? 온 수면은 녹색 융단을 깔아놓은 듯 빈 틈없이 부평초로 덮여 있는데, 배 지나간 자리만은 아물지 않고 한 길처럼 훤히 열려 있는, 저 범행의 뚜렷한 흔적을—. 완전 범행이란 있을 수 없는 이치를 들어, 탐미耽美 소녀의 죄 될 것도 없는 비밀사를, 짐짓 밝히어 놀려 주려는 짓궂은 애련심愛憐心이다.

늙은 버드나무

백거이(白居易)

반 썩어
바람 앞에 선 나무여!

내 느꺼워,
말을 세웠나니,

개원 때의
한 그루 버들!

지금은
장경 2년의 봄—.

半朽 臨風樹하니   多情 立馬人이라

開元 一株柳가   長慶 二年春이라

〈勤政樓西 老柳〉

勤政樓(근정루) 장안에 있던 궁전. 현종이 정사를 보던 곳.
開元(개원) 현종의 연호(713~741 사이).
長慶(장경) **二年**(이년) 목종(穆宗)의 연호. 822년.

평설 수령 백 년도 넘는 근정루의 저 버드나무! 작자는 무엇을 그렇게도 느꺼워하고 있는 것일까? 현종과 양귀비의 일대사一代事를 생생하게 목도目睹해온 나무가 아닌가? 환락을 극한 그 비극의 주인공들 이미 다 간 지 오래건만, 저는 오히려 묵묵히 당시의 일을 증언하고 있다.

그러나 그도 이미 반 썩은 몸! 세풍世風에 시달려 미구에 끝나고 말 것이고 보면, 모든 존재하는 것들의 무상함이란 과연 저와 같은가 싶다.

다듬이 소리

백거이(白居易)

뉘 집 아낙인고?
임께 부칠 옷 짓느라

바람 불고 달 밝은 밤
다듬이 소리 애처롭다.

팔구월 긴긴 밤에
천 도드락 만 도드락

한 도드락에 한 카락씩
아마도 이 밤 사이
내 머리 다 세겠다.

誰家 思婦 秋擣帛하니　月苦 風凄 砧杵悲라
八月 九月 正長夜에　千聲 萬聲 無了時라
應到 天明 頭盡白이리니　一聲 添得 一莖絲라
〈聞夜砧〉

思婦(사부) 시름을 품고 있는 여자. 여기서는, 객지에 나간 남편을 그리워하고 있는 아내.
擣帛(도백) 비단을 다듬이질함.
砧杵(침저) 다듬이질하는 소리.
一莖絲(일경사) 실같이 하얗게 센, 한 카락의 머리카락. 백발 한 카락.

바람 스산하고 달 밝은 긴긴 가을밤을, 밤새도록 '도드락 도드락…' 그칠 줄 모르는 다듬이 소리! 그것은 다만 물리적인 방망이 소리로만 들리지는 않는다. 그것은 남편을 그리는 어느 아낙의, 그리움과 애달픔과 야속함과 한스러움 등의 알뜰한 심사를 독백하듯 하소연하듯, 종알거리고 있는 소리로 들려온다. 그윽이 그 정황을 마음 사이 그리면서 듣고 있노라면, 한 번 '도드락' 할 때마다 한 머리카락씩 희어져 가는 듯, 아마도 이 밤 사이 호호 백발이 되어 버릴 것만 같은, 가엾고도 안쓰럽고 애달프고도 애처로운 심사를 금할 수가 없다.

'다듬이 소리' 하면 우리나라 선조 때의 삼당시인三唐詩人의 한 사람인 최경창崔慶昌(1539~1583)의 그것을 한자리에 내세우지 않을 수 없다.

뉘 집 아낙인고?
다듬이 소리
한 도드락 칠 때마다
마음 아파라!

땅엔 가득 가을바람
설렁거리고
외론 성엔 조각달이
홀로 밝은데,

서느럽다! 서리 잎은
우수수 지고

쓸쓸코야! 깊어가는
싸느란 이 밤,

내 고향은 아득한
허공 밖인데,
허공 밖서 들려오는
도드락 소리….

誰家 搗紈杵오? 一下 一傷情을!
滿地 秋風起하니 孤城 片月明이라
凄淸 動霜葉인데 寂寞 入寒更이라
征客 關山遠이나 能聽 空外聲을!
〈搗紈〉

죽지사

백거이(白居易)

1. 구당협에 찬 안개
   낮게 서리고

   백제성에 달은
   기울었는데

   죽지사 목멘 가락
   들려오는 곳

   산새도 원숭이도
   다 함께 운다.

瞿唐峽口 冷烟低하니　白帝 城頭 月向西라

唱到 竹枝 聲咽處에　寒猿 晴鳥 一時啼라

〈竹枝詞 其一〉

   구당협 어귀에 찬 안개 서리이고,
   백제성 머리에 달은 이미 비꼈는데,
   죽지사 흐느끼는 곳 새짐승도 함께 운다.

瞿唐峽(구당협) 양자강 상류의 삼협의 하나.

白帝城(백제성) 구당협 북쪽에 있는 성 이름.
竹枝詞(죽지사) 評說 참조.

2. 죽지사 서린 원한
   누구를 원하는고?

   밤 깊고 산은 빈데
   멎으락 또 들리락…

   타관 땅 남녀 얼려
   목 놓아 부르는 소리

   강남땅 병든 나그넬
   시름겹게 하는고!

竹枝 苦怨 怨何人고? 夜靜 山空 歇又聞이라
蠻兒 邊女 齊聲唱하니 愁殺 江南 病使君을!
〈竹枝詞 其二〉

   죽지사 한도 많다. 누구를 그려선고?
   밤 깊어 적적한데 멎었단 또 들리어
   강남땅 병든 나그넬 수살케도 하는고!

苦怨(고원) 몹시 원망함.
蠻兒(만아) 남쪽 야만 지방의 남자.
邊女(변녀) 변방의 여자.
愁殺(수살·수쇄) 몹시 슬프게 함. '殺'은 '愁'의 뜻을 강조하는 조자(助字).

노래로 읽는 당시

使君(사군) 지방 장관. 사또.

'죽지사'는 악부樂府의 한 체體로, 남녀의 정사情事나 그 지방 지방의 인정 풍속 등을 노래한 내용이다. 당唐의 시인 유우석劉禹錫에서 시작되었다 한다. 백낙천의 이 죽지사는 삼협三峽 지방의 남녀의 애한哀恨을 담은 내용이다.

우리나라의 죽지사는 '십이가사十二歌詞'의 하나로 우리의 작사 작곡으로 불리어졌으니, 가사 일부를 소개하면 다음과 같다.

'건곤乾坤이 불노不老 월장재月長在하니, 적막寂寞강산江山이 금 백년今百年이로구나, … 후렴 …

낙동강상 선주범落東江上仙舟泛하니, 취적가성吹笛歌聲이 낙원풍落遠風이로구나, … 후렴 …

이는 노랫말의 서두를 따서 '건곤가乾坤歌'라고도 불렸다.

폭넓은 음역音域을 굽이굽이 오르내리는 청 높은 긴 가락으로, 가사 내용에 따라 풍류로운 일면이 있는가 하면, 내용에 따라서는 단장斷腸의 애한조哀恨調로 소인묵객騷人墨客을 사로잡는 가락이기도 하다.

밥 먹고 나서

백거이(白居易)

밥 먹고 나서 눈 좀 붙이고,
일어나 차 한 잔 거듭 들면서,
고개 들어 해 그림자 바라다보면
어느덧 서남으로 비끼어 있다.

즐거운 인 해 짧다 안달이겠고
괴로운 인 세월 길다 투덜댈테지.
그도 저도 아닌 나 같은 이야
길든 짧든 한 생애에 맡겨뒀을 뿐―.

食罷에 一覺睡하고   起來 兩甌茶라
擧頭 看日影하면   已復 西南斜라
樂人은 惜日促이요   憂人은 厭年賒라
無憂 無樂者는   長短 任生涯라
〈食後〉

一覺睡(일교수) 중국의 속어로, 잠깐 눈을 붙임. 한숨 자고 남.
已復(이부) 이미 또다시, 벌써 어제와 마찬가지로.
日促(일촉) 하루해가 덧없이 짧음.
年賒(연사) 한 해가 긺. 한 해가 지루함.

강주사마江州司馬로 있을 때의 작품으로, 작자의 담담한 생
활상이다. 모든 인간의 일을 생애에 맡겨놓았으니, 특별히
불평하거나 속끓이거나 할 일이 없다. 마찬가지로 자연의 일은 자
연이 하는 대로 맡겨놓으면 되는 것, 인간이 가타부타할 처지가 아
니다.

　작자의 자字 낙천樂天도 이와 같은 낙천적樂天的인, 자기의 성격 따
라 지은 자호自號인 것이다. 한漢의 급암汲黯이 누워서 회양군을 다
스렸듯이[臥治淮陽郡], 작자도 강주를 선치善治하였으리라.

　시제인 '食後' 또한 얼마나 세련되지 못한 투박한 일상어 그대로
이며, 그럼으로써 오히려 시의 내용과 제목이 얼마나 잘 어울리는
가도 음미해볼 것이다.

메밀꽃

백거이(白居易)

서리 맞아 시든 풀에 절절이 우는 벌레
행인 끊인 길에 나서 들판을 바라보면
달 밝은 메밀밭 꽃이 눈 내린 듯하여라!

霜草 蒼蒼 蟲切切하니　村南 村北 行人絕이라
獨出 門前 望野田하니　月明 蕎麥 花如雪이라
〈村夜〉

霜草(상초) 서리 맞은 풀.
蒼蒼(창창) 푸른 모양. 여기서는 창백한 모양.
切切(절절) 몹시 애처로운 모양.
蕎麥(교맥) 메밀.

평설　거기도 우리의 강원도 봉평의 9월 같은 장관이 있었는 듯, 달빛 아래 전개된 넓은 들판이 온통 메밀꽃 일색으로 은세계銀世界를 이루었으니, 설경雪景으로 착각함도 무리는 아니리라. 더구나 달이 하도 밝아 낮인 줄 착각하고 있는 터인데, 앞마을 뒷마을 사람들의 내왕이 뚝 끊어졌으니, 이야 말로 유종원柳宗元의 '江雪'시(468쪽) '만경인종멸萬徑人蹤滅'의 현장에 서 있는 듯한 환상에 잠김직도 했을 듯―.

　　그러나 이효석의 작중 인물 허생원으로 하여금 말하게 한다면, 무어라 할까? 그는 여전히 '소금을 뿌려놓은 것 같다' 했으리라.

왜? 그는 소금장수였고, 소금은 그의 연상 작용의 최단 거리에 있었
으니까―.

황혼에 서서

백거이(白居易)

황혼에 홀로
법당 앞에 서면

땅을 뒤덮은 홰나무 꽃
나무 가득한 매미 소리

어느 철엔들
안 그러랴만

그중에도 애끓는 건
가을이어라!

黃昏 獨立 佛堂前하니　滿地 槐花 滿樹蟬이라
大抵 四時 心總苦나　就中 腸斷 是秋天이라
〈暮立〉

佛堂(불당) 부처를 모신 당. 법당.
槐花(괴화) 회화나무꽃. 회화나무는 '홰나무'라고도 하는, 콩과의 낙엽 활엽 교목.
就中(취중) 그중에서도.

절은 불자 아니라도 인생을 생각케 하는 곳, 그리고 황혼은 하루해를 마무리하고 밤으로 접어드는 다릿목, 이런 시공時空에 홀로 선 작자다.

보이는 건, 영화도 잠깐이라는 듯, 땅에 가득 쏟아진 홰나무의 자잘한 낙화들이요, 들리는 건, 여일餘日이 촉박하다는 듯, 홰나무 가지마다에 숨 가쁘게 울어대는 쓰르라미 소리들이다. 어찌 자연만의 일이랴? 저물어가는 인생 또한 앞길에 내몰리는 듯, 가을은 마냥 서글퍼지는 계절인 것을―.

원진元稹을 생각하며

백거이(白居易)

꽃 꺾어 '잔셈'하며 봄 시름을 풀자터니
문득 생각나는 만릿길 떠난 친구
오늘은 양주梁州 닿을 듯, '길셈'으로 알겠네.

花時 同醉 破春愁러니　醉折 花枝 當酒籌라
忽憶 故人 天際去하니　計程 今日 到梁州를!
〈同 李十一 醉憶 元九〉

[題意] 이 십일과 함께 취하여, 원진을 생각함.
'十一', '九'는 배항(排行).

酒籌(주주) 마신 술잔을 셈함.
計程(계정) 길 이수(里數)를 계산함.

평설　작자가 이건李建이란 친구와 함께 봄나들이로 자은사慈恩寺
에 가서 친구 원진을 생각하여 지은 시다.

　정송강鄭松江의 〈장진주將進酒〉에서처럼 '꽃 꺾어 산 놓고 무진무
진' 술이나 마시면서 봄시름을 잊으려 해보았으나 허사다. 생각만
도 아득한 먼먼 변방의 임지로 떠나간 친구 원진元稹의 생각으로 시
름은 되감겨든다. 언제쯤이면 그가 임지인 양주에 도착할 수 있을
까 하고, 그 사이 마신 술잔 수만큼이나 쌓인 '잔셈'하던 꽃가지를,
이번에는 그것을 산가지 삼아, 이정里程과 날짜를 계산하는 '길셈'

　　　　　　　　　　　　　　노래로 읽는 당시

을 해본 것이다. 그런데 공교롭게도 오늘이 바로 그 양주에 도착하는 날로 계산에 나타난 것이다.

마음과 마음이 이렇게도 서로 통했던가? 아닌 게 아니라 바로 그 날 원진은 임지에 닿아 꿈 이야기로 시를 써 보냈으니 다음과 같다.

곡강曲江으로 자은사로 우리 함께 놀았더니
역부驛夫가 다들 태워 말을 몰고 가버린 뒤,
홀연히 이 몸 있는 곳 옛 양주라 하는구려!

夢君 兄弟 曲江頭　　也向 慈恩 院上遊라
驛吏 喚人 排馬去하니　忽聞 身在 古梁州라

다 못 적은 사연

백거이(白居易)

만 가닥 얽힌 정회
두 장에 갖추 적어

봉하려다 읽어보는
미진한 사연이여!

물시계 오경을 치고
등불도 꺼지려는데…

心緒 萬端 書兩紙하여   欲封 重讀 意遲遲라

五聲 空漏 初鳴後에   一點 窓燈 欲滅時라

〈禁中夜作 書與 元九〉

[題意] 궁중에 숙직하는 밤 원진에게 보낼 편지를 쓰다.

意遲遲(의지지) 마음이 내키지 않는 모양. 간절한 뜻을 다 나타내지 못한 듯한, 미진한 사연을 그대로 봉하여 보내고 싶지 않은 마음이다.

평설 　백거이와 원진의 우정은 중국의 고전문학사상 가장 유명하다. 밤을 지새우며 두 장에 가득 적은 사연이지만, 다시 읽어보니, 마음의 반도 적지 못한 듯 미진하기 그지없다. 이대로 봉해 부치고 싶지 않아 망설인다. 그러나 어이하랴? 오경도 이미 지나 촛

노래로 읽는 당시

불도 다하여 꺼지려는데 ―.

　―평설자評說子 모르거니와, 다시 한 밤을 더 적어 보충한대도 미진하긴 매한가지가 아닐는지?

　이때 이 시 한 수의 동봉은 비로소 만단정회를 남김없이 설진說盡한 효과로 작용하였으리라.

　장적張籍의 추사秋思 시에도 비슷한 곳이 있다. 집에 보낼 편지인데, 서두르다 사연을 빠뜨린 것 같아, 인편이 금시 출발하려는데, 다시 봉투를 열어 사연을 보충한다는;

　復恐忽忽說不盡　行人臨發又開封

도 다 같은 정황들이다.

강에 내리는 눈

유종원(柳宗元)

산이란 산 길이란 길 새도 사람도 끊였는데,
외로운 배 위의 우장 삿갓 쓴 저 늙은이
호올로 차디찬 강의 눈을 낚고 있고녀!

千山에 鳥飛絕이요 萬徑에 人蹤滅이라

孤舟 蓑笠翁이   獨釣 寒江雪이라

〈江雪〉

江雪(강설) 강에 내리는 눈. 강변 일대의 설경.
人蹤(인종) 사람의 발자국.
蓑笠翁(사립옹) 어깨에 우장을 두르고, 머리에 삿갓을 쓴 늙은이.

평설   건곤이 오직 은일색銀一色인데, 생명 있는 것의 옴쭉하는 움직임 하나 아무 데도 보이지 않는, 눈 내리는 세상! 이 정지된 화면에 오직 하나 작은 움직임이 있으니, 조각배 위에 우구雨具 차림으로 낚시를 드리우고 있는 한 늙은이다. 무엇을 낚고 있는 것일까? 물고기를? 아니다. 눈을 낚고 있는 것이다.

높은 벼슬도 마다하고 부춘산富春山에 은거하여 곧은 낚시를 드리워놓고 있는 엄자릉嚴子陵(이름은 光)처럼, 세월을 낚고 있는 것일까? 눈을 낚고 있는 저 늙은이의 낚시도 곧은 낚시일 것이다.

일반적으로 시의 내면은 경景에 반영되게 마련이지만, 여기서는 정情의 표출을 극도로 절제하여, 오직 한 폭의 수묵화 속에, 초세정

超世情의 한정閑情을 담아놓고 있다. 그리고 이 시는 그 수묵화의 화제畵題로 떠올랐으니, 그 정백淨白한 설경(雪景)에 가장 잘 어울리는, 이 절속인絕俗人의 망기忘機가, 이 초세정超世情의 한정閑情이, 더욱 청신淸新하게 안저眼底에 깊이 인상되어, 그 잔상殘像이 그림을 떠나서도 길이 남게 됨을 느끼게 하고 있다.

곧은 낚시 말이 나온 김에 율곡의 〈고산구곡〉의 일절을 함께 차려본다.

육곡六曲은 어디매뇨 조협釣峽에 물이 넓다.
나와 고기와 뉘야 더욱 즐기는고?
황혼에 낚대를 메고 대월귀帶月歸를 하노라.

도 미늘 없는 곧은 낚시였기에 '나와 고기'가 다 같이 즐길 수 있었던 것이 아니겠는가?

유종원
柳宗元 773~819. 자는 자후子厚. 21세에 진사시에 합격, 감찰어사 監察御使가 되었으나, 왕숙문王叔文의 당으로 지목되어 지방의 자사刺史로 좌천되어 전전하다 유주柳州에서 죽었다. 당송팔대가 唐宋八大家의 한 사람으로, 문장은 한유를 겨루고, 시는 왕유, 맹호연 등 자연파 시인에 가깝다.《유하동집柳河東集》45권에 160여 수의 시가 전한다.

지는 꽃

원진(元稹)

해 저문 가릉강의
흐르는 강물
봄바람에 우수수
흩나는 배꽃…

강 꽃은 언제 가장
애를 끊느뇨?
반은 날고 반은 져
둥둥 떠날 때 …

日暮 嘉陵 江水東　　梨花 萬片 逐東風이라
江花何處 最腸斷고?　半落 江水 半在空을!
〈江花落〉

嘉陵江(가릉강) 삼협(三峽)으로 흘러드는 양자강의 한 지류.
江花(강화) 강변의 꽃. 강 꽃.
何處(하처) 여기서는 '어느 고비'.

평설　해 저물어도 강물은 바쁘다. 쉬어갈 줄도, 묵어갈 줄도 모
르는 채, 일로一路 동으로 동으로 황혼 길을 재촉받기라도
하는 듯 흘러가는데, 한물로 피어 있는 꽃잎들은 무데무데로 불어
오는 봄바람에 생짜로 가지에서 떨리어, 천만 조각이 일시에 어지

럽게 반공으로 흩날린다.

이산離散! 산지사방散地四方으로 흩어지는 이산의 장면! 더구나 강변의 꽃잎들은 이렇게 흩날려 반은 아직도 반공에 표랑하고 있으나, 반은 강물에 떨어져 어디라 지향도 없이 아득히 둥둥 떠내려가는 양은, 차마 마음 아픈 장면이다. 더구나 이 시에서 느꺼워지는 감정은, 마치 우리의 남북분단으로 갈라서는 장면과도 같아 처연해진다. 같은 동포 형제이면서, 서로 다른 세계에로 휘몰려 가는 그 정경은, 우리 향가 '제망매가祭亡妹歌'의 '한 가지에 났으면서도 헤어져 가는 곳을 모름이여!'의 한탄, 바로 그 정지情地가 아니고 또 무엇이랴?

원진
元稹

779~831. 자는 미지微之. 중당 때, 낙양 사람. 어려운 가운데 공부하여 소년 급제, 교서랑校書郎, 좌습유左拾遺에 올랐으나, 불법 관리를 탄핵하다가, 도리어 환관宦官의 미움을 사 좌천, 벼슬길이 순탄치 못했다. 백거이와 특히 친하여, '신악부운동'을 펼쳐, 평이한 표현을 특징으로 하는 신시를 개창開唱하여 '원백元白'으로 병칭竝稱되었다. 《원씨장경집元氏長慶集》 6권에 820여 수의 시가 전한다.

아내의 여막에서
원진(元稹)

나는 동정호 물결 따라 떠도는 사이
그대는 함양 고을 한 줌 흙이 됐소 그려!
만사가 시드러운 한식, 어린년을 안고 우오.

我隨 楚澤 波中水러니　君作 咸陽 泉下泥라
百事 無心 值寒食하여　身將 稚女 帳前啼를!
〈遺懷〉

楚澤(초택) 동정호(洞庭湖).
泉下(천하) 지하(地下), 황천(黃泉).
帳(장) 여막(廬幕)의 휘장.

 오래도록 객지로 떠돌던 몸, 집이라 돌아오니 아내는 세상
을 떠났고, 어린것은 울고 있다.

　병석에서 얼마나 기다렸을까? 이 몸 돌아오기를—. 그예 못보고
가는, 그 눈길의 차마 감지 못하는 안타까운 모습이 눈에 선하다.
이것이 인생이란 말인가? 마침 오늘이 한식이라지만 만사가 시드
럽고 허망하기만 하다. 어린것을 안고 여막의 빈 휘장 앞에 서서 일
성장우一聲長吁! 아내를 울고, 인생을 울고, 자신을 운다.

　우리의 선조 때 시인 신광수申光洙(1712~1775)의 '還家感賦'가 생
각난다.

　반년을 나돌던

　　　　　　　　　　　　　　　노래로 읽는 당시

서울 길 나그네가
집이라 돌아오니
회포도 새로워라!

자식들은 이전처럼
문에 나와 바라건만
베 짜다 맞아주던
아내 모습 안 보이네.

한스러워라!
모진 고생 함께하던 일
무정도 하여라!
유명幽明을 달리하다니?

텅 빈 여막에
한바탕 울고 나니
휑뎅그렁하여라!
늘그막의 신세여!

半歲 秦京客이   還家 懷抱新이라
依然 候門子나   不復 下機人이라
有恨 同貧賤이요   無情 隔鬼神이라
虛帷 一哭罷하니   廓落 暮年身을!
〈還家感賦〉

두 시가 다 사람의 마음을 아프게 함이 있다.

그대 좌천되다니?

원진(元稹)

등잔불 시름없이
그물대는 밤
강주江州로 좌천되단
그대의 소식

앓던 몸 깜짝 놀라
일어앉으니
검은 바람 비를 몰아
한창寒窓에 드네.

殘燈 無焰 影幢幢하니　此夕 聞君 謫九江을!
垂死 病中 驚坐起하니　暗風 吹雨 入寒窓이라
〈聞 白樂天 左降 江州司馬〉

白樂天(백낙천) 백거이(白居易)를 이름, '樂天'은 그의 호.
江州司馬(강주사마) 현 구강시(九江市)의 속관(屬官).
잔등(殘燈) 쇠잔한 등불.
幢幢(동동) 끄물거리는 모양.
垂死(수사) 거의 죽게 됨.
暗風(암풍) 어두운 바람, 심사를 암담하게 하는 밤바람.
寒窓(한창) 여기서는 객지의 창.

평설 작자는 이보다 5년 전에 이미 사천성 통주通州로 유배되어 병중에 있으면서, 그와의 유일한 지기인 백낙천白樂天이 강주사마江州司馬로 좌천되어 간다는 뜻밖의 소식에 접하게 된 것이다.

친구를 아끼는 동병상련의 마음이기도 했겠지만, 시기 질투와 모략 중상으로 가득 차 있는 정계의 관행이 그를 암담하게 하고 있는 것이다. 선이 악에게 핍박을 당하고 있는 세태, 그것은 그물어져가는 등잔불, 어두운 바람이 비를 몰아 뚫어진 창 사이로 불어드는, 그러한 암담한 정황 바로 그것이다.

작자는 이러한 심사를 암담이니, 비참이니, 침통이니 하는 따위, 일체의 추상어를 배제하는 대신, 이를 물상物象에 기대어 구체화함으로써, 그 형언할 수 없는 심적 상태를 손에 잡힐 듯 구상적으로 생생하게 그려내었다.

이 길로 부임한 백낙천은 후일 그곳에서, 한 퇴기退妓의 비파 소리에 감동하여 옷이 흠뻑 젖도록 울었다는, 저 유명한 〈비파행琵琶行〉을 낳기도 했던 것이니, 그러고 보면, 한 개인의 신상의 불행이, 오히려 위대한 예술로 승화하였음이라, 그에게 만약 그 일이 없었던들 오늘날 어찌 '비파행'과 같은 만고의 걸작이 이 지상에 태어날 수 있었으랴 싶어 마음이 착잡해지기도 한다.

이 산중에 있으련마는

가도(賈島)

소나무 아래서
동자에게 물으니,
선생은 약을 캐러
가셨다는군!

하기야 이 산중에
있으련마는
구름 깊어 어딘지
알 수 없어라!

松下 問童子하니　言師 採藥去라

只在 此山中이나　雲深 不知處라

〈尋 隱者 不遇〉

尋(심) 찾음. 방문함.
隱者(은자) 은거(隱居)하는 사람. 벼슬하지 않고 자연과 더불어 수도(修道)하며 사는 사람.
童子(동자) 은자의 심부름을 하는 어린 제자.

평설　소나무는 설한풍에도 굽히지 않는 고절高節의 상징이다. 은자의 집이 바로 낙락장송 아래였기에, 그 사립문께에서 동자와의 문답이 이루어지고 있는 것이다.
　약을 캐러 갔다니, 약이란 도교에서 이른바 불로장생의 선약仙藥

　　　　　　　　　　　　　노래로 읽는 당시

인 '지초芝草'를 이름일 것이요, 간 곳이 산이라면, 에워싸고 있는 사방 산일 테지마는, 구름이 짙어 아득히 찾을 길이 없다는 것이다. 여기의 '구름'은 선계를 넘보지 못하게 가로막는, 속계와의 차단막 遮斷幕 구실을 하고 있다.

도사道士를 찾아갔다가 못 만나고 돌아서는 허전한 발길이나, 그를 동경하는 처지이고 보면, 다시 후일의 심방이 없지 않았을 듯, 그 돌아서는 못내 아쉬운 마음이 언외에서 귀띔해주는 듯하다.

송宋의 시인 위야魏野의, 같은 제목의 시를 보자.

신선 찾다 잘못 들어
봉래섬 다다르니
향기 바람 고인 곳에
송홧가루 늙어 있다.

지초 캐는 어느 곳서
돌아올 줄 모르는고?
흰 구름 땅에 가득
쓸 이 없이 널려 있다.

尋眞 悞入 蓬萊島하니　香風 不動 松花老라
採芝 何處 未歸來오?　白雲滿地無人掃라

우리나라 삼당시인의 한 사람인 이달李達의 시도 한자리에 차려 보자.

절은 흰 구름 속인데
흰 구름을 중은 아니 쓸고

손 와야 열리는 문
골마다 나〔飛〕는 송홧가루

寺在 白雲中하니　白雲 僧不掃라
客來 門始開한데　萬壑 松花老라
〈佛日庵 贈 因雲僧〉

가도
賈島
779~843. 자는 낭선浪仙. 조년에 출가하여 '무본無本'이라
호했다. 한유韓愈의 영향으로 환속還俗, 사천성 장강長江의
주부主簿가 되었으므로 가주부賈主簿로 일컫기도 한다. 당시 유행하
던 백거이白居易, 원진元稹의 평속平俗한 시풍에 대한, 고음파孤吟派
시인으로서, 맹교孟郊, 장적張籍 등과 교유하며 시명을 날렸다.《가
낭선장강집賈浪仙長江集》10권에 400여 수의 시가 전한다.

상간수를 건너

가도(賈島)

병주의 나그네로
십 년 됐어도
밤낮 그립기는
함양일러니,

뜻밖에 상간수를
건너고 보니;
병주! 거기가 곧
고향인 것을!

客舍 幷州 已十霜에   歸心 日夜 憶咸陽을!

無端 更度 桑乾水하니   卻望 幷州 是故鄕을!

〈度桑乾〉

度桑乾(도상간) 상간하(河)를 건넘. 상간하는 북경 남쪽을 흐르는 영정하(永定河)를 이름. 度＝渡.

客舍(객사) 여관. 여기서는 동사적 용법으로 '나그네 생활을 함'.

幷州(병주) 산서성(山西省)에 있는 '태원시(太原市)'의 딴 이름.

十霜(십상) 십 년.

咸陽(함양) 지금의 섬서성 함양시. 장안에 가까운 진(秦)의 고도(古都). 여기서는 장안을 예스럽게 일컬은 것.

無端(무단) 뜻밖에

※ 이 시의 작자는 〈전당시(全唐詩)〉와 〈어람시(御覽詩)〉에는 유조(劉皁)의 '여차삭방(旅次朔方)'이란 제목으로 되어 있고, 자구(字句)에도 약간의 이동(異同)이 있다.

평설 '병주' 고을로 좌천되어 온 지도 어느덧 십 년! 그동안 고향인 함양을 내내 간절히 그리워해 왔었는데, 뜻밖에도 이번에는 다시 더 먼 곳으로 좌천되어 가게 된 것이다.

가는 도중에 건너야 하는 상간수! 그 북쪽은 천외절지天外絕地와도 같은 이역감異域感을 두드러지게 하는, 그 상간수를 건너고서, 고개 돌려, 있던 곳을 지향하여 바라보노라니, 지금까지 타향이라고만 생각해 왔던 '병주'가 도리어 진짜 내 고향인 양 그리워지는 것이 아닌가?

정히 '타향도 정들면 고향'이라는 속담 그대로, 인정이 어이 그러하지 않으리요? 이야말로 인간 정서의 변환의 기미를 간파한 내용이다. 나이 지긋한 분들이 '제2고향'을 '병주고향'이라고 일컬음도 이에서 유래된 말이다.

'憶咸陽'과 '望幷州'의 '憶'과 '望'은 원근에 배려된 조사措辭이며, '却望'은 머리를 돌이켜 있던 곳을 바라보는 동작인 한편, 그것이 뜻밖에도 고향과 같은 따뜻한 감정으로 다가오는, 그 예상치 않았던 심정을 교묘히 겹쳐 나타내고 있음을 볼 것이다. 그리고 그것은 아마도 함양보다는 가까운 거리이기 때문이 아니라, 거기서 보낸 십 년의 세월이 다시는 돌아오지 않는다는, 보내버린 세월에의 미련이, 그렇게 느껍게 하는 것이리라. '無端'은 '뜻밖에'의 뜻 외에 '공연히, 이유도 없이'의 뜻도 있어, 더 먼 곳으로 좌천된 데 대한 석연치 못함도 넌지시 비쳐 있어 더욱 묘하다.

장진주 將進酒

이하(李賀)

유리잔엔 찰랑찰랑
진한 호박빛
술통에서 듣듣는 건
빨간 진주알!
용龍 삶고 봉鳳 굽느라
지글거리고,
비단병풍 수휘장에
감도는 향풍香風….

용피리 불고,
악어북 쳐라!
하얀 잇바디에
노래 흐르고
가는 허리들
덩실거린다.

하물며 이 청춘
저물려는데,
복사꽃도 붉은 비로
흩지는 것을!
우리 종일 곤드레로

마시자꾸나!
유령도 죽고 나니
그만일레라!

琉璃鍾 琥珀濃   小槽 酒滴 眞珠紅이라

烹龍 炮鳳 玉脂泣하니   羅緯 繡幕 圍香風이라

吹龍笛 擊鼉鼓   晧齒歌 細腰舞라

況是 靑春 日將暮에   桃花 亂落 如紅雨라

勸君終日 酩酊醉하라   酒不到 劉伶 墳上土라

〈將進酒〉

琉璃鍾(유리종) 유리 술잔.

琥珀濃(호박농) 호박빛으로 진한 술. '유리', '호박'은 다 칠보(七寶)의 한 가지.

漕(조) 통. 여기서는 술통.

眞珠紅(진주홍) 진홍빛의 진주처럼 붉음. 포도주를 이름인 듯. 왕한(王翰)의 '양주사(凉州
詞)'에 '葡萄美酒夜光杯'의 시구가 있다.

烹龍炮鳳(팽룡포봉) 용을 삶고 봉을 구움. 용봉(龍鳳)은 가장 값진 육류(肉類)의 대유(代喩).

玉脂泣(옥지읍) 고기를 구울 때 나는 소리. 구슬 같은 기름방울이 튕기면서 보글보글 지글
지글거리며 내는 소리.

龍笛(용적) 용의 울음 같은 웅숭깊은 소리를 내는 피리. 큰 피리. 대금.

鼉鼓(타고) 악어가죽으로 만든 북. 큰 북.

繡幕(수막) 수놓은 장막, 또는 휘장.

劉伶(유령) 진(晉)나라 때의 문인. 죽림칠현(竹林七賢)의 한 사람으로, 술을 좋아하여 '주덕
송(酒德頌)'을 지었으며, 언제나 수레에 술통을 쌓아놓고, 자기가 죽거든 함께 묻어달라고
했다 한다. 술 좋아하는 대표적인 인물로 거명된다.

酒不到 云云(주도부운운) 술도 유령의 무덤 흙에는 이르지 못한다는 것으로, 죽은 후면 그
만이니, 살아생전에 마시자는 뜻.

평설 이백의 '장진주'(163쪽)와 대비해 봄직하다.

'장진주'란 일종의 권주가다 보니, 으레 낭만적이며 꽤나 퇴폐적일 것은 말할 것도 없지마는, 그런 중에서도 이백의 장진주는 망우물忘憂物 이상으로, 통대도通大道 합자연合自然의 고차원의 정신적 경지를 노래한 것인데 반하여, 이하의 장진주는 음주 현장의 화려한 분위기를 고조하여 취흥을 극대화함으로써 인생무상을 극복하려는 현장 고무주의라 할 만하다.

이하
李賀 791~817. 중당中唐 때. 자는 장길長吉. 시의 귀재鬼才로서 7세에 문장을 지어 한유를 놀라게 하였으나, 27세로 요절하였다. 그의 시는 환상적이며 초현실적이어서, 중국 시단의 한 이단아異端兒로 지목된다.

감풍

이하(李賀)

어쩧다! 남산은 그리도 슬퍼
귀신 흐느끼듯 비는 오느뇨?
장안의 이 한밤 가을바람에
얼마나 많은 사람 늙어가는고?

자오록한 황혼 오솔길
꼬불꼬불 참나무 길 들어서자니,
달 밝아도 나무엔 그림자 없고
산은 희미한 새벽 같은데,
검은 횃불 들어 신인新人 맞느라,
무덤 속은 반딧불인 양 요란도 하다.

南山은 何其悲요　鬼雨 灑空草라

長安 夜半秋에　　風前 幾人老오?

低迷 黃昏逕하니　裊裊 靑櫟道라

月午 樹無影ㄴ데　一山 唯白曉라

漆炬 迎新人　　　幽壙 螢擾擾라

〈感諷 五首中其三〉

南山(남산) 장안의 남산인 종남산.
鬼雨(귀우) 죽은 이의 영혼이 훌쩍거리고 있는 듯, 처정거리는 비.
空草(공초) 인기척 없는 이운 풀숲.

　　　　　　　　　　　　　　　노래로 읽는 당시

低迷(저미) 희미하여 분명치 않은 일.

裊裊(요요) ① 바람에 나뭇잎 따위가 하늘하늘 흔들리는 모양. ② 길이 꼬불꼬불한 모양. 여기서는 ②의 뜻.

月午(월오) 달이 하늘 한가운데 있는 시각. 한밤중.

櫟(력) 참나무. '靑櫟道'는 '푸른 참나무길'. 곧 묘역(墓域)에 들어섰음을 뜻한 것.

漆炬(칠거) 깜깜한 횃불. 까막횃불.

幽壙(유광) 어두운 광중. '壙'은 묘혈(墓穴).

擾擾(요요) 여러 가지가 뒤섞여 시끌시끌한 모양.

평설 적막한 풀숲에 흩뿌리는 가을밤의 밤비 소리는, 흡사 귀신이 훌쩍훌쩍 흐느껴 우는 듯, 남산은 슬픔으로 가득 차 있다. 만호장안의 그 얼마나 많은 사람들이, 이 밤의 비바람 소리를 들으면서 속절없이 늙어가고 있을 것인가? 늙어가는 이 대행진의 대열은 곧바로 이어져 있는 죽음의 길로 발걸음 늦춤도 없이, 양陽의 세계인 이승에서 음陰의 세계인 저승으로 묵묵히 들어가고들 있는 것이다.

음의 세계인 저승은 양의 세계인 이승과는 모든 현상이 정반대이기 때문에 일오日午가 아닌 월오月午이며, 나무뿐 아니라 모든 물체에는 그림자가 생기지 아니하고, 횃불마저도 도리어 깜깜한 칠거漆炬가 아니던가?

작자는 이 장안의 종남산을 낙양의 북망산으로 넘나들고 있는 듯, 이제 이승의 한 생명이 운명함으로써, 저승의 세계에서는 그 '신인'을 받아들이기 위한 절차를 갖추느라, 여러 많은 지하의 영혼들이 모여 까막횃불을 쳐들고 웅성웅성 시끌시끌 잔치판을 벌이고 있는 것이다. 마치 이승에서 신부新婦를 맞이할 때의 신행新行 잔치를 벌이듯이 —.

1, 2련은 이승의 세계, 곧 양의 세계요, 제3련은 양의 세계에서

음의 세계에로의 전환 과정이요, 4, 5련은 음의 세계 곧 저승의 세계이다. 무당이나 점쟁이가 부리는 태주(명도)처럼, 이승과 저승을 출몰하며, 양계兩界의 소식을 보도하고 있다.

　단명의 귀재鬼才 이하李賀는, '소소소蘇小小', '감풍感諷', '신현곡神絃曲' 등, 음의 세계(몽환, 환상, 유령, 죽음의 세계)를 동경하기까지 한, 죽음의 미학의 시봉자侍奉者로서, 중국문학사의 한 이단아異端兒라 하기에 족하다.

소소소가 蘇小小歌

이하(李賀)

그윽한 난초에 맺힌 이슬은
그녀의 눈에 고인 눈물이런가?

동심결同心結 맺어 줄 인연이 없어,
노을 속 핀 꽃이라 차마 못 꺾네.

풀밭은 보료인 듯
소나무는 일산日傘인 양

바람은 치마 되어 펄렁거리고
흐르는 물 패옥佩玉되어 쟁그랑댄다.

빛나는 꽃수레
기다린 지 오래건만

싸느란 파란 불빛
불빛도 지쳤는데,

서릉교 그 한편은
비바람만 암암暗暗하다.

幽蘭露　如啼眼

無物 結同心하니

煙花 不堪翦이라

草如茵　松如蓋

風爲裳　水爲珮

油辟車　久相待

冷翠燭　勞光彩

西陵下　風雨晦라

〈蘇小小歌〉

結同心(결동심) 같은 두 마음을 하나로 묶음. 결혼함.
煙花(연화) 연하(煙霞) 속의 꽃.
翦(전) 가위 같은 것으로 잘라냄.
茵(인) 방바닥에 까는 침구. 요[褥]. 보료.
蓋(개) 일산(日傘).
珮(패) 허리에 차는 패옥(佩玉).
油辟車(유벽거) 동유(桐油)를 칠한 천으로 장식한 수레.
翠燭(취촉) 파란 불. 귀화(鬼火). 도깨비불.
西陵(서릉) 항주(杭州)의 서호(西湖)에 걸려 있는 다리 이름. 서릉교(西陵橋).

평설 '소소소'는 5세기경 항주에 살았던 유명한 기녀의 성명이
다. 이 시는 요사한 그녀의 죽음을 조상한 것으로, 숫제 시
제를 '소소소의 무덤'이라 한 데도 있다.

　무덤 일대의 봄풀은 요를 깔아놓은 듯 자르르한데, 드문드문 서
있는 소나무는 귀인의 수레 위에 벌려 세운 일산日傘과도 흡사하다.
바람은 그녀의 치마인 양, 치맛자락을 펄렁펄렁 휘날리고, 흐르는
물은 그녀의 허리에 찬 패옥佩玉 소리인 양, 걸음걸음 쟁그랑쟁그랑
패옥 부딪는 소리가 영롱하다. 빛나는 꽃수레 타고 올 동심결의 사

노래로 읽는 당시

나이, 기다린 지 오래건만, 필경 그 사람 못 만난 채, 난초 잎에 맺힌 이슬처럼 눈물 아롱아롱 걸음걸음 지우면서, 이 세상을 떠나가고 만 그녀! 무덤엔 귀화도 그물거리는데, 그녀의 무덤이 있는, 이 서릉 일대에는 비바람만 캄캄하게 몰아치고 있을 뿐이다.

젊은 기녀의 애틋한 죽음을 미화한, 이하다운 조시弔詩다.

대제곡

이하(李賀)

제 집은 횡당이에요.
붉은 휘장 두른 방엔
계수나무향이 가득하죠.

푸른 구름 시켜
구름 같은 트레머리로 쪽 짓게 하면,
밝은 달은 명월주明月珠
귀고리가 돼준답니다.

연잎에 바람 일어
이 방죽은 온통 봄인데,
나는 임을 잡고 놓지 못합니다.

"당신은 잉어 꼬리를 잡수세요,
저는 성성이 입술을 먹을게요.

양양엘랑 갈려 마세요.
푸른 개에 돌아오는 배 없으리다.

오늘은 저 창포꽃이 향기롭지만
내일 아침이면 단풍들어 이울리다."

妾家 住橫塘하니　　紅紗 滿桂香이라

靑雲 敎綰 頭上髻요　明月 與作 耳邊璫이라

蓮風起　　　　　　江畔春인데

大堤上　　　　　　留北人이라

郞食 鯉魚尾하소　　妾食 猩猩脣하리다

莫指 襄陽道하소　　綠浦 歸帆少리다

今日 菖蒲花나　　明朝 楓樹老라

〈大堤曲〉

妾(첩) 여자의 겸칭(謙稱).
橫塘(횡당) 대제(大堤) 부근의 지명인 듯.
紅紗(홍사) 붉은 사. 여기서는 붉은 사로 된 휘장.
靑雲(청운) 푸른 구름처럼 틀어 올린 트레머리. 운계(雲髻).
綰(관) 틀어 묶음. 쪽 지음. '敎'는 ~하게 함.
明月(명월) 명월과 명월주(明月珠)의 중의(重義).
璫(당) 귀고리. 이당(耳璫).
大堤上(대제상) 지명인 '大堤'와 중의로 쓴, '큰 둑에서', '큰 방죽에서'의 뜻.
鯉魚尾(이어미)·猩猩脣(성성순) 잉어의 꼬리와, 성성이(오랑우탄)의 입술.

 대제곡은 악부체의 옛 제목이다. 대제大堤는 양양襄陽 부근
에 있는 색향色鄕으로, 지금의 호북성의 한 도시인 듯.

　북쪽 사람인 양양 사나이를 만난, 한 유녀遊女가, 그 사나이를 잡
고 한사코 놓치지 않으려고 온갖 교어미태嬌語媚態를 늘어놓고 있는
장면이다.

　선거仙居와 같은 자신의 거처며, 꿈같은 황홀한 장신粧身으로 넌지
시 선녀仙女의 화신化身인 양 자기 소개를 하고는, 계절이 또한 만화
방창萬化方暢의 봄임을 일깨우면서,

郎食鯉魚尾　妾食星星脣

'첩妾'으로 자처하며 다가오는 그녀는, 처음 만나는 이 젊은 사나
이를 대뜸 '郎(당신)'이라 호칭함으로써, 일거에 구정舊情의 사이인
양 스스럼이 없다. 그러면서 하필이면 잉어 꼬리와 성성이 입술을
먹거리로 제시한다. 그것은 물론 각각 남녀용의 최음제로서임은 말
할 것도 없다.

今日菖蒲花　明朝楓樹老

는 두추낭杜秋娘의 〈금루의金縷衣〉의 일절인,

꽃 피면 그 당장에 꺾고 말 것이
어물어물 빈 가지나 꺾으려 마오.

花開堪折直須折　莫待無花空折枝

를 방불케 하고 있다.
　환상적이고도 노골적인 농염濃艷한 언어를 거침없이 늘어놓고 있
는 이 음탕한 유혹의 현장 묘사는, 주변을 전혀 의식하지 않는, 과
연 이단아異端兒다운 작자의 대담한 방언放言이라 할 만하다.

임 기다리는 마음

시견오(施肩吾)

아침에 까치 깍깍 임 오신다 수다더니
황혼이 다 되도록 오시는 기척 없네.
공연히 연지분갑만 닫았다가 열었다가….

烏鵲 語千回러니　黃昏 不見來라
漫敎 脂粉匣을　　閉了 又重開라
〈不見來詞〉

[題意] 오지 않는 임을 기다리는 여인의 마음을 노래한, 옛 악부(樂府)의 제(題).

.烏鵲(오작) 까막까치. 여기서는 까치.
漫敎(만교) 공연히 ~하게 함. '敎'는 사동(使動).

 우리나라 선조 때의 여류시인 이옥봉李玉峯의 '규정閨情' 시
가 생각난다.

　오마던 임 아니 오고 그 매화 벌써 질 제,
　문득 까치 소리! 이제로다 여기고서,
　부산히 눈썹 그렸던 거울 보기 열었다.

　有約 來何晚고　庭梅 欲謝時라
　忽聞 枝上鵲하고　虛畫 鏡中眉라

아침에 까치가 짖으면 반가운 이가 온다는 속설俗說에 속아 허탈해 하는, 다 같은 향렴시香奩詩다.

화장을 할까 말까 하고 연지분갑을 닫았다 열었다 하는 전자에는, 기다림의 초조한 심정이 살아 있고, 이제야 오시나 보다 단정하고, 부산히 화장까지 하고 나섰던 후자에는, 그 허탕 친 것이 못내 열없어 몸 둘 바를 몰라 하는 표정이 살아 있다. 모두 다 연인을 고대하는 은근한 속정을 들키고 만, 희화戱畵 장면들이다.

시견오
施肩吾
?~?. 자는 희성希聖. 홍주洪州 사람. 원화元和의 진사. 시에 뛰어났다. 출사하지 아니하고, 홍주의 서산西山에 은거했다. 저서에 《서산군선회진기西山群仙會眞記》가 있다.

장강을 내려가며

장호(張祜)

까마득한 달 하나
열배[行舟]를 비춰
장강이랑 만 리 길
적적 흐르네.

고향은 몰라라!
어느 곳이뇨?
구름 산만 가물가물
시름케 하네.

亭亭 孤月이 照行舟한데   寂寂 長江 萬里流라
鄕國은 不知 何處是오?   雲山 漫漫 使人愁를!
〈胡渭州〉

亭亭(정정) 꼿꼿한 모양. 여기서는 까마득히 높은 모양.
長江(장강) 양자강.
鄕國(향국) 고향.
雲山(운산) 구름과 산. 두 사이를 갈라놓는 것.
漫漫(만만) 아득히 이어진 모양.

평설　까마득한 밤하늘엔 달 한 덩이 동동 외로이 떠 있어, 만 리 길 흘러내리는 양자강 물과 함께, 적막히 흘러가고 있는 내 배를 조명하여, 그도 또한 함께 흐르고 있는 것이다. 그러니까 흐르고 있는 것은 양자강의 물만이 아니라, 배도 달도 세월도 함께 치런치런한 적막한 밤 물살에 실려 흘러내리고 있는 정황이다.

끝없이 떠도는 나그네로서 그리나니 고향이건만, 이제는 그 고향이 어느 하늘 아래인지 지향할 수조차 없는 채, 산 첩첩 구름 첩첩, 이 모든 것들이 그를 시름겹게 하고 있는 것이다.

'亭亭, 寂寂, 漫漫'의 첩어疊語들이, '孤月, 長江, 雲山'을 수식하여, 천야만야로 돋구어진 향수를 안은 채, 이 밤에도 아직 그때런 듯, 강물이랑 조각배랑 달이랑 세월이랑 아득히 하염없이 흘러가고만 있는 듯하지 않은가?

장호
張祜
792?~852?. 중당. 자는 승길承吉. 진사시에 낙방, 영호초가 추천했으나, 풍속 교화를 해칠까 두렵다는, 원진의 반대로 무산되었다. 궁체시宮體詩에 능했다. 두목杜牧, 이신李紳 등의 지우知遇를 얻어, 단양에 은거했다.《장호시집》2권에 35수의 시가 전한다.

함양성 동루

허혼(許渾)

고성에 한 번 척 오르니
만 리에 시름이로고!
갈대며 버들이며
사주沙洲나 방불하다.

개울에 구름 일자
해는 성각城閣에 지고
소나기 오려나, 다락엔
바람이 가득 설렌다.

푸른 들에 새 앉으니
진원秦苑의 저녁이요,
누른 잎에 매미 우니
한궁漢宮의 가을일다.

당시 일을, 길손이여!
묻지를 말아다오.
옛 땅엔 동으로 동으로
위수만이 흐르나니 ─.

一上 高城 萬里愁하니   蒹葭 楊柳 似汀洲라

溪雲 初起 日沈閣하니   山雨 欲來 風滿樓라

鳥下 綠蕪 秦苑夕이요   蟬鳴 黃葉 漢宮秋라

行人은 莫問 當年事하라   故國 東來 渭水流라

〈咸陽城 東樓〉

咸陽城(함양성) 섬서성에 있는 진(秦)의 도읍지. 위수(渭水)를 격하여 장안(長安)과 마주해 있는 성.

蒹葭(겸가) 갈대.

汀洲(정주) 물가의 사주(沙洲).

綠蕪(녹무) 푸른 풀 우거진 거친 들판.

秦苑(진원) 함양에 있었던 한대(漢代)의 궁전.

渭水(위수) 황하의 지류로서, 장안·함양 사이를 흐르는 강.

故國(고국) 옛 땅, 옛 도읍지. 곧 진의 고도인 함양을 가리킴.

평설 一上高城萬里愁!

이 첫구의 구성을 보라. 이는 당연히

一上高城□□□
□□□□萬里愁

와 같이, 두 숨결이 소요되는 분량이다. 그것을 단숨에 직결하여놓았음은 '一上高城'에서 간발間髮의 여지없이 엄습해오는 '만리수萬里愁'를 감당할 수 없었음이니, 그 시름의 양[愁量]이 오죽했을까? 만리에 펼쳐진 황량한 폐허 위에 보이는 것 들리는 것이라고는, 그 모두가 '시름' 그것이다. 그것도 포말처럼 일어났다 포말처럼 꺼져버린, 이 땅에 거듭한 역사적 흥망에서 오는 '만고수萬古愁'에 덮씌워

노래로 읽는 당시

진, '만리수'가 아니던가?

이 얼마나 만감萬感을 포괄包括한, '一上高城'에서 내뱉어진 제일성第一聲이며, 이 일구의 전후대前後對의 심한 낙차落差에서 오는 무한감개는 또 어떻다 할 것이랴?

사람들은 높은 곳에 올라서는 순간, 전개되는 만릿경〔萬里景〕을 한눈 안에 거두게 마련이며, 거기서 오는 제일감의 제일성을 한 마디로 내뱉게 마련이니, 오늘날의 통속적으로 통용되는 '야호!'도 그 하나다.

이 시의 제1구는 정히 '만 리에 펼쳐진 만고의 시름'을 한마디로 쏟아낸 제일성으로, 이하는 다 그 한 마디 '만리수萬里愁'의 부연일 뿐이다.

이 함양성 안 300여 리를 덮어 눌러 햇빛을 가리었다던 화려하고도 굉대했던 진秦의 궁궐 '아방궁阿房宮'은 지금 어디 있으며, 삼천 궁녀를 거느리고, 밤낮으로 잔치하던 진시황의 사치는 지금 어디에 남아 있는가? 만 리 시야에 보이는 것이라고는, 사주沙洲에나 자생하는 갈대며 버들 따위 잡초 잡목들이 우거진 황량한 폐허일 뿐이니, 이 이른바 그의 '만리수'인 것이다.

개울에 저녁 안개 일자 성각城閣의 뒤로 하루해가 기울어가는 저녁, 소나기 한 줄기 묻어오려나. 빗기를 머금은 음습한 바람이 온 다락 안에 가득 설레어, 나그네의 만리수를 부채질하고 있다.

어찌 그뿐이랴? 옛날 진秦의 궁원宮苑, 한漢의 궁전이 있었던 저 어름엔, 멧새며 매미들이 무상無常을 조상弔喪하듯, 가을 석양에 서럽게 서럽게 울어 또한 '만리수'를 부추기고 있는 것이다.

아! 육국六國을 멸한 것은 진秦이 아니라, 육국 자신이었듯, 진을 멸망케 한 것 또한 천하가 아니라, 진 자신이었던, 천고의 흥망사가

기멸起滅하던 이 땅의 만고수萬古愁! 그 만고수에 덮씌워진 '만리수'인 것이다.

모든 것은 이지러지고, 지금에 옛날 대로인 것은, 다만 동으로 동으로 흐르고 있는 위수渭水가 있을 뿐이니, 인위人爲의 허무함과 영화의 덧없음이 '만리수'의 한 마디에 집약되어, 눈에 넘치고 귀에 넘친다.

허혼 許渾 791?~854. 만당晩唐. 자는 용회用晦. 진사 급제 후, 윤주사마潤州司馬, 영주자사郢州刺史 등을 지내고, 병으로 사직, 지금의 강소성 진강시鎭江市의 정묘교丁卯橋 부근에 은거하여 시작에 전념했다. 율시에 능하여, 두목·위장 등에 존경받았으며, 그의 시에는 '水'자가 특히 많아, 뒷사람들이, 그의 시 1천 수를 읽노라면 물에 흥건히 젖는 듯하다 했다. 《정묘집》 2권과 530여 수의 시가 전한다.

봄은 온다만

최민동(崔敏童)

한 해 또 한 해
봄은 온다만
백 년 봄 맞는 사람
어디 있던가?

몇 번 남았으랴?
꽃에 취하기
돈이야 있든 없든
무진 마시세.

一年 又過 一年春하니
百歲 曾無 百歲人이라
能向 花中 幾回醉오?
十千 沽酒 莫辭貧하라
〈宴 東城莊〉

十千(십천) 만 전(萬錢). 곧 술 한 말 값이 만 전이나 하는 귀한 술. 조식(曹植)의 시에 '美酒 斗十千'이라 있고, 이백(李白)의 시에 '斗酒十千恣歡謔'이라 있다.
沽酒(고주) 술을 삼.
莫辭貧(막사빈) 가난하다 해서 사양 말라.

인생무상을 슬퍼하여 살아생전에 즐기기나 하자는 진부한 내용이나, 그 표현인 즉 기발하여 새삼 청신감을 준다.

3, 4구의 내용은, 두보의

늘그막의 봄맞이
몇 번 더 오리?
생전 마실 남은 잔이나
다하자구나!

'漸老逢春能幾回 ～ 且盡生前有限杯'(502쪽 참조)

의 의취意趣와 서로 통한다.

이 시에 화답한 그의 종형 최혜동崔惠童(?～?)의 시를 아울러 보자.

한 달에 웃는 일
몇 번 있으리?
용케도 만났으니
우선 마시세.

물 흐르듯 가는 봄
눈에 뵈나니
오늘 지는 저 꽃은
어제 핀 거래!

一月 主人 笑幾回오?　相逢 相値 且銜杯라

眼看 春色 如流水하니　今日 殘花 昨日開라

앞의 시가 인생을 세월의 양으로 따진 것과는 달리, 이 시는 세월
의 질로 따지고 있음이 서로의 특색이다.

 ?~?. 성당 때. 산동성 박주博州 사람. 현종 개원開元 때의
시인. 최혜동崔惠童의 종제從弟. 시 한 수가 전한다.

홍안은 어딜 가고…

최호(崔護)

지난해 바로 오늘
이 문 안에는

홍안紅顔과 복사꽃이
서로 붉더니

홍안은 몰라라!
어디를 가고

복사꽃만 봄바람에
웃고 있는고?

去年 今日 此門中에   人面 桃花가 相映紅터니
人面은 不知 何處去하고 桃花만 依舊 笑春風고!
〈題 昔所見處〉

평설　우연히 지나가다 언뜻 보게 되었던 한 장면, 미녀의 꽃 같
은 홍안紅顔과, 미녀의 홍안 같은 복사꽃이, 서로 마주 어리
비치어, 아리따움을 상승하고 있던 그 장면! 그것은 날짜도 잊혀지
지 않은 지난해의 바로 오늘, 바로 이 집 대문 안에서의 일이었다.
　그러나 금년의 오늘, 바로 이곳에는, 아리따운 그 얼굴은 보이지

않고, 복사꽃만 홀로 봄바람에 웃고 있을 뿐이다.

미녀의 신상에 무슨 변화가 일어난 것 같은 예감에 사로잡힌다. 어째설까? '어디로 나들이 갔을까? 아니면 시집갔을까?' 아니면…? 하다가 사위스럽게도 '아니면 벼…ㅇ? 아니면 주…ㄱ?' 아니지 그럴 린 없지. 그러나 '꽃과 미녀'의 대비에서 언제나 결과는 가인박명이니 인생무상 쪽이 아니던가? 그에 대한 온갖 사념邪念은 미궁 같은 이 시의 여운 속으로 아득히 빠져들고 있다.

이 시에는, 이런저런 사족을 붙여 극화한 기담奇談들이 주렁주렁 혹처럼 달려 있으니, 이는 다 호사자들의 상상에서 재생산된 것들이다.

그 한 가지 예를 보면; 작자는 어느 해 청명날, 도성 남쪽의 봄나들이 길에서 갈증을 느껴, 한 집을 찾아 물을 청하였는데, 아름다운 처녀가 나와 매우 친절하게 대해주었다. 잊히지 않아 다음해 청명날 또 찾아갔으나, 만나지 못하여 이 시를 대문에 써놓고 돌아왔는데, 미인이 이를 보고 슬퍼하여, 식음을 전폐하여 죽었다. 며칠 뒤에 다시 찾아간 작자는, 그 사실을 알고 놀라 빈소에 들어가 슬피 울자 여자가 살아났다. 드디어 아내로 맞이하여, 과거에 급제하여, 영남절도사를 지냈다는 이야기다. 대략 이런 식으로 대동소이하게 극화劇化된, 〈최호갈장崔護渴漿〉, 〈제문기題門記〉, 〈도화장桃花莊〉, 〈인면도화人面桃花〉 등 희곡들이 성행되었다 한다.

최호
崔護 ?~?. 자는 은공殷功. 박릉博陵 사람. 정원貞元 12년에 과거에 급제, 영남절도사嶺南節度使를 지냈다. 시 6수가 전한다.

강남의 봄

두목(杜牧)

천 리에 울긋불긋
꾀꼬리 울고
마을마다 펄렁이는
주막집 깃발!

하고 한 남조南朝 때의
누대樓臺랑 절이
안개비에 자오록이
젖고 있어라!

千里 鶯啼 綠映紅하니　水村 山郭 酒旗風을!

南朝 四百 八十寺에　　多少 樓臺 煙雨中이라

〈江南春〉

江南(강남) 절강(浙江), 강소(江蘇) 등 양자강 하류의 남쪽 일대.
酒旗(주기) 술집 표시로 내건 깃발.
南朝(남조) 남북조가 대립한 때에, 남경(南京)에 도읍한 송(宋). 제(齊)·양(梁)·진(陳) 등의
왕조.
多少(다소) '多'에 비중을 둔 부사.
煙雨(연우) 안개처럼 내리는 가는 비. 안개비.

노래로 읽는 당시

지금 시인은 천 리에 넘치는 강남 일대의 봄 경치를, 거시
안적巨視眼的 상상의 눈으로 지긋이 바라보며, 그 평화로운
풍경과 낭만적인 운치에 젖고 있다.

마을마다 퍼덕이며 술 향기〔酒氣〕를 풍산風散하고 있는 주기酒旗의
감미로운 낭만에, 차분한 흥분마저 느끼고 있는 듯도 하다.

또한 촉촉이 봄비는 내리는데, 남조 때의 그 수많은 절이며 누대
들이 안개비 속에 자오록이 젖고 있는 꿈같은 정경을 그려보며, 함
께 자오록이 젖고 있는 것이다.

'南朝四百八十寺'는 '平平仄仄仄仄仄'이어서 평측율平仄律에 맞
지 않는다.

그러므로 '十'은 평성平聲으로 가볍게 읽어야 운율에 조화된다.
곧 '十'은 중국어로 'shih'가 아니라 'shin'으로 읽어야 하고, 우리
음으로도 측성仄聲인 '십'이 아니라, 평성 '심'으로 가볍고 짧게 발
음해야 한다. 그리하여 읽어보라.

'남조사백팔심사'

이 얼마나 부드럽고도 매혹적인 율조미로 살아나는가를 음미할
것이다.

803~854. 자는 목지牧之. 진사, 벼슬이 중서사인中書舍人에
이르렀다. 번천 별장에 살았기에 두번천杜樊川으로 불렸다.
성품이 고매하고 강직했다. 이상은과 함께 만당晚唐을 대표하는 시
인으로, 그의 언어는 극히 세련되었으며, 구성은 빈틈이 없다. 특히
칠언절구에 능했다. 《번천집樊川集》 22권이 있다.

떠나는 마음

두목(杜牧)

다정多情이 도리어
무정無情이런가?
잔 잡고도 못 웃는
이 마음이여!

촛불도 이별 섧다
애를 태우며
날 대신 밤새도록
눈물 흘리네.

多情 却似 總無情하니　唯覺 尊前 笑不成을!
蠟燭은 有心 還惜別하여　替人 垂淚 到天明이라
〈贈別〉

尊前(준전) 술단지 앞. 또는 술잔 앞. 尊=樽.
笑不成(소불성) 웃어 볼래야 웃을 수가 없음.
有心(유심) 마음이 있음. 곧 유정(有情). 여기서는 초의 심지(心紙) 있음을 아울러 나타낸 말.
蠟燭(납촉) 밀로 만든 초. 황촉(黃燭).

 평설 이는 작자가 양주揚州에서 깊이 사귀던 기녀와의 이별의 정
을 읊은, 유별시留別詩 두 수 중의 둘째 수다.

1, 2구의 '다정이 도리어 무정과 같다'는 역설逆說은, 이별의 슬픔

　　　　　　　　　　　　　　　　　　　　　　노래로 읽는 당시

이 격해짐에 따라, 차라리 슬픔을 웃음으로 호도하려 해보아도, 그 것마저 되지 않는 덤덤한 자신의 외면적 태도를 스스로 민망히 여김에서요.

3, 4구는, 겉으로 무정한 듯하면서도 속으로 애끓는 자신의 이별 심정이, 마치 제 마음(심지)을 끝끝내 태워가며 눈물(촛농)을 흘리고 있는 촛불에 기대어 나타낸, 애틋한 석별의 정이다.

산길

두목(杜牧)

한산 비낀 길을
아득히 오르자니
흰 구름 이는 곳에
이 어인 인가이뇨?

신나무 숲 저녁 경에
넋을 놓고 보노라니
서리 맞은 단풍잎이
봄꽃보다 더 고으이!

遠上 寒山 石逕斜   白雲 生處 有人家라
停車 坐愛 楓林晩하니   霜葉이 紅於 二月花라
〈山行〉

石逕(석경) 돌길. 산길.
坐(좌) 여기서는 부사로서, 만연히, 까닭 모르게, 저절로.
晩(만) 저녁 경치. 만경(晩景).

평설   '흰 구름 뭉게이는 곳'에 있는, 이 뜻밖의 '인가人家'에 시인
도 적지 않이 놀랐음이리라. 그러나 그뿐 입을 다물었지만,
이 시가 끝난 뒤에 다시 보는 그 '인가'는 분명 '선가仙家'로 격상되
어 있음을 볼 것이다.

역시에서는 '정거停車'의 뜻이 배제되어 있다. '석경 비낀 길'을 '아득히 올라가는 데' 있어 '수레'로는 너무도 부담스러워서다.

'二月花'는 중국 강남江南 지방의 기후 표준으로, 우리나라의 '三月花'에 해당한다. 맹운경孟雲卿의 시 '二月江南花滿枝'도 이를 말해주고 있다.

이 시의 주제는 뭉게뭉게 이는 흰 구름을 배경으로 석양에 불타고 있는 만산의 단풍경이다.

금루의
두추낭(杜秋娘)

그대여! 비단옷
아끼려 말고
청춘이나 알뜰히
아끼시구려.

꽃 피면 그 당장에
꺾고 말 것이,
어물어물 빈 가지나
꺾으려 마오.

勸君 莫惜 金縷衣하고　勸君 惜取 少年時하라
花開 堪折 直須折이니　莫待 無花 空折枝하라
〈金縷衣〉

金縷衣(금루의) 금실로 짠 옷. 곧 화려한 비단옷.
莫待(막대) 기다리지 말라.

평설　옛 악부樂府의 제목에 따른 시다. 청소년 시절은 두 번 다시
오지 않는 일생의 가장 귀중한 시기이며, 기회는 한 번밖에
오지 않는 것이니, 이를 놓치지 말고, 노력하여 뜻을 이루기를 권하
는 뜻에서라고, 작자 자신의 자주自註를 달고 있다.
　그러나 이 시는, 이를 교훈적인 내용으로 개념화 해놓은 '자주'와

는 정반대로, 젊을 때 한껏 청춘을 향락하라는 뜻으로 받아들여지는 내용이 아니고 무엇이랴? 보라. 자신이 한 여성이면서, 허다한 딴 예거例擧도 할 수 있으련만, 그 하필이면, '비단옷을 아끼지 말라'느니, '꽃은 그 당장에 꺾으라'느니, 인생은 덧없으니 '망설이다 간 빈 가지만 꺾게 되리라'느니 등, 청춘의 불길을 부채질함으로써야, 교훈성은 고사하고, 오히려 선정적煽情的 선동성만 풍기는 것이 아니랴? 이는 아마도 만취상태에서 낭만의 춘정春情을 한껏 부렸던 것을, 술 깬 뒤에 뜻을 뒤집은, 면피용免避用, 변명용, 발뺌용의 추후주追後註를 붙인 것이다. 곧 그 '자주'란, 필경 다름 아닌, 취중작醉中作의 성후주醒後註일 뿐이다.

그렇건만 고인들은 순진도 하여 역대의 평가評家들이, 그 '자주'를 고분고분 받들어 군소리 없이 승복하고 있으니, 시를 다룸에 있어 그토록 피상적皮相的일 수 있으랴 싶다.

이제 이 시는 시 본연의 얼굴로 다시 평가되어야 한다. 봄바람의 선동에 하마 휩쓸리기 쉬운 여린 가슴속의 타는 불길을 제어하지 못하는, 고뇌에 찬 청춘의 역설적인 독백으로 받아들이고 싶은 것이다.

우리나라 구한말의 시인 이후李垕(1870~1934)의 '시혹인示或人'과도 일맥상통하는 시정詩情이라 할 만하다.

아, 이 청춘 이 봄날이여!
인생은 모름지기 즐길 것이,
술은 바야흐로 향기롭고
꽃은 활활 타는 것을―.
망설이지 말진저!

내일이면 헛되이 탄식하리.

술은 다하고, 꽃은 흩날고

비바람은 사나우리 —.

及此 靑春日이면   人生 須行樂이니

有酒 方釀醅오   有花 方灼灼하니

莫待 明朝 空長嘆하라   酒盡 花飛 風雨惡호리라

〈示或人〉

두추낭
杜秋娘
?-?. 지금의 남경南京 사람. 이기李錡의 아내가 되었으나, 이기가 일으킨 반란이 진압되자, 추낭은 황궁으로 압송되었는데, 헌종의 총애를 받게 되었다 한다. 목종穆宗이 즉위하자 황자 부모皇子傅母가 되었으나, 그 후 황자가 득죄하자, 추낭도 귀향하여 영락한 여생을 보냈다 한다. 시인 두목杜牧이 남경에서 그녀를 만나보고 〈두추낭시〉를 지은 것에서, 그녀와 그녀의 시가 후세에 알려지게 되었다 한다.

권주

우무릉(于武陵)

그대여!
잔을 들게나.
치면치면 이 한 잔
사양치 말게.

꽃 피면
비바람!
인생엔
이별…!

勸君 金屈巵　　滿酌 不須辭하라

花發 多風雨요　人生엔 足別離라

〈勸酒〉

잔 가득 넘치는 잔 그대여! 사양 마소.

꽃 피자 비바람 가지마다 흩날리고

인생엔 이별 잦으니 아니 들고 어이리?

金屈巵(금굴치) 금으로 만든 술잔. '屈'은 손잡이가 있는 술잔. '巵'는 둥근 모양의 술잔.

足別離(족별리) 이별에 겨움. '足'은 넉넉함. 과다(過多)하여 견뎌내기 어려움.

호사다마好事多魔! 봄은 이중성 심술꾸러기! 제가 피워놓은 꽃이건만 너무 고와 샘이 나서, 이내 '꽃샘바람'으로 어린 꽃잎들을 사정없이 흩날리듯, 이 무렵이면 인생 또한 긴 겨울 동안의 칩거蟄居에서 깨어나, 삶의 즐거움을 만끽할 한 때련만, 어쩌랴. 도리어 낙화랑 함께 떠나가는 대량 이별이 있게 마련으로, 숱한 눈물과 한숨과 불면不眠의 밤을 양산量産하게 하고 있다. 우리의 이 이별도 그런 운명적인 이별일진댄, 차라리 그대여! 우리 어찌 아니 마시고 배기랴? 자, 무진무진 잔이나 들자꾸나!

낙화랑 떠나가는 친구를 전송하여, 넘쳐나는 낭만의 정은 하염이 없다.

810~?. 만당. 이름은 업鄴, 무릉은 자. 진사에 급제하였으나, 벼슬에 뜻이 없어, 책과 거문고로 사천성 등지를 방랑, 동정호 부근의 풍물을 좋아하였으나, 정착하지 못하고, 만년에는 숭산嵩山 남쪽에 별장을 지어 은거했다. 《우무릉집》 1권, 50여 수의 시가 전한다.

　　　　　　　　　　　　　　　　　　노래로 읽는 당시

강루에서

조하(趙嘏)

홀로 강루에 서니
생각도 아득할사!
달빛은 물과 같고
물은 닿아 하늘인데….

함께 와 달구경하던
그 사람 어디 간고?
풍경은 아슴프레
거년이나 같다마는―.

獨上 江樓 思渺然하니　月光 如水 水連天을!
同來 翫月 人何處오?　風景 依稀 似去年이라
〈江樓 書感〉

江樓(강루) 강가의 누각.
書感(서감) 감회를 씀.
渺然(묘연) 아득히 먼 모양.
翫月(완월) 달빛을 완상(翫賞)함. 달빛의 아름다움을 구경하며 즐김.
依稀(의희) 어렴풋함. 아슴푸레함.
連天(연천) 하늘에 잇닿아 있음. '如天'으로 된 데도 있다.

홀로 강루에 오르게 된 작자의 가슴에는 만감萬感이 넘친
다. 그것은 함께 오지 못한 '그 사람'과의 사이에 있었던 온
갖 추억들이 한꺼번에 교착交錯하기 때문이다.

　'그 사람'이란 도대체 누구인가? 친구인가 연인인가? 함께 오지
못한 까닭은 또 무엇인가? 이별? 그렇다면 생별生別인가? 사별死別
인가? 독자의 궁금증은 전적으로 '그 사람'에로 집중된다.

　〈唐才子傳〉이나 〈唐詩紀事〉에는 작자의 '사랑하는 여인'이라 되
어 있다. 당시唐詩에 있어서의 이와 같은 연모시의 대상의 대다수가
친구임과는 달리, 그것이 이성이라 한다면, 그런 의미에서 이 시는
드물게 보는 한 예라 할 것이다

　그러나 그 그리움의 대상이 친구든 이성이든, 또 함께 오지 못한
사정이 무엇이든, 작자가 그것을 구태여 밝히지 않은 곳에 시미詩味
의 그윽함이 있다. 곧 이를 독자의 상상의 몫으로 남겨둠으로써, 그
날게 폄이 자유로와, 그 정황을 독자의 처지대로 스스로 만들어가
면서 감상할 수 있는 폭넓음이 있는 것이다.

　서두의 '獨上'은 '同來'와의 호응에서 그 외로움이 더욱 두드러지
고, '月光如水水連天'은 '거년'의 풍경이기도 함으로써 '渺然'과
'依稀'가 더욱 깊어지는 느낌이다.

815?~?. 만당. 자는 승우承祐. 진사 급제, 위남渭南의 위尉
가 되었다. 두목杜牧이 그의 시 '長笛一聲人倚樓'의 구句를
사랑하였으므로, 사람들이 '조의루趙倚樓'라 일컬었다. 《위남집》 3권
에 260여 수의 시가 전한다. .

비 오는 밤 아내에게

이상은(李商隱)

언제면 오시려오? 그대는 물어대나
언제면 가게 될지 낸들 어이 알 수 있소.
이 한밤 파산 밤비가 가을 못에 넘치오!

그 언제나 우리 함께 서창 가에 마주앉아
촛불 심지 자르면서 옛 애기로 나누렸고?
파산의 이 한밤 비에 에 끊이는 이 심사를—.

問君 歸期 未有期하니　巴山 夜雨가 漲秋池라

何當 共剪 西窓燭하며　却話 巴山 夜雨時오?

〈夜雨 寄內〉

未有期(미유기) 아직 언제 돌아가게 될지 알 수 없음.
巴山(파산) 사천성(四川省)의 옛 파촉(巴蜀) 지방의 산을 범칭한 말.
漲(창) 물이 불어 넘침.
何當(하당) 언제나 마땅히 ~하랴?
剪燭(전촉) 촛불의 심지를 자름. 심지가 타서 불똥으로 뭉친 것을 떼줌으로써 다시 밝아지게 되므로, '도등(挑燈: 등심지를 돋굼)'과 같은 뜻으로 쓰이는 말.
却話(각화) 회고하여 이야기함. 지금의 일을 옛날 이야기 삼아 돌이켜 이야기함.

평설 파촉! 이는 중국의 오지의 오지, 정히 하늘 밖으로 여겨오는 변지邊地이다. 어줍지도 않은 벼슬살이로 이 외진 곳에 와 있는 심사가 편치 못한 터에, 이 밤 따라 웬 가을비가 연못에 넘치도록 이리도 극성스러운지? 파산에 가득 찬 이 수란愁亂스러운 빗소리를 듣고 있노라니, 인생이 한없이 외롭고 서글퍼지는 한편, 아내가 한없이 안쓰럽고 가여워진다. 나만 바라고 사는 사람, 편지마다 언제 오게 되느냐고 물어오지만, 언제라고 대답해 줄 수가 없다. 아! 언제나 그날은 와서, 우리 함께 촛불 밝히고 긴 밤을 새우면서, 이 밤 파산에 내리는 밤비 소리에 마디마디 애 끊이는 이 심정을 옛이야기하듯 할 수 있을런고?

단장斷腸의 '파산야우!' 그 차마 견디기 어려운 수살愁殺한 심사를 어쩌지 못해, 28자 가운데 두 번이나 되풀이한, 그 절절한 '파산야우'를 새겨 읽을 것이다.

노산鷺山 이은상李殷相의 양장兩章 시조에;

천하 뇌고인惱苦人들아! 밤비 소리 듣지 마소.
두어라, 이 한 줄밖에 더 써 무엇하리요.

정히 그러하거니, 나도 더 써 무엇하리요.

이상은李商隱 812~858. 만당晚唐. 자는 의산義山. 진사. 영호초令狐楚 부자의 비호를 받았으나, 영호씨의 적인 왕무원王茂元의 사위가 됨으로써, 이후 두 파벌 사이에 끼어 끝내 출세하지 못하고, 지방의 절도사의 막료로 세월을 보내는 등, 당쟁의 와중에서 복잡하고 불우한 삶을 살았다. 그의 시에는 이러한 삶의 반영으로, 우수와 번민이 나타나기도 하나, 그러나 그의 시의 특징은, 화려하고 염려艶麗한 수사修辭로, 남녀 애정시의 전형을 창조한 것이라 할 것이다. 《이의산시집》3권이 있으며, 시 600여 수가 전한다.

노래로 읽는 당시

금슬

이상은(李商隱)

남겨 둔 '슬' 하나!
가엾어라! 오십현五十絃을!
줄마다 괘(棵)마다에
젊은 시절 그립구나!

장주莊周의 꿈속인 양
나비 되어 헤매었고
망제의 춘정春情인 양
두견처럼 애태웠네.

진주도 눈물짓는
달 밝은 어느 날 밤
남전의 옥이런가
연기로 꺼지다니?

이 그리움 추억될 줄
어이 차마 알았으랴?
이미 그 당시에도
꿈 아닌가 하였었네.

錦瑟 無端 五十絃　　一絃 一柱 思華年을!

莊生 曉夢 迷蝴蝶이요　望帝 春心 托杜鵑이라

滄海 月明 珠有淚요　　藍田 日暖 玉生煙이라

此情 可待 成追憶가?　只是 當時 已茫然이라

〈錦瑟〉

錦瑟(금슬) 슬의 미칭. '슬'은 발현(撥絃) 악기의 하나.

無端(무단) 뜻밖에도. 의외로. 느닷없이.

五十絃(오십현) 태초에 복희씨가 50현의 슬을 만들게 하였으나, 그 음색이 너무 슬퍼서 25현으로 줄였다고 한다.

柱(주) 줄을 바쳐 괴는 짧은 기둥 모양의 재구. 기러기발 따위. 괘. 과(棵).

華年(화년) 화려한 시절. 청춘 시절.

莊生(장생) 장주(莊周), 곧 장자(莊子).

迷蝴蝶(미호접) 장자의 제물론(齊物論)에 나오는 우화. 장자가 나비가 되어 날아다니는 꿈을 꾸었는데, 내가 나비인지 나비가 나인지 헷갈렸다는 이야기. 호접몽(蝴蝶夢).

望帝(망제) 신화 중의 촉(蜀)의 임금. 두우(杜宇)를 이름.

春心(춘심) 봄 마음. 연정(戀情).

托杜鵑(탁두견) 여러 가지 설이 있으나, 여기서는 '춘심(春心)'과의 관계에서 보아, 망제가 신하의 아내를 사랑했다는 전설을 이름인 듯. 망제가 양위(讓位)하고 서산에 은거하다 객사하니, 그 원혼이 두견(杜鵑)새가 되어, 돌아가지 못하는 원한으로 슬피 운다는 전설이다.

月明珠有淚(월명주유루) 달이 보름이 되면 진주조개 안의 진주는 둥글어지고, 그믐이 되면 삭아진다는, 〈文選〉'吳都賦'의 기록과, 또 남해의 인어(人魚)의 눈물이 진주가 되었다는, 〈別國洞冥記〉와 〈述異記〉의 전설이 서로 어우러진 것.

藍田(남전) 미옥(美玉)이 나는 산 이름. 선녀 서왕모가 사는 산. 또는 섬서성(陝西省) 남전현(藍田縣)에 있는 산.

玉生煙(옥생연) 오왕(吳王) 부차(夫差)의 딸 자옥(紫玉)이 시복(侍僕)을 사랑했으나, 부왕이 그들의 혼인을 허락하지 않으므로, 애태우다 죽었는데, 어느 따뜻한 날 왕이 문득 뜰에 광채를 발하는 자옥을 보고, 왕비가 가서 안았더니, 구슬은 연기와 함께 혹 꺼져버렸다는 이야기다. 〈錄異傳〉

아내는 가고, 그녀가 타던 비단슬만 남아 있다. 그것도 25
현이 아닌, 너무나도 슬프다는 50현의 '비단슬'이다. 이제
그것을 들여다보고 있노라니, 줄 하나 괘 하나, 그 모두가, 화려했
던 젊은 한때의 꿈같은 사랑을 떠올리게 하고 있다.

호접이 되어 찬란한 날개를 펼쳤던 장자의 새벽꿈처럼 화사했고,
망제의 봄 마음인 양, 두견이처럼 애태웠었지. 그러나 가인박명佳人
薄命! 창해의 달 밝은 밤, 진주 같은 눈물 흘리며, 마치 남전의 옥이
한 올 여기로 꺼져버리듯, 그녀는 가고 말았다. 그녀와의 이러한 정
이, 오늘의 추억으로 변해버릴 줄을 어찌 알았으랴? 하기야 그 당시
에서도 너무나 아름답고 행복한 꿈속의 꿈만 같고 환상 같기만 하
여 아득한 느낌이었다.

아내는 가고, 그의 유물인 비단슬에서 아내와의 꿈같이 행복했던
젊은 한때를, 그리워하고 있는 것이다. 그의 시의 특징인, 우수와
번민이 교차한 화려하고도 염려艶麗한 수사로 ─ .

이 시는 고래로 난해하여 갖가지 설로 뒤얽혀 있다. 그러나 대강
그 가닥을 정리해보면 이런 것이 아닌가 한다. 2구의 '사화년' 이하
의 3, 4구는, 바로 그 '사화년'의 내용이요. 5, 6구는 그녀의 슬픈
죽음이다. 7구의 '성추억'은 '사화년'과 방향만 다를 뿐 동일 내용
이다.

농서의 노래

진도(陳陶)

기필코 쳐부수려
몸 사리지 않았던,
오천 정예병이
흉노 땅에 죽어갔네.

가엾어라! 무정하변
흩어진 저 백골은
지금도 아내 꿈속을
드나드는 '그이'여라!

誓掃 匈奴 不顧身하니　五千 貂錦 喪胡塵을!

可憐 無定 河邊骨이　　猶是 春閨 夢裏人이라

〈隴西行〉

隴西行(농서행): 악부제(樂府題). 농서는 감숙성(甘肅省) 농산(隴山)의 서쪽 지역. '行'은 시의
한 체.

匈奴(흉노) 중국의 서북 국경을 자주 침범하던, 중국 북방의 이민족.

掃(소) 휩쓸어 없애버림. 소탕(掃蕩).

貂錦(초금) 초구(貂裘)와 금의(錦衣). 담비의 털가죽으로 만든 갖옷과 비단옷. 중국 정예 부
대 장병의 복장. 여기서는 그러한 차림을 한 장병이라는 뜻.

胡塵(호진) 오랑캐 땅에서의 전투.

無定河(무정하) 내몽고에서 발원하여 섬서성을 거쳐 황하에 합류하는 강 이름.

春閨(춘규) 봄철의 안방. '閨'는 부인의 침실.

당唐의 오천 장병이 흉노군과 분전하다 무참히도 전사한, 무정하 강변에는, 거둘 이 없이 흩어져 있는 무수한 백골들이 뒹굴고 있다. 어찌 아군만이리요? 흉로군의 전골戰骨도 뒤섞여 있으나, 이제는 피아彼我를 가릴 계제가 아니다. 그들은 다 같은 귀한 아들이요, 사랑하는 남편이요, 알뜰한 아빠였을 터이다.

저들 가족들의 살아 돌아오기를 기다리는 마음은 오죽하랴? 더구나 젊은 아내는 밤마다 그리운 그이를 꿈에서 만난다. 그러고 보면 저 해골들은 돌아갈 곳 없이 내버려진 허무한 무명 전골戰骨이 아니라, 춘규春閨의 향몽香夢 속으로 밤마다 드나드는 알뜰한 낭군으로서의 존재들이 아닌가? 가엾어라! 어찌 낭군으로서뿐이리요, 부모의 꿈에 들어서는 알뜰한 아들이요, 어린 자식의 꿈에 들어서는 알뜰한 아빠로서의 존재가 아닐런가?

이는 당唐의 변방 개척의 정책을 한대漢代에 가탁한 깊으나 깊은 원망으로, 전반은 그러한 호전적인 국책에 희생된 무수한 전사자들에 대한 조상이요, 후반은 차마 슬픈 인정의 극치를, 차라리 해학으로 얼버무린 눈물 속의 눈물이다.

아, 호전자와 그의 추종자들은 길이 저주받을진저! 영원히, 영원히….

812?~885. 자는 숭백嵩伯. 과거에 응시했으나 낙방, 명산대천을 유람하다 만년에 홍주 서산의 은거처에서 죽었다. 도가道家와 종횡가縱橫家의 기풍이 있었으며, 시에 능했다. 《진숭백 시집》 1권이 전한다.

금릉도

위장(韋莊)

강에는 보슬보슬
강변 풀은 자르르…
육조는 꿈이런 듯
부질없이 새만 운다.

무정코 무정키야
궁성 가의 버들인가?
예런듯 십 리 둑에
자오록이 잠겼어라!

江雨 霏霏 江草齊하니　六朝 如夢 鳥空啼라
無情 最是 臺城柳하여　依舊 煙籠 十里隄라
〈金陵圖〉

金陵(금릉) 지금의 남경(南京).
霏霏(비비) 이슬비나 는개 따위가 보슬보슬 내리는 모양.
齊(제) 가지런함.
六朝(육조) 222~589년 약 400년간, 지금의 남경에 도읍했던 여섯 조정. 곧 오(吳)·동진(東晋)·송(宋)·제(齊)·양(梁)·진(陳)을 이름.
臺城(대성) 궁성(宮城). 육조에서는 '宮城'을 '臺'라 일컬었음에 연유함.

평설 이 시는 시제가 말해주듯, 금릉의 봄 경치를 그려 보인 것이다.

정신이 깃들어 있지 않은 경景은 아무리 핍진逼眞해도 사진 이상일 수 없듯이, 정情과 무관한 경이나 경과 무관한 정은 시상詩想의 지리멸렬支離滅裂을 가져올 뿐이다.

이 시는 경과 정이 날이 되고 씨가 되어 짜내는 비단폭 같다고나 할까? 더 자세히 말한다면, 작자는 지금 3차원의 공간적인 경에 흘러간 역사를 더한 4차원의 세계, 곧 시공세계를 체험하고 있는 것이다.

승구의 '六朝如夢鳥空啼'는 〈蜀相〉(杜甫)의 '隔葉黃鸝空好音'과 같은 감개이다. 이 땅에 흥망성쇠를 거듭하던 육조 시대를 회상하면 서글픈 무상감뿐이건만 무심한 새들은 도리어 그 소리 명랑해서 슬프고, 육조는 이미 사라졌건만 그 시대의 구물舊物은 부질없이 남아 있어, 옛날 그대로의 몸짓을 재연하고 있는 양이 보는 마음을 또한 언짢게 하고 있는 것이다.

시공간을 입체적으로 바라본 일종의 역사적인 회고물懷古物이다.

위장 836~910. 만당 장안 사람. 위응물의 증손. 자는 단기端己.
韋莊 진사에 급제, 벼슬이 이부시랑吏部侍郞 평장사平章事에 이르렀다. 그의 시는 청려淸麗하고 수아秀雅하여, 율시와 '사詞'에 뛰어나, 온정균溫庭筠과 병칭되었다. 《완화집浣花集》 10권이 있다.

친구와 헤어지며

정곡(鄭谷)

양자강 나루터의
양류楊柳의 봄은
양화楊花도 우리 이별
애끊게 하네.

바람결의 피리 소리
이정離亭 어스름
그대는 남으로…
나는 북으로….

楊子 江頭 楊柳春하니　楊花 愁殺 渡江人이라
數聲 風笛 離亭晚인데　君向 瀟湘 我向秦을!
〈淮上 與 友人別〉

淮上(회상) 회수(淮水)의 가. 여기서는 양자강의 지류인 화하(淮河)를 이름.
楊花(양화) 버들꽃. 솜털같이 날리는 버들개지를 이름.
愁殺(수살·수쇄) '殺'은 강조의 조자(助字). 몹시 시름겹게 함.
離亭(이정) 나루에 있는 정자. 작별하는 곳.
瀟湘(소상) 소수(瀟水)와 상수(湘水)가 흐르는 지역. 곧 호남성(湖南省) 일대를 가리킴.
秦(진) 장안(長安)을 가리킴.

수양버들은 가장 먼저 맹동萌動하여 실실이 푸르러 능청거리는 봄의 선구물이요 낭만물이다.

솜털 같은 버들개지는 뿔뿔이 바람에 흩어져 눈보라처럼 봄 하늘을 표랑漂浪한다. 그것은 바로 이별의 표상인 듯, 아니라도 걷잡을 수 없는 두 사람의 애 끊는 심사를 부추기듯 수란愁亂스럽게 하고 있다. 어디선지 이별곡인 '절양류곡折楊柳曲'의 애끊는 피리 소리가 바람결에 은은히 흘러오고 있는 황혼 어스름의 이정離亭에서, 마침내 친구는 남으로 작자는 북으로 갈라서야 하는 절박한 시점에 이른 것이다.

소상과 장안의 만리상거는 생애의 재회가 가망 없음을 시사하고 있다.

보이는 것 들리는 것 모두가 이별의 장면 효과로 간절하지 않음이 없으니, 정히 경景과 정情의 혼연한 경지라 할 것이다.

'양자, 양류, 양화'의 '양'의 3반복에서 오는 박자감·율조미의 음미도 놓치지 말 것이다.

?~?. 자는 수우守愚. 진사. 시를 잘하여 일찍부터 이름이 높았다. 저서에 《운대편雲臺編》, 《의양집宜陽集》이 있다.

귀양 가는 길
위승경(韋承慶)

담담히 흐르는
양자강 물은
하염없는 이 나그네
심사이런가?

낙화야! 너나 나나
한스럽구나!
소리 하나 못 내고
떨어져 가기 —.

澹澹 長江水요   悠悠 遠客情이라
落花 相與恨하노니 到地 一無聲을!
〈南行 別弟〉

澹澹(담담) 물이 맑은 모양. 마음이 맑은 모양.
悠悠(유유) 하염없는 모양.
相與恨(상여한) 서로 더불어 한스러움.
到地(도지) 땅에 떨어짐. 낙지(落地). 착지(着地).

 작자는 시방 남의 죄에 연루되어 아우와 이별하고, 멀리 남
으로 유배되어, 양자강 중류를 일엽편주로 내려가고 있는
중이다.

기슭에 핀 꽃이 바람도 없이 떨어지고들 있다. 떨어진 꽃잎들은 거두어 부는 강바람에 휩쓸려 강 위로 흩어지기가 바쁘게, 이내 둥둥 표랑의 길에 올라, 무심히 흐르는 강물에 내맡겨진다. 이제 배와 꽃은 동도同途의 도반道伴이 되어, 같은 속도로 흘러내리고 있는 것이다

터무니없는 죄에 얽혀, 먼 먼 길 가고 있는 이 억울함은, 저 낙화랑 무엇이 다르랴 싶다. 소리 하나 없이 떨어지는 꽃잎이나, 항변抗辯 한 마디 못하고 귀양길에 오른 자신이나, 운명인 양 순종함이 서로 비슷하고, 떨어진 꽃잎이 다시 가지에 오르지 못하듯이, 이 길로 영영 되돌아오지 못하리란 자신의 예감이, 또한 그러하다.

정히 동병상련同病相憐인 양 낙화에 기댄, 자조自嘲요 자조自弔이다.

위승경
韋承慶
?~?. 자는 연휴延休. 사겸思謙의 아들. 진사. 벼슬이 봉각시랑鳳閣侍郎, 동평장사同平章事에 이르렀다. 시에 능했다.

노래로 읽는 당시

노래로 읽는 당시

노래로 읽는 당시